René van Royen / Sunnyva van der Vegt

Asterix auf großer Fahrt

René van Royen / Sunnyva van der Vegt

Asterix auf großer Fahrt

Aus dem Niederländischen
von Annette Löffelholz
unter Mitarbeit
von Nicole Albrecht

Mit deutschen Bildtexten
von Gudrun Penndorf

Verlag C. H. Beck München

Mit 192 Abbildungen

Titel der Originalausgabe:
René van Royen & Sunnyva van der Vegt, Asterix en de wijde wereld
Uitgeverij Bert Bakker, Amsterdam 2000,

Der Verlag C. H. Beck dankt herzlich Sunnyva van der Vegt und René van Royen (Universität Amsterdam), Annette Löffelholz (Amsterdam), den Kolleginnen und Kollegen der Verlage Bert Bakker (Amsterdam), Egmont Ehapa (Berlin) und Les Éditions Albert-René Goscinny-Uderzo (Paris) sowie Nicole Albrecht und Kai Brodersen (Universität Mannheim), ohne deren Entgegenkommen und tatkräftige Unterstützung dieses Buch nicht hätte entstehen können.
Ein besonderer Dank des Verlags gilt dem *Nederlands Literair Produktie- en Vertalingenfonds*, der die Übersetzung und Entstehung der deutschen Ausgabe dieses Buches finanziell gefördert hat.

Die Deutsche Bibliothek – CIP-Einheitsaufnahme

Royen, René/van:
Asterix auf großer Fahrt / René van Royen / Sunnyva van der Vegt.
Aus dem Niederländ. von Annette Löffelholz. Unter Mitarb. von Nicole Albrecht.
Mit dt. Bildtexten von Gudrun Penndorf. – München : Beck, 2001
Einheitssacht.: Asterix en de wijde wereld ‹dt.›
ISBN 3 406 45904 8

ISBN 3 406 45904 8

Umschlaggestaltung: *ET CETERA*, Bénifontaine,
unter Berücksichtigung eines Entwurfs von Uwe Göbel, München
Umschlagillustrationen: 1. «Römisches Kriegsschiff», 1. Jahrhundert n. Chr.,
Bildpostkarte von Christopher Rave (1881–1933), Nr. 19 der Serie: Marine-Galerie

Druck und Bindung: Claussen & Bosse, Leck
Gedruckt auf säurefreiem, alterungsbeständigem Papier
(hergestellt aus chlorfrei gebleichtem Zellstoff)
Printed in Germany

www.beck.de

Inhaltsverzeichnis

Einleitung

Die Geschichte des Reisens und die der Menschheit liegen eng beieinander. Wer auf Reisen geht, läßt das Vertraute hinter sich, um zu erfahren, wie es andernorts zugeht. Am Ziel erwartet den Reisenden fast immer eine fremde Welt. Die Landschaft ist eine andere, das Wetter ist nicht dasselbe, die Menschen sprechen eine unbekannte Sprache oder haben einen eigenen Zungenschlag, und auch das Essen schmeckt nicht so wie zu Hause. Immer wieder wird dem Reisenden etwas begegnen, an das er sich gewöhnen muß, immer wieder wird es etwas geben, das ihm einen Kulturschock versetzt. Denn wie kann es angehen, daß an diesem unbekannten Ort anders geredet, gedacht und gegessen wird, ohne daß irgend jemand sich darüber wundern würde. Ist das etwa normal?

Es war einmal ein König, der wollte wissen, was «normal» ist. In seinem riesigen Reich wurden viele Sprachen gesprochen, hier lebten Menschen mit den unterschiedlichsten Sitten und Gebräuchen. Es gab solche, die ihre verstorbenen Eltern aufaßen, während andere sie begruben oder verbrannten. Von jeder dieser Gruppen ließ der König einen Vertreter zu sich kommen. Er bot ihnen viel Geld an, wenn sie bereit waren, von ihren verstorbenen Eltern auf eine andere als die übliche Art Abschied zu nehmen. Alle reagierten gleichermaßen entsetzt. Wie konnte der König nur so etwas Grauenhaftes von ihnen verlangen? Um keinen Preis der Welt wollten diejenigen, die ihre Eltern verspeisten, sie begraben, und nichts konnte die, die ihre Toten begruben, dazu bringen, sie zu verbrennen. So lernte der König, daß «normal» für jeden etwas anderes bedeutete.

Wer sich in die Menschheitsgeschichte vertieft, wird in etwa zu derselben Erkenntnis kommen. Für den Historiker ist die eigene Epoche wie ein vertrautes Zuhause, von dem aus er zu seinen Zeitreisen in andere – unbekannte – Jahrhunderte oder Jahrtausende aufbricht. Wenn er die Quellen gründlich studiert und die Darstellungen auf sich wirken läßt, ergeht es ihm genauso wie dem König aus unserer Geschichte und er wird feststellen, daß etwas, was in einem Zeitalter als normal galt, in einem anderen als höchst merkwürdig empfunden wird. So bleibt auch einem Historiker, wenn er ehrlich ist, ein mehr oder weniger starker Kulturschock nicht erspart – denn leicht fällt es nicht, zu akzeptieren, daß der Begriff «normal» sehr relativ ist.

Für den Umgang mit dem Fremden gibt es das alte Sprichwort: «Andere Länder, andere Sitten», mit dem wir zum Ausdruck bringen wollen, daß alle Sitten und Gebräuche gleichwertig sind. Auch wenn dieser Respekt natürlich eine sehr schöne Sache ist, kann eine solche Einstellung oft auch dazu führen, daß man sich über das exotische Aussehen des anderen zwar ungemein wundert, aber so tut, als fände man es vollkommen normal. Wenn sich zwei Fremde begegnen, die sich beide nicht anmerken lassen, was sie wirklich denken, fühlen oder meinen, bleibt ihr Kontakt zwar höflich und politisch korrekt, aber auch ausgesprochen öde und unpersönlich. Möglicherweise wird man hervorragend zusammenarbeiten können, aber eine echte Freundschaft wird sich aus einem solchen Miteinander in der Regel nicht entwickeln.

Asterix und Obelix zeigen, daß es auch anders geht. Ihre Abenteuer bringen sie in Berührung mit Menschen aus anderen Ländern, mit Fremden, die – zumindest nach gallischem Empfinden – wunderliche Sitten und Gebräuche pflegen. Vor allem Obelix gerät so manches Mal in die Bredouille, aber im Gegensatz zu seinem kleinen Kumpel verleugnet er seine Gedanken und Gefühle nicht. Obelix ist nun einmal jemand, der mit seinen Gefühlen nicht hinter dem Berg hält, auch dann nicht, wenn ihm etwas spanisch vorkommt. Der leicht untersetzte Gallier scheut sich auch keineswegs, lauthals zu verkünden, daß ihm das britische Essen nicht schmeckt; er findet es total daneben, daß die Menschen in Rom übereinander wohnen, und in Griechenland macht er sich ernsthaft Sorgen um das Gesichtsprofil der Einheimischen. Aber gegen die Briten, Römer oder Griechen selbst hat er nichts, im Gegenteil. Je exotischer die Menschen, desto unkomplizierter geht Obelix mit ihnen um. Ein gutes Beispiel dafür sind die Spanier. Ihre Sitten sind für Obelix extrem gewöhnungsbedürftig, aber am Ende seiner Reise hat man den Eindruck, er wäre einer der Ihren geworden.

In diesem Buch begleiten wir die Gallier bei ihren ersten Begegnungen mit vier unterschiedlichen Kulturen. In der Hauptrolle sehen wir dabei häufig Obelix, weil er die feinste Nase für den Charme und die Unarten der fremden Völker hat. Sein Wahlspruch: «Die spinnen, die ...» bedeutet nicht, daß er das Fremde ablehnt – er kennt es nur nicht und findet es deshalb merkwürdig.

So fällt ihm als erstem auf, daß Teefax, der britische Vetter von Asterix, verdreht redet. Er setzt das Adjektiv vor das Substantiv und nicht, wie das im Gallischen üblich ist, dahinter. Dieser Unterschied im Satzbau fasziniert Obelix dermaßen, daß er Teefax imitiert und ebenfalls dazu übergeht, merkwürdige Sätze zu konstruieren. Der um die Hüften ein wenig starke Gallier findet die so andere Sprache urkomisch und die Briten, was das betrifft, äußerst amüsant.

Außerdem ist Obelix immer offen für neue Eindrücke. So begeistert er sich ungemein für das Rugbyspiel, das er zusammen mit Asterix als Zuschauer verfolgt. Ihm leuchtet auf der Stelle ein, was an all den großen Kerlen dran ist, die sich zu einem unentwirrbaren Knäuel verknoten, um einen Ball auf der entgegengesetzten Seite über die Torlinie zu bringen. Es kostet Asterix die größte Mühe, seinen Freund von dem Spiel loszueisen, denn wenn es an Obelix gelegen hätte, wären sie bis zum Schluß geblieben. Er nimmt sich vor, diese britische Sportart auch in Gallien zu spielen – als nette Erinnerung an eine Reise ins Ausland.

Was Obelix in Britannien allerdings überhaupt nicht gefällt, ist die Küche. Der gallische Feinschmecker – auch die Einwohner Britanniens gehören zur großen Völkerfamilie der Kelten – hat sogar Mitleid mit den Wildschweinen, die von den britischen Köchen so gräßlich zubereitet werden (in Pfefferminzsauce!), und wenn er einen

Schluck von dem lauwarmen britischen Bier nimmt, ist sein Ekel offenkundig. Dann lieber ganz aufs Essen verzichten, solange er auf der britischen Insel ist! Aber sein Widerwillen gegen die britische Küche heißt nicht, daß er mit den Briten keine Freundschaft schließen könnte. Er findet ihre Sprache witzig und von ihren sportlichen Wettkämpfen kann er nicht genug bekommen. Dennoch ist das Essen für ihn Grund genug, dem Land möglichst schnell wieder den Rücken zu kehren.

Ganz anders verläuft die Begegnung mit den Spaniern, auch wenn der erste Kontakt zu einem Vertreter dieses Volkes für Obelix alles andere als angenehm verläuft. Der kleine Junge, den er zunächst so goldig findet, erweist sich als großes Scheusal, das ihn in den Finger beißt, sich von ihm bedienen läßt und ihm seinen Freund Idefix abspenstig macht. Dennoch entsteht langsam aber sicher eine enge Beziehung zwischen dem großen Gallier und dem kleinen spanischen Jungen Pepe, der offensichtlich über Eigenschaften verfügt, die Obelix besonders ansprechen. So kann er sich vor Lachen kaum halten, als Pepe, ohne rot zu werden, dem Stammeshäuptling Majestix direkt ins Gesicht sagt, daß er seine Nase zu dick findet. Diese Neigung, alles offen und ehrlich auszusprechen, beeindruckt den Gallier mit dem breiten Becken sehr, aber noch begeisterter ist er von dem Atemtrick des kleinen Spaniers. Er lernt von Pepe, daß man garantiert immer seinen Willen bekommt, wenn man den Atem solange anhält, bis man lila anläuft.

Außerdem ist Obelix Pepe sehr dankbar, daß er ihn zu den spanischen Zigeunern gebracht hat. Hier entdeckt er eine völlig neue Seite an sich, als er sich von dem Zauber des spanischen Gesangs und Tanzes mitreißen läßt. In dieser Nacht entdeckt Obelix unter dem Sternenhimmel Spaniens, daß er nicht nur ein Wildschweine verschlingender Gallier ist, sondern ein tief und leidenschaftlich empfindender Mensch.

Wie sehr Obelix dieses Land in sein Herz geschlossen hat, wird gegen Ende seines spanischen Abenteuers erst richtig deutlich, als er sich schluchzend von Pepe und seinem Dorf verabschieden muß. Im heimischen Aremorica pfeift er darauf, daß ihn alle auslachen, als er eine spanische Gesangs- und Tanznummer zum Besten gibt. Er hat gelernt, daß man sich echter Gefühle nicht zu schämen braucht – egal, was andere davon halten.

In Rom kommt Obelix deutlich weniger auf seine Kosten. In dieser Millionenstadt passiert nicht viel, womit er etwas anfangen könnte. Am meisten sprechen ihn vielleicht noch die Helme der Legionäre an, die er dort so massenhaft sammeln kann. Asterix hingegen findet durchaus Geschmack an der Metropole, weil sein Einfallsreichtum hier so gefragt ist. Er betrachtet es als eine Herausforderung, zunächst die Regeln zu lernen, um dann das Spiel mitzuspielen. Unter seiner Leitung machen die Freunde als Gladiatoren, Luxussklaven oder verstoßene römische Kriminelle eine glänzende Figur. Außerdem gibt Asterix selbst noch eine Galavorstellung als Topanwalt, der mit seinem mitreißenden Plädoyer die gesamte Zuhörerschaft zu Tränen rührt.

In Griechenland erleben Asterix und Obelix kein solches Wechselbad der Gefühle. Dieses Mal sind sie nicht allein unterwegs; das halbe Dorf hat sich ihnen angeschlossen, so daß die Griechen ihrerseits die gallische Kultur kennenlernen können. Trotz ihres Gesichtsprofils, das ihnen ein finsteres Aussehen verleiht und Obelix sehr beunruhigt, vertragen sich Gallier und Griechen gut. In Hellas stört es niemanden, daß die Gallier ihr eigenes Essen mitgebracht haben; man ist sehr hilfsbereit. Die griechischen Gerichte finden bei Obelix Gnade, und er empfindet es als wunderbar, sich auch hier mit den jungen Griechen beim Tanz ausleben zu können.

Allerdings sind die Gallier der Meinung, daß sich die Griechen etwas eigenartig verhalten, wenn es um Sport geht. Es will ihnen nicht in den Kopf, warum kein einziger Zuschauer auf der Tribüne eine Miene verzieht, obwohl es doch so spannend zugeht. Kein Geschrei, Gejohle, keine intelligenten Kommentare, stattdessen ein dezentes Kopfnicken oder der halblaut gemurmelte Name eines Siegers. Für Obelix, der weiß, wie es in Britannien zugeht, ist das eine ziemlich fade Veranstaltung, die nichts mit Sport zu tun hat. Hier schweigt das Publikum selbst dann, wenn ein Muskelpaket ein anderes brutal in den Boden rammt.

Emotionen zeigen die Griechen nur, wenn es darum geht, sich einen Sitzplatz zu sichern. Als einer der Kolosse von Rhodos für seinen Bruder genau den Platz freihält, auf den sich Obelix setzen will, geht es hoch her. Wütend weigert sich der Grieche, den Platz, der für ein Mitglied seiner Familie bestimmt ist, an Obelix abzutreten, und Obelix' Reaktion ist nicht weniger heftig, als er sich unter vollem Einsatz seines Kampfgewichts den Platz erobert, der ihm seiner Meinung nach zusteht. Auch hier zeigt sich, daß der kräftige Gallier gern direkt und persönlich auf Fremde zugeht – auch wenn die Kontaktaufnahme in diesem Fall für den Griechen nicht sehr angenehm verläuft.

Politisch korrekt verhält sich Obelix wirklich nirgends. Er macht aus seinem Herzen keine Mördergrube und hält mit seiner Meinung nicht hinter dem Berg. Auf diese Art schafft er es oft besser, den Menschen näher zu kommen, als diejenigen, die meinen, daß sie sich strikt an einen Verhaltenskodex klammern müßten. Da er seine Gefühle nicht versteckt, begegnet ihm auch sein Gegenüber spontaner und offener, so daß jeder den anderen besser versteht. Und ein besseres Verständnis bedeutet auch, daß man wechselseitig über die Eigenarten des anderen aus vollem Herzen lachen kann. Dies alles ist der Methode von Obelix zuzuschreiben, der mit seinem «Die spinnen, die ....» alle Gegensätze und Schranken zwischen Menschen und Kulturen überspringt.

I. Gallier ja – aber irgendwie anders

Besuch aus Übersee

Für Asterix – vor allem aber für Obelix – tut sich eine ganz neue Welt auf, als sie Asterix' Vetter von der britischen Insel kennenlernen. Die beiden Helden halten gerade einen gemütlichen Plausch, als sie plötzlich durch ein höfliches Hüsteln aufgeschreckt werden. Vor ihnen steht ein unbekannter Mann, der nach einem gewissen «Herrn Asterix» fragt. (siehe Abb. 1) Der Fremde hat auf Anhieb den Richtigen erwischt – steht er doch demjenigen, den er sucht, Aug' in Aug' gegenüber. Asterix erhebt sich sofort, um sich vorzustellen. Als der Unbekannte sagt, daß er Teefax heiße, geht dem kleinen Gallier ein Licht auf: Ach natürlich, das ist sein Vetter aus Britannien.

Als Teefax auch Obelix nachhaltig die Hand geschüttelt hat, erfahren die Gallier den Grund seines Besuches. Wie der Brite ihnen erklärt, hat er den Kanal überquert, weil die Bewohner seines Dorfes in Kent mit ihrem Latein am Ende sind. Das letzte Bollwerk keltischer Freiheit auf britischem Boden wird schon seit geraumer Zeit von den Römern unablässig attackiert. Die Bastion verteidigt sich zwar mit Zähnen und Klauen, aber die Krieger sind am Rand der Erschöpfung. Nun setzen sie ihre letzte Hoffnung auf den berühmten gallischen Zaubertrank, von dem Teefax seinen Landsleuten erzählt hat. Also wurde er aufs Festland geschickt, um das erprobte Wundermittel auf die Insel zu holen.

1

Mit dieser Bitte ist Teefax bei Asterix und Obelix natürlich genau an der richtigen Adresse. Schließlich ist es gute keltische Sitte, Freunden in der Not beizustehen,[1] und so sind die Gallier auch gerne bereit, ihrem Kollegen zu helfen. Die letzte Entscheidung liegt jedoch bei Majestix, dem Stammeshäuptling. Um zu erfahren, wie er darüber denkt, begeben sich die drei zu seiner Hütte.

Du sprichst aber verdreht …

Auf dem kurzen Weg dorthin kann Obelix sich nicht mehr beherrschen und fragt Teefax, warum er so verdreht spricht (siehe Abb. 2). Es ist nicht etwa so, daß der Gallier seinen britischen Gast nicht verstehen würde, aber Teefax benutzt Redewendungen und Wörter, die Obelix fremd in den Ohren klingen. Was nun konkret so eigenartig an Teefax' Sprache ist, vermag der Gallier nicht zu sagen, aber daß dessen Akzent irgendwie anders klingt als die Sprache, die Obelix selbst vertraut ist, steht für ihn außer Frage.

Dumm ist diese Beobachtung von Obelix mit Sicherheit nicht. In seiner Zeit müssen sich Briten und Gallier einigermaßen gut verstanden haben. Die Erklärung findet sich bei Cäsar:

Das Innere von Britannien wird von Menschen bewohnt, die, wie ihre eigene Überlieferung berichtet, auf der Insel geboren sind. In den Gebieten an der Küste wohnten Leute, die aus Kriegslust und Beutegier aus Belgien übergesetzt sind (…) Und nachdem der Krieg beendet war, blieben sie dort und begannen, die Felder zu bestellen.[2]

Die Küstenbewohner von Südostengland kamen laut Cäsar also ursprünglich aus Belgien und nahmen mit ihrer Lebensweise natürlich auch ihre Sprache mit.[3] Nachdem sich die belgischen Glückssucher in Britannien niedergelassen hatten, wurde somit auf beiden Seiten des Kanals dasselbe Gallisch gesprochen.

Im Laufe der Zeit mußte sich das verändern. Sprachen entwickeln sich mit ihren Sprechern weiter, und die Gallier in Britannien standen, nachdem sie auf der Insel seßhaft geworden waren, nicht mehr in tagtäglichem Kontakt zu ihren Stammesbrüdern auf dem Festland. Da sie somit auch die dortigen Entwicklungen ihrer Muttersprache nicht mehr mitbekamen, ging ihr Gallisch allmählich eigene Wege. Zudem kreierten die Emigranten neue Ausdrücke und Redensarten, die ihrerseits nicht den Kontinent erreichten. So entstanden zwei Spra-

2

3 

chen mit vielen Gemeinsamkeiten, aber auch mit großen Unterschieden.

Goscinny und Uderzo haben die Situation also richtig nachempfunden, auch wenn sie der Sprache der Gallier und Briten ihre ganz eigene Prägung geben. In der französischen Fassung geschieht das auf eine sehr witzige Art und Weise. Hier wirft Teefax ständig die Reihenfolge von Adjektiv und Substantiv durcheinander – was für französische Ohren sehr komisch klingt (siehe Abb. 3).[4] Für die deutsche Fassung hat sich die Übersetzerin dafür entschieden, typische Redewendungen des modernen Englisch wörtlich in der typisch englischen Satzstellung zu übertragen. So bekommt Teefax in der deutschen Version einen für uns deutlich erkennbaren, urkomischen englischen Sound.

Um die unterschiedlichen Sprachen von Asterix und seinem Vetter deutlich zu machen, greifen die Autoren – und später die Übersetzer – also zu sehr modernen Mitteln. Eine andere Möglichkeit bleibt ihnen auch nicht, denn antike Quellen, die uns über die Unterschiede zwischen dem Britischen und Gallischen aufklären könnten, existieren nicht. Zum einen haben die Kelten selbst kaum geschriebene Texte hinterlassen, zum anderen äußern sich die Römer, die doch mit beiden Sprachen in Berührung gekommen sind, zu diesem Thema nur sehr zurückhaltend. Den einzig brauchbaren Kommentar liefert der im ersten Jahrhundert nach Christus lebende Geschichtsschreiber Tacitus. Er verfaßte ein Buch über das Leben seines Schwiegervaters Agricola, der viele Jahre in Britannien verbracht hatte und an der Eroberung der Insel durch die römischen Kaiser beteiligt war. Von ihm erfuhr Tacitus viele interessante und wissenswerte Dinge über die Briten. Auch ihre Sprache wird erwähnt:

Von ihnen [den Galliern] haben sie [die Briten] Zeremonien und religiöse Bräuche übernommen; auch ihre Sprache ist nicht sehr verschieden.[5]

Diese Textstelle macht deutlich, daß sich das Britische seit der Invasion Cäsars noch nicht vollständig von dem Gallischen auf dem Festland gelöst hatte. Und auch in den Ohren der Nachfahren Obelix' wird die Sprechweise der Inselbewohner noch immer wie eine Verballhornung ihrer eigenen Sprache geklungen haben.

Was trinkst du denn da …

Wenig später erklärt Asterix dem Stammeshäuptling, was seinen Vetter nach Gallien verschlagen hat. Majestix zeigt vollstes Verständnis, schließlich kann er sich die unangenehme Situation der Briten nur allzu gut vorstellen. Deshalb ist er auch sofort bereit, ihnen zu helfen, und begibt sich höchstpersönlich zu seinem Druiden, um den Zaubertrank in Auftrag zu geben. Da es allerdings eine Weile dauern wird, bevor Miraculix den magischen Trank zubereitet hat, müssen sich unsere Drei ein wenig gedulden. Asterix nutzt die Gelegenheit, um seinen Vetter und Obelix zu einer handfesten gallischen Mahlzeit einzuladen.

Als er im Haus seines besten Freundes am Tisch sitzt, fällt Obelix ein weiterer eigenartiger Wesenszug des Briten auf. Seine Zöpfe fliegen vor Erstaunen in die Höhe, als Teefax um eine Tasse heißes Wasser mit einem Tropfen Milch bittet (siehe Abb. 4). Eine so merkwürdige Bestellung ist dem Kumpel von Asterix noch nie zu Ohren gekommen! Zum ersten trinkt er selbst nur Wasser, wenn er sich von einem Kater erholen muß,[6] und zum zweiten kann Obelix sich nun einmal schlecht vorstellen, daß Menschen aus anderen Gegenden andere Sitten und Gebräuche pflegen. Und da sein britischer Gast offensichtlich lieber Wasser als Bier, Wein oder Ziegenmilch trinkt, steht für Obelix fest, daß er «spinnt».

Aber «spinnt» Teefax wirklich mit seiner Vorliebe für (heißes) Wasser? Zwar tranken die meisten Kelten Bier und die Griechen hauptsächlich Wein, den sie mit Wasser verdünnten, aber es gab in der Antike auch überzeugte Wassertrinker. So wissen wir, daß die Bewohner Spaniens – Kelten wie Teefax – ausschließlich Wasser tranken:

Phylarchos (…) sagt auch, daß alle Iberer Wassertrinker sind.[7]

Und bestimmt waren sie nicht die einzigen. Auch von einigen berühmten Griechen wird erzählt, daß sie Wasser bevorzugten.[8]

4

Informationen zu diesem Thema finden sich bei Athenaios (2./3. Jahrhundert n. Chr.). Dieser Experte für Fragen der Gastronomie berichtet von einer veritablen Wasserdebatte, in der zahllose Aspekte zur Sprache kamen. Die Disputanten erörterten die verschiedenen Wassersorten, ergingen sich über die vielfältigen Verwendungszwecke dieses Getränks und sprachen über seine heilkräftige Wirkung. In diesem Zusammenhang wird ein gewisser Diokles (4. Jahrhundert v. Chr.), zitiert, der sich ausführlich über die heilsame Wirkung des Wassers auf Körper und Geist geäußert hat:

Diokles sagt, daß Wasser gut für die Verdauung ist und keine Blähungen verursacht und daß es recht gut erfrischt. Ferner sagt er, daß es den Blick schärft und nicht im mindesten Kopfschmerzen verursacht. Überdies werden dadurch Körper und Geist stimuliert.[9]

Und daß dies nach Ansicht einiger Griechen sowohl auf kaltes wie auf heißes Wasser zutreffen konnte, ist dem Kommentar eines anderen Teilnehmers an diesem Expertentreffen zu entnehmen:

und derjenige, der sich einer guten Gesundheit erfreuen will, muß entsprechende Übungen machen (...) und deshalb muß er das beste Wasser trinken, das er erhalten kann, im Winter und Frühling so heiß wie möglich und im Sommer kalt, um den Magen nicht im voraus zu schwächen.[10]

Die Schlußfolgerung dürfte deutlich sein – an sich ist es keineswegs merkwürdig, daß Teefax und seine Landsleute heißes Wasser trinken. Im Gegenteil, wenn wir manchen Griechen glauben dürfen, war dieses Getränk besonders gut für ein Volk, das sich körperlich fit halten mußte, um ja gegen die Römer eine Chance zu haben.[11]

Das lachende Wildschwein?

Als Asterix und die anderen hören, daß der Zaubertrank fertig ist, machen sie sich sofort auf den Weg zum Haus des Druiden. Dort wartet ein Faß von solchen Ausmaßen auf sie, daß Teefax es nie und nimmer allein zu seinem Dorf in Kent tragen kann. Und natürlich passiert das, was unsere beiden Freunde insgeheim schon gehofft hatten. Sie bekommen von ihrem Häuptling die Erlaubnis, den britischen Gast auf der Reise in seine Heimat zu begleiten.

Die Drei gehen an Bord des kleinen Schiffes von Teefax und erreichen nach einer stürmischen Überfahrt die Küste Britanniens. Da es auf der anderen Seite des Kanals wie üblich *cats and dogs* regnet, schlägt Teefax vor, nicht gleich zu seinem Dorf weiterzureisen, sondern sich zunächst einmal in einem Gasthaus zu stärken. Vor allem Obelix ist von dieser Idee sehr angetan, wie immer hat er schon lange wieder Hunger und Lust auf einen leckeren Wildschweinbraten.

Zu seiner großen Freude steht das Essen im Handumdrehen auf dem Tisch; der britische Wirt macht sich umgehend an die Arbeit und verkündet kurze Zeit später, daß das Wildschwein serviert sei. Aber als der leicht üppige Gallier Platz nimmt und sieht, was dort auf seinem Teller liegt, ist er mindestens genauso überrascht wie damals, als er Teefax zum ersten Mal Wasser trinken sah. Seine Vorfreude und seine hohen Erwartungen bekommen einen gehörigen Dämpfer. Obelix muß feststellen, daß das Gasthaus «Zum lachenden Wildschwein» seinem Namen keine Ehre macht. (siehe Abb. 5)

5

Verwundert und sichtlich enttäuscht starrt Asterix' Freund auf seinen Teller. Das soll ein lachendes Wildschwein sein? Statt eines enormen Bratenstücks, das er als echter Gallier doch so über alles liebt, liegt dort ein kleiner Knochen, noch dazu in Pfefferminzsauce gekocht, vor seiner Nase. Zum ersten Mal in seinem Leben empfindet Obelix so etwas wie Mitleid mit den Tieren, die er so gerne jagt; es muß für ein Wildschwein ein schlimmes Schicksal sein, auf eine so gräßliche Art zubereitet zu werden. Wildschwein in Pfefferminzsauce ... was haben sich die Briten nur dabei gedacht?

Obelix' Abscheu vor gekochtem Wildschwein ist mit Sicherheit eine Frage des persönlichen Geschmacks. Wie mehrere Quellen berichten, haben die Kelten ihr Fleisch nicht nur gebraten, sondern mindestens genauso oft in großen Kesseln gekocht.[12] Es ist also mehr als wahrscheinlich, daß auch in der Heimat von Obelix gekochtes Wildschwein gegessen wurde. Leider wissen wir nicht, ob die Kelten das Fleisch während der Zubereitung auch gewürzt haben. Bei den Römern war das mit Sicherheit Usus.

In einem römischen Kochbuch, das Apicius (1. Hälfte des 1. Jahrhunderts n. Chr.) zugeschrieben wird, in Wirklichkeit aber wohl ein paar Jahrhunderte später entstand, stoßen wir auf das folgende Rezept:

Aliter in apro: aqua marina cum ramulis lauri aprum elixas quousque manescat. Corium ei tolleis, cum sale, sinapi, aceto infere.

Eine andere Art und Weise für Wildschwein: Koche das Tier in Meerwasser mit Zweigen von Lorbeer bis es gar ist. Entferne die Haut und serviere mit Salz, Senf und Essig.[13]

Die hier vorgeschlagene Zubereitungsweise unterscheidet sich nicht allzusehr von dem britischen Tellergericht, das Obelix serviert bekam. Auch die Römer schätzten offenbar den Geschmack von gekochtem und gewürztem Fleisch. Im Gegensatz zu der britischen Minzvariante fügten sie dem Schweinefleisch allerdings Lorbeerblätter hinzu.

Die Kombination von Minze und Schweinefleisch haben wir an keiner Stelle in den alten Quellen wörtlich entdecken können, belegt ist jedoch, daß Minze in der Antike häufig als Gewürz verwendet wurde. Hinzu kam der angenehme Nebeneffekt, daß dieses Kraut nach gängiger Auffassung als Heilmittel für allerlei Krankheiten galt. Über seine Verwendung in der römischen Küche sagt der Schriftsteller Plinius (23/24–79 n. Chr.):

Der Duft von Minze selbst erfrischt unseren Geist, der Geschmack macht das Essen besonders schmackhaft, weshalb es eine bekannte Zutat unserer Soßen ist.[14]

Zu welchem Essen die genannten Saucen serviert wurden, erfahren wir bei Plinius nicht. Da ist Athenaios schon wesentlich genauer, der ein bekanntes griechisches Gericht nennt, das mit Minze serviert wurde:

Aber Seeigel sind zart, saftig, stark riechend, sättigend und leicht verdaulich. Wenn sie mit einer süß-sauren Soße[15] *mit Sellerie und Minze gegessen werden, sind sie gut für den Magen, süß und sehr schmackhaft.*[16]

Beide Texte belegen, daß in der griechischen und römischen Küche Minze sehr viel Verwendung fand. Von daher ist es durchaus vorstellbar, daß Cäsars Soldaten – zumindest in dieser Hinsicht – wenig Probleme mit der britischen Küche hatten.

Eine Frage des Geschmacks

Obelix hält mit seiner Geringschätzung der britischen Kochkünste jedenfalls nicht hinter dem Berg. Normalerweise freut er sich über jede Mahlzeit, die ihm vorgesetzt wird, aber dieses Mal kann er dem Essen, das ihm seine britischen Gastgeber servieren, rein gar nichts abgewinnen. Und daran wird sich während seines ganzen Aufenthalts auf der Insel auch nichts mehr ändern. Sobald jemand eine Anspielung auf etwas Eßbares macht, ergreift Obelix auf der Stelle die Flucht (siehe Abb. 6 und 7). Ihm ist sogar die Lust vergangen, in einem Gasthaus etwas zu trinken, wohl wissend, daß man ihm mit der größten Selbstverständlichkeit einen Krug lauwarmes Bier anbieten wird – noch so ein erstaunliches lokales Produkt, vor dem Obelix graut.

Wieso der etwas korpulente Gallier eine solche Aversion gegen das britische Bier hat, bleibt das Geheimnis von Goscinny und Uderzo. Schauen Sie sich einmal die Abbildung 8 an! Ob das Bier vielleicht zu kalt ist, wie Teefax meint, läßt sich an Obelix' Mienenspiel nicht ablesen. Sein Widerwillen könnte also auch mit etwas ganz ande-

6

7

8
9

rem zu tun haben. Möglicherweise hatte das britische Bier einen vollkommen anderen Geschmack als der heimische gallische Gerstensaft. Der nachfolgende Text von Strabon (1. Jahrhundert v. Chr.) verstärkt diese Vermutung:

Und Bier wird unter den Ägyptern auf eine eigenartige Art und Weise hergestellt. Es ist bei vielen Völkern ein ganz gewöhnlicher Trank, aber die Art und Weise, in der er gemacht wird, ist von Land zu Land unterschiedlich.[17]

Verschiedene Zutaten, anderes Wasser und unterschiedliche Mengenverhältnisse verleihen den diversen Bieren natürlich ihren spezifischen Geschmack. Daran hat sich bis heute nichts geändert. An sich spricht also nichts dagegen, daß Obelix angesichts des «ungewöhnlichen» britischen Braurezepts zurückschreckt.

Aber genug der Spekulationen. Werfen wir, um dieses Thema abzuschließen, noch einen Blick auf die «Gläser», aus denen unsere Helden ihr Bier trinken. Im Gegensatz zu den vertrauten Trinkhörnern wird ihnen der britische Gerstensaft in einer Art Bierkrug kredenzt. Goscinny und Uderzo griffen dazu auf Bierseidel zurück, die auf den ersten Blick ziemlich mittelalterlich aussehen. Sie sind nach dem bekannten Prinzip aus kurzen, gebogenen Holzschindeln hergestellt, die ihnen eine leicht gewölbte Form geben; zusammengehalten werden sie von zwei Metallringen, und auch der Griff ist aus Metall (siehe Abb. 8).

Bierkrüge, die in etwa dieser Beschreibung entsprechen, gab es aber schon lange vor dem Mittelalter. In Irland fand man beispielsweise einen keltischen Krug aus dem 1. Jahrhundert n. Chr. (siehe Abb. 9).[18] Auch dieses Trinkgefäß ist aus Holzteilen hergestellt, die allerdings von nur einem, wesentlich dickeren Bronzering zusammengehalten werden. In das Metall sind Verzierungen eingraviert. An der Form dieses irischen Prachtexemplars fällt auf, daß es nicht so bauchig ist wie die Krüge, die der Feder von Uderzo entsprungen sind.

Ein echter Brite?

Zum Glück für Obelix sind Asterix und er aber nicht in Britannien, um sich kulinarischen Genüssen hinzugeben. Sie haben die Aufgabe, Teefax und den Zaubertrank heil in Kent abzuliefern. Um keine Zeit zu verlieren, bricht die Truppe direkt nach dem Mahl in Richtung London auf. Die Reisenden sind noch nicht lange unterwegs, als sie an einem Briten vorbeikommen, der mit hochzufriedener Miene seinen Rasen gießt (siehe Abb. 10).

10

Die gallisch-britische Gruppe würdigt den Mann keines Blickes. Sehr zu Unrecht – denn immerhin ist der stolze Gartenbesitzer so etwas wie das klassische Beispiel eines ‹*gentleman of leisure*› – eines reichen Müßiggängers. Leider ist über die Tätigkeiten dieser hochrangigen Herren im alten Britannien wenig bekannt. Der ernsthafte Insulaner widmet sich voller Hingabe seinem Rasen, in der Hoffnung, daß er einmal ein prächtiges Bild abgeben wird. Hätte Strabon ihn so bei der Arbeit gesehen, wäre er niemals auf den Gedanken gekommen, den Briten nachzusagen, daß sie:

keine Erfahrung im Gärtnern haben.[19]

Und dann der Mann selbst. Wie so viele Briten in diesem Comic trägt er eine Hose, die eine Nachahmung des sogenannten Plusfour zu sein scheint, einer kurzen, weit fallenden Hose, die ein Stück unter den Knien geknöpft wird.[20] Uns ist diese Kleidertracht weder in antiken Beschreibungen noch auf Abbildungen begegnet. Soweit unsere Informationen reichen – und wie auch bei dem Wagenlenker auf der Abbildung 11 zu sehen ist – trugen die Bewohner Britanniens lange, enganliegende Hosen, wie zum Beispiel Sebigbos, seines Zeichens Stammeshäuptling in Kent (siehe Abb. 12).

11
12

Aber das will nicht heißen, daß unser Unbekannter ein völlig ahistorisches Äußeres hat. Mit seinem halblangem Haar und dem riesigen Schnurrbart darf er sich durchaus wie ein britischer Kelte fühlen:

Sie tragen langes Haar, rasieren sich überall, außer auf Haupthaar und Oberlippe.[21]

Ob seine roten Haare, die wir auch bei Teefax und den meisten anderen seiner Landsleute sehen, authentisch sind, ist allerdings schwer zu sagen. Bei Strabon finden wir immerhin den Hinweis, daß die Briten nicht so blond sind wie die Gallier.[22] Dies könnte natürlich implizieren, daß sie rothaarig waren, schließt jedoch auch nicht die Möglichkeit aus, daß die Inselbewohner mehrheitlich dunkelblondes Haar hatten – diese Mitteilung von Strabon bringt uns in diesem Punkt also nicht sehr viel weiter. Die einzigen, von denen wir mit Sicherheit wissen, daß sie rothaarig waren, sind die ehemaligen Bewohner Schottlands. Über sie sagt Tacitus:

Das rötliche Haar der Bewohner Caledoniens und ihre mächtigen Gliedmaße sprechen für ihre germanische Herkunft.[23]

Möglicherweise stammten die Vorfahren unseres passionierten britischen Gartenfreundes aus dem hohen Norden. Soweit unser fleißiger Engländer.

Natürlich wußten Goscinny und Uderzo nur allzu gut, daß die Bewohner des britischen Archipels nicht alle gleich aussahen. So versammeln sie in dem Dorf von Teefax Freiheitskämpfer aus allen Teilen des Reiches. Wir treffen hier unter anderem auf den Iren O'Fünfuhrteefix und auf einen Schotten namens Mac Teefürzweifix (siehe Abb. 13). O'Fünfuhrteefix ist ein untersetzter Typ, ein Kraftprotz mit flammend rotem Haar und Schnurrbart. Statt eines weißen Hemds oder langen T-Shirts mit Ärmeln trägt er Fell. Ob die Iren sich so kleideten, ist nicht bekannt, aber daß es Briten gab, die Felle trugen, ist belegt:

Die Bewohner des Binnenlandes (...) kleiden sich in Felle.[24]

Es ist nicht auszuschließen, daß Briten dieses Typs auch in Irland gelebt haben; der Historiker Diodor (1. Jahrhundert v. Chr.) ist sich dessen jedenfalls sicher.[25]

13

Der Schotte Mac Teefürzweifix ist in etwa das Gegenstück zu seinem irischen Freund. Er ist groß und schlank, hat hellblondes Haar und knickt beim Laufen etwas ein. Obwohl er aus Caledonien stammt, hat er nicht die charakteristische rote Haarfarbe, sondern ist eher ein Typ wie Asterix. In dieser Hinsicht ähnelt Mac Teefürzweifix weitaus eher dem Durchschnittsbriten aus Südostengland, der sich – nach Tacitus – kaum von den Festlandgalliern unterschied. Der römische Geschichtsschreiber nennt verschiedene Gründe, die dieser verwandten Physiognomie zu Grunde liegen können:

Die den Galliern am nächsten wohnen, gleichen ihnen auch, entweder, weil die Kraft der Abstammung weiterwirkt, oder weil das gleiche Klima ihnen dieses Aussehen gab, da die Länder einander gegenüberliegen. Wenn man jedoch das Ganze abwägt, ist es wahrscheinlich, daß Gallier die benachbarte Insel in Besitz genommen haben.[26]

Genau genommen paßt Mac Teefürzweifix natürlich nicht in diese Theorie, denn er kommt aus dem Norden und hat einen völlig anderen Hintergrund. Aber wenn Strabon ihn gesehen hätte, wäre er sofort auf den Gedanken gekommen, es mit einem Briten zu tun zu haben. Denn Mac Teefürzweifix verrät sich durch seine Körperhaltung:

Ich selbst sah in Rom junge Kerle [aus Britannien], die einen halben Kopf über die längsten Römer hinausragten, obgleich sie krumme Beine hatten und auch keine schöne Linie irgendwo anders in ihrem Körper.[27]

In griechischen Augen waren die Inselbewohner keine Schönheiten. Aber waren die Briten selbst eigentlich auch nicht besonders glücklich über ihr Äußeres? Fast könnte man das meinen, denn bis auf wenige stilisierte Darstellungen von Göttern, Reitern und Kriegern haben sie der Nachwelt keinerlei Anhaltspunkte zu ihren körperlichen Merkmalen hinterlassen. Wir wissen also nicht, wie der durchschnittliche Brite, Schotte oder Ire der Antike aussah. 1984 hatte es jedoch kurz den Anschein, als würde Licht in dieses Dunkel fallen. Es war das Jahr, in dem man in der Nähe von Manchester einen grausigen Fund machte. Für Archäologen und Historiker brachen spannende Zeiten an …

Das Ganze nahm seinen Anfang, als zwei Arbeiter in Lindow Moss zwischen einem Stapel frisch gestochener Torfballen auf einen harten, mit Torf bedeckten Gegenstand stießen.[28] Da sie es für ein Stück Holz hielten, warfen sie das «Ding» zunächst achtlos in die Ecke. Aber das merkwürdige Objekt ließ sie nicht ruhen … Nachdem sie mit ihrer Arbeit fertig waren, sahen sie sich das vermeintliche Stück Holz noch einmal an und entfernten einen Teil der Torfschicht. Was darunter zum Vorschein kam, bescherte den beiden Männern fast einen Herzinfarkt. Unter dem Torf verbarg sich kein Holz, sondern ein komplett erhaltener, wohlgeformter menschlicher Fuß.

Angesichts des guten Zustands, in dem sich dieses Körperteil befand, dachte man zunächst nicht an einen archäologischen Fund, sondern an ein Verbrechen – auch, weil die örtliche Polizei schon seit längerem auf der Suche nach der Leiche einer Frau war, die in den 1960er Jahren in der Umgebung von Lindow Moss ermordet worden war. Man hoffte, daß der Fuß zu ihren sterblichen Überresten gehörte, und daß man in

14
15

Bälde weitere Teile finden würde. Zu letzterem kam es in der Tat – viel schneller, als alle gedacht hatten, wurden weitere Teile eines menschlichen Körpers zutage gefördert.

Einen Tag später kam es an derselben Stelle erneut zu einer unheimlichen Entdekkung. Aus dem Torfballen, in dem der Fuß gesteckt hatte, ragte ein gut erhaltenes Stück Haut hervor, das ganz offensichtlich an etwas festsaß. Lag hier etwa der Körper der ermordeten Frau? Die Polizei beschloß, der Sache auf den Grund zu gehen und beauftragte eine Reihe erfahrener Archäologen, den Torf vorsichtig abzutragen. Nach drei Wochen intensiver Arbeit mußte das Forschungsteam seinen Auftraggeber jedoch enttäuschen. Zwar fanden die Wissenschaftler in dem Torf Überreste eines Mordopfers, aber dieses Mordopfer war keine Frau.[29] Und der ungefähre Zeitpunkt seines Todes? Etwa vor zweitausend Jahren![30]

Zum Vorschein kam der praktisch vollständig erhaltende Oberkörper eines jungen Mannes, der zum Zeitpunkt seines Todes zwischen zwanzig und dreißig Jahre alt gewesen sein muß. Aufgrund der Länge und des Gewichts seiner Knochen konnten Mediziner feststellen, daß er etwa 1,68 m groß war und annähernd sechzig Kilo gewogen hatte. Er hatte kräftiges dunkelblondes Haar und einen kurzgeschnittenen Vollbart. Und so sieht der Lindowman, wie ihn die Wissenschaftler tauften, aus (siehe Abb. 14 und 15).[31]

Ist das nun der durchschnittliche Brite der Antike, den wir so akribisch suchen? Das Äußere des Lindowman weist tatsächlich Merkmale auf, die auch in den Beschreibungen klassischer Kelten auftauchen, beispielsweise sein Vollbart.[32] Überraschenderweise fand man im Magen dieses Mannes Mistelpollen – eine Pflanze, die von den keltischen Druiden von Eichen heruntergeschnitten wurde.[33] Ein dritter Hinweis auf die keltische Abstammung des Lindowman ist das Ritual seiner Ermordung. Seine Henker schlugen ihm den Schädel ein, erwürgten ihn mit einem Strick und schnitten ihm die

Kehle durch. Diese typischen Grausamkeiten, denen der junge Mann zum Opfer gefallen ist, finden sowohl in den klassischen wie auch in den mittelalterlichen Textquellen über die Kelten Erwähnung.[34]

Hinweise zur Genüge, die uns zu der Annahme berechtigen, daß der *Lindowman* der Brite ist, den wir brauchen. Das einzige Problem ist jedoch die zeitliche Bestimmung. Zwei Gruppen britischer Archäologen bemühten sich, das Alter der Leiche festzustellen. Während das eine Team das 3. Jahrhundert v. Chr. ermittelte, wies das andere nach, daß der *Lindowman* um 500 n. Chr. gelebt haben muß. Keine der beiden Datierungen machen das Mordopfer zu einem Zeitgenossen von Asterix, es sei denn, spätere Untersuchungen sollten ergeben, daß die Wahrheit, wie so oft, in der Mitte liegt.

Messen mit zweierlei Maß

Auf das Äußere der Inselbewohner aber verschwenden unsere Freunde keinerlei Gedanken. Sie sind noch immer in fliegender Fahrt auf dem Weg nach London. Als sie schon eine beträchtliche Strecke hinter sich gebracht haben und Asterix wissen will, welche Strecke sie noch vor sich haben, erklärt ihm sein Vetter, wie nahe sie der Stadt nach britischen Begriffen bereits sind. Beiläufig klärt er ihn auch darüber auf, daß seine Landsleute Entfernungen auf ihre Weise ausdrücken und sich nicht um die Längenmaße scheren, die von den Römern eingeführt wurden. Der große Unterschied besteht, wie er sagt, darin, daß Briten die Abstände in Fuß und Römer in Schritten messen. Aber hier irrt Teefax (siehe Abb. 16).

Das römische Längenmaß, das er anspricht, der *passus*, hat nichts mit einem Schritt zu tun, sondern bezieht sich auf Armlängen. Wenn ein erwachsener Römer seinen linken Arm nach links und seinen rechten Arm nach rechts ausstreckt, beträgt der Abstand zwischen seiner rechten und linken Hand einen *passus*, also ungefähr anderthalb Meter. Dieser Abstand mal tausend genommen ist eine römische Meile; der lateinische Ausdruck dafür ist *mille* (tausend) *passus*.

Ob die Briten zu dieser Zeit in Fuß gerechnet haben, ist nicht bekannt. Aber Teefax tut gut daran, diese Frage aufzuwerfen. Wer im Europa der Antike reisen wollte, mußte die nötigen Rechenkünste beherrschen. In großen Teilen Galliens hielten die Bewohner gar nichts von der römischen Meile mit ihren tausend *passus*, sondern orientierten sich an einem ganz anderen, typisch keltischen Längenmaß, der *leuga*. Wer wissen will, wie viele

16

Meter der Neuzeit eine Leuge umfaßt, sollte den Berechnungen des römischen Geschichtsschreibers Ammianus Marcellinus folgen:

Weil der Ort, von dem aus sich das römische Heer in Bewegung setzte, vom Lager der Barbaren 14 Leugen, das heißt 21 Meilen entfernt war (...)[35]

Nach Ammianus entsprechen 14 Leugen 21 römischen Meilen. Eine Meile ist – wie bereits gesagt – gleich 1000 *Passus* oder: 1000 × 1,5 Meter = 1500 Meter oder 1,5 Kilometer. Folglich ergeben 21 Meilen eine Entfernung von 21 × 1,5 Kilometer = 31,5 Kilometer. Wenn wir nun wissen wollen, wie lang eine Leuge ist, müssen wir folgende Rechnung anstellen: 31,5 Kilometer entsprechen 14 Leugen, 31,5 Kilometer: 14 Leugen = 2,25 Kilometer. So umständlich sind die Reisenden im klassischen Altertum natürlich nicht vorgegangen. Sie rechneten Leugen einfach direkt in Meilen um und umgekehrt. Das sah dann wie folgt aus: 14 Leugen entsprechen 21 Meilen, 1 Leuge = 21 Meilen : 14 Leugen = 1,5 römische Meilen – oder 1 Meile = 14 Leugen: 21 Meilen, also 0,66 Leugen.

Mit ein wenig arithmetischer Begabung konnte der antike Globetrotter durchaus herausfinden, wie weit er noch vom Ziel seiner Reise entfernt war. Trotzdem war es nicht besonders praktisch, daß in Gallien mit zweierlei Maß gemessen wurde. Überlegen Sie mal. Wenn man im 2. Jahrhundert n. Chr. im heutigen Frankreich unterwegs war, traf man in der Nähe von Bordeaux auf Meilensteine, auf denen Leugen angegeben waren.[36] Begab man sich anschließend in den Nordosten, hatte man es mit römischen Meilen zu tun.[37] Und setzte man seine Reise von dort aus in Richtung Lyon fort, mußte man sich wieder auf Leugen[38] umstellen. Nur ganz selten hatte der Reisende das Glück, daß die Entfernungen sowohl in Leugen als auch in Meilen angegeben waren.[39]

Asterix und Obelix zeigen kein großes Interesse an den Erklärungen von Teefax zu den unterschiedlichen Maßsystemen. Da sie nun wissen, daß sie kurz vor den Toren Londons stehen, müssen sie eine Möglichkeit finden, den Zaubertrank hinter dem Rücken der Römer in die Stadt zu schmuggeln. Teefax, der sich über dieses Problem schon seine Gedanken gemacht hat, schlägt vor, abzuwarten, bis der Nebel aufzieht. Asterix erscheint diese Idee ziemlich absurd, denn schließlich war auf der ganzen Reise ein wolkenloser, strahlend blauer Himmel. Aber schon bald stellt sich heraus, daß Teefax sich mit dem Klima seines Landes wirklich auskennt, und daß ein klarer Himmel und Nebel durchaus kein Widerspruch sein müssen. Dieses typisch britische Wetter wurde schon von Strabon beschrieben:

(...) und an den Tagen, an denen der Himmel klar ist, bleibt der Nebel so lange hängen, daß innerhalb eines ganzen Tages die Sonne nur drei oder vier Stunden zu sehen ist.[40]

Zum Glück für unsere Freunde ist der Nebel dieses Mal nicht so hartnäckig. Als die drei Abenteurer in London sind, hat er sich schon wieder aufgelöst. Vor allem Teefax paßt das gut ins Konzept; jetzt, wo er wieder vollkommen klare Sicht hat, kann er seine Gäste problemlos auf direktem Wege zu dem Gasthaus seines Freundes Relax bringen. Dort werden die Drei eine Weile untertauchen, bevor sie sich mit ihrem Zaubertrank in das Dorf von Teefax begeben.

17

London is the place to be

Das Gasthaus *Zur gallischen Amphore* ist die erste Londoner Adresse, die unsere Drei ansteuern (siehe Abb. 17). Teefax lotst seine gallischen Freunde mit traumhafter Sicherheit durch das Gewirr der Londoner Straßen. Schließlich ist er des öfteren bei Relax zu Besuch und kennt den Weg dorthin im Schlaf. Für Asterix und Obelix gibt es in der britischen Metropole so viel zu sehen, daß sie keine Zeit haben, auf den Weg zu achten oder sich zu fragen, in welchem Teil Londons sie nun eigentlich sind. Dennoch sind einige topographische Kenntnisse in einer so großen und komplizierten Stadt durchaus von Nutzen. Wir wollen uns zunächst einmal anschauen, an welcher Stelle die Drei die Stadtgrenze passiert haben. Dazu müssen wir kurz zum Anfang der Reise zurückkehren.

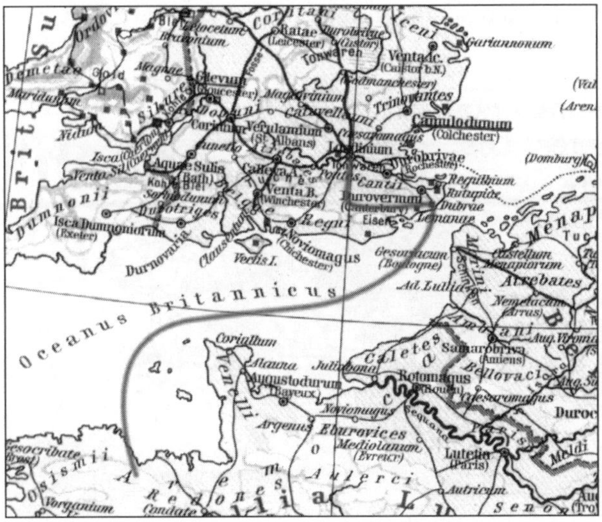

18

Die Gallier und Teefax sind in der Nähe von *Dubris* (Dover), also an der Südostküste der Insel, an Land gegangen (siehe Abb. 18).[41] Nachdem sie sich dort einigermaßen von der stürmischen Überfahrt erholt hatten, beschloß Teefax, nicht auf direktem Wege zu seinem Dorf zu reisen, sondern zunächst einen Abstecher nach London zu machen. Da dieser Vorschlag auch den beiden Galliern einleuchtend erschien, zog die Truppe kurze Zeit später mit ‹geborgtem› Pferd und Wagen in Richtung London. Höchstwahrscheinlich benutzten sie den uralten Verkehrsweg *Watling Street*, der im Prinzip schon lange existierte, bevor Cäsar zum ersten Mal seinen Fuß auf britischen Boden setzte. Die Römer bauten *Watling Street* aus und schufen damit eine hervorragende Verbindungsstraße, die von der Küste unter anderem über Canterbury direkt nach London führte (siehe Abb. 19).

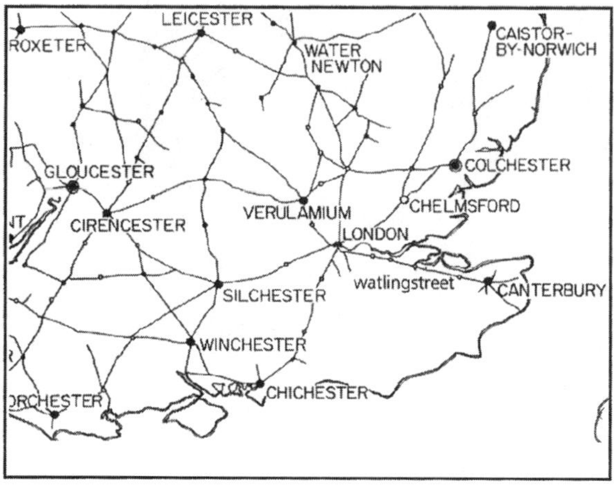

19

Unseren Helden war es jedoch nicht lange vergönnt, von den Vorzügen dieser hervorragenden Straße zu profitieren. Schon nach kurzer Zeit wurden sie von zwei römischen Patrouillen in die Zange genommen. Um den Zaubertrank in Sicherheit zu bringen, blieb ihnen nichts anderes übrig, als sich querfeldein aus dem Staub zu machen (siehe Abb. 20). Obwohl die Römer ihnen natürlich nachsetzten, entwischten ihnen die Drei letztendlich doch, weil ein erboster Brite – dessen Outfit wir schon gebührend gewürdigt haben – den Weg blockierte. Trotzdem rasten Asterix und seine Freunde zur Sicherheit in einem solchen Tempo weiter, daß sie noch am Abend desselben Tages ihr Ziel erreichten. Das ist eine ganz enorme Leistung, denn normalerweise brauchte man in der Antike für die etwa hundert Kilometer lange Strecke zwischen Dover und London drei Tage.[42]

Diese Information könnte den Leser vielleicht zu der Schlußfolgerung verleiten, daß Asterix und Obelix eine Abkürzung querfeldein genommen hatten und deshalb so

20

unglaublich schnell in London ankamen. Aber das ist nicht der Fall. Auf der Karte ist deutlich zu erkennen, daß *Watling Street* der absolut schnellste Weg von der Küste zur britischen Metropole ist. Von daher liegt die Vermutung nahe, daß unsere Reisenden nach der wilden Querfeldeinjagd wieder auf diesen «Highway» zurückkehrten, die Stadt von Süden aus erreichten und dort auch fürs erste blieben. Die Zeichnungen belegen, daß sie auf ihrer Fahrt vom Stadtrand zum Gasthaus von Relax kein einziges Mal die Themse überquerten, die auch schon seinerzeit die Stadt in zwei Hälften teilte.

Daß sich Asterix, Obelix und Teefax zunächst im Süden Londons aufhielten, wird auch noch an etwas anderem deutlich. Auf Abbildung 21 ist zu sehen, wie die Römer Weinfässer über eine Brücke zum Palast ihres Statthalters auf dem anderen Themseufer rollen. In welche Richtung die schwitzenden und keuchenden Römer unterwegs sind, läßt sich anhand der Zeichnung zwar nicht erkennen, aber mit ein wenig historischem Hintergrundwissen erschließen. Die meisten Reste römischer Siedlungen wurden von Archäologen im Norden von London ausgegraben, darunter auch ein Palast in unmittelbarer Nähe der Themse. Dieses Gebäude soll im 1. Jahrhundert n. Chr. der Sitz des römischen Statthalters gewesen sein, und es ist natürlich durchaus denkbar, daß Uderzo diesen Fund in seiner Darstellung verwertet hat. Daraus ergibt sich zwangsläufig, daß die Herberge *Zur gallischen Amphore* im Süden Londons gelegen haben muß.

In diesem Teil der Stadt befindet sich – zumindest aus der Sicht Uderzos – kein einziges stattliches römisches Gebäude. Im Gegenteil, die «*gallische Amphore*» ist von Häusern umgeben, die große Ähnlichkeit mit den Hütten haben, in denen Asterix und Obelix selbst wohnen. Die Dächer sind aus Stroh oder kleinen Baumstämmen, die Wände bestehen aus lose aufeinander gestapelten Steinen oder sind im Fachwerkstil gebaut. Zudem haben sie, ebenso wie die keltischen Tempel, keine längliche, sondern eher eine quadratische Grundfläche. So mutet das Viertel, in dem Relax zu Hause ist, sehr britisch-keltisch an. Aus dem Rahmen fällt nur das Gasthaus selbst, bei dem ein

21

keltisches Strohdach und im römischen Stil gemauerte Wände miteinander kombiniert werden.

22

Offensichtlich lag Uderzo intuitiv richtig, als er jenes Stadtviertel 1966 in dieser Weise zeichnete, denn daß es in römischer Zeit auf dem südöstlichen Ufer der Themse so aussah, ist noch nicht lange bekannt. Erst zwischen 1983 und 1990 stießen Archäologen bei Ausgrabungen in diesem Stadtteil – Southwark – auf Überreste von Bauten,[43] die zwar aus dem 1. Jahrhundert stammen, aber dennoch an die Häuser erinnern, die dort zur Zeit von Asterix standen. So fand man in ein und derselben Straße Spuren eindeutig britischer Häuser, deren Wände aus Fachwerk bestanden, aber auch Hinweise auf Mischformen, für die das Gasthaus von Relax ein Beispiel ist. Die schönste archäologische Entdeckung ist wohl das Gebäude (wahrscheinlich ein Haus), das einerseits die typisch britische Rundform und das Fachwerk aufweist,[44] aber dessen Wände ausschließlich im römischen Stil gemauert sind (siehe Abb. 22).

Doch nicht nur die Architektur in Southwark hatte im 1. Jahrhundert einen überwiegend keltischen Charakter, auch die Lebensweise in diesem Stadtviertel war so unverfälscht britisch, wie Uderzo sie auf seinen Zeichnungen wiedergibt. Während die Römer London mit ihren Tempeln und Badehäusern voll pflasterten, lebten die ursprünglichen Bewohner ihr eigenes Leben. Offensichtlich verdienten sich viele ihren Unterhalt als Eisen- oder Kupferschmied – darauf verweisen die vielen Schmieden und Öfen mit Metallabfällen und Schlacke,[45] die in Southwark ausgegraben wurden. Auch der Handel muß schon eine recht bedeutende Rolle gespielt haben – davon zeugt der Fund eines ganz aus Holz errichteten Speicherhauses, in dem wahrscheinlich verderbliche Produkte gelagert wurden.[46] Im Süden Londons waren also überwiegend britische Gewerbetreibende und Handwerker zu Hause.

Demgegenüber setzen im Norden der britischen Metropole die Römer die Akzente – das wird sofort erkennbar, wenn wir Asterix und Obelix auf ihrer Suche nach dem Zaubertrank begleiten. Was war inzwischen geschehen? Als dem römischen Statthalter zu Ohren kam, daß sich in seiner Stadt Gallier mit einem Faß des magischen Tranks aufhielten, geriet er derart in Panik, daß er unverzüglich eine Suchaktion nach den drei Rebellen und ihrer ‹Geheimwaffe› startete. Er befahl seinen Soldaten, vor allem Kneipen zu durchsuchen und alle Weinfässer, die sie ausfindig machen konnten, zu konfiszieren. Anschließend sollten die Fässer in seinen Palast gebracht und dort einer genaueren Prüfung unterzogen werden. Natürlich blieb auch die «*gallische Amphore*» von

23

dieser großangelegten Razzia nicht verschont, aber glücklicherweise gingen unsere Freunde den Römern nicht ins Netz. Allerdings fiel der Zaubertrank – der tatsächlich zwischen den anderen Vorratsfässern versteckt war – leider in die Hände des Feindes.

Deshalb bleibt Teefax und den anderen am darauffolgenden Tag nichts anderes übrig, als dem Palast des Statthalters am nördlichen Themseufer einen Besuch abzustatten. Dort liegt ihr Faß, das sie unbedingt zurückhaben wollen. Mit Pferd und Wagen stürzen sich die Drei in das Londoner Verkehrsgetümmel. Und auch dieses Mal wissen Asterix und Obelix nicht, wohin sie in dieser Stadt, die schon immer für ihre Hektik bekannt war, zuerst schauen sollen:

Dieser Ort [London] war zwar noch keine Kolonie, aber durch die Zahl römischer Kaufleute und durch seinen lebhaften Verkehr von großer Bedeutung.[47]

So bekommen die beiden Gallier zum ersten Mal in ihrem Leben einen echten Londoner Doppeldecker zu Gesicht,[48] sie werden Zeugen eines Streits zwischen einem Obsthändler und einem seiner Kunden und wundern sich über einen Briten, der, wie Asterix es ausdrückt, ein ‹Tragdach› über seinem Kopf hält (siehe Abb. 23).

24

Natürlich wird sich der moderne Leser bei dieser Szene ein Schmunzeln kaum verkneifen können. Schließlich ist dies eine eindeutige Anspielung auf den Regenschirm, ein Gegenstand, untrennbar verbunden mit dem anständigen Engländer, der sich praktisch immer im strömenden Regen fortbewegt. Also eher ein moderner als ein klassisch-antiker Gegenstand – oder vielleicht doch nicht? Asterix' Verwunderung über das ‹Tragdach› bedeutet noch nicht, daß dieser Gebrauchsgegenstand zu seiner Zeit nirgendwo anders existierte. Aus der folgenden Textstelle läßt sich eigentlich nur schließen, daß das Prinzip des Schirms keineswegs eine Errungenschaft der Neuzeit ist:

Deine Ohren, bei Zeus, klappen auf und wieder zu wie ein Sonnenschirm.[49]

Schon im 5. Jahrhundert v. Chr., also weit

vor der Zeit von Asterix, gab es in Griechenland ein- und ausklappbare Schirme, die zwar nicht vor Regen, wohl aber vor der Sonne schützen sollten.

Und auch nach Asterix waren die «Sonnendächer» in den warmen Regionen des römischen Reiches weiterhin sehr beliebt – zum Beispiel in Spanien, wo die Damen mit Hilfe eines Sonnenschirms im wahrsten Sinne des Wortes versuchten, kühlen Kopf zu bewahren (siehe Abb. 24)[50] – und bei den Einwohnern Roms, die sich zu bestimmten Anlässen Sonnenschirme schenkten.[51] Natürlich hatten die Menschen in diesen südlichen Regionen sehr viel mehr unter der Sonne als unter Regengüssen zu leiden, so daß niemand auf die Idee kam, den Sonnenschirm als Regenschirm zu benutzen. Dazu kam es erst sehr viel später, als der Parasol etwa im 18. Jahrhundert eine Renaissance erlebte, die ihm auch in den nicht so sonnenverwöhnten Ländern unseres Kontinents zum Durchbruch verhalf. Dort funktionierte man ihn als Schutz gegen die vielen Regenschauer zu einem Regenschirm um. Von daher ist es logisch, daß wir den Regenschirm für einen modernen Gegenstand halten, auch wenn sein Prinzip eigentlich schon vor 2500 Jahren ersonnen wurde.

My home is my castle

Aber zurück zu Asterix, Obelix und Teefax. Mittlerweile haben unsere drei Abenteurer die Londoner Residenz des römischen Machthabers erreicht. Sie einigen sich darauf, daß Teefax mit seinem Karren draußen wartet, während die beiden Gallier das Faß mit dem magischen Trank suchen. Waren sie schon erstaunt, den Wachtposten mit einem Vorwand auf Anhieb überlisten zu können, so wird ihre Verwunderung noch größer, als sie in die Amtsräume des Statthalters vorgedrungen sind. Die riesigen Säle wirken wie ausgestorben, keine Soldaten stürmen auf sie zu, um ihnen Handschellen anzulegen, alles scheint völlig regungslos und in einem der Palastsäle schlafen zwei Legionäre zu Füßen einer großen Dianastatue ihren Rausch aus (siehe Abb. 25).

25

26

Wirklich schade, daß Asterix und Obelix keine Zeit haben, um sich dieses Standbild in Ruhe anzuschauen, denn dann wäre ihnen wahrscheinlich aufgefallen, daß diese Göttin der Jagd nicht einmal mehr die entfernteste Ähnlichkeit mit der schönen, schlanken, jungen Frau (siehe Abb. 26) hat,[52] als die sie sonst – manchmal auch in Begleitung von Hunden oder wilden Tieren[53] – dargestellt wird. Der Diana des Londoner Statthalters lag offenkundig ein völlig anderer Entwurf zugrunde. Ihre Leibesfülle ist so immens, daß der Hirsch unter ihrem Gewicht röchelnd zusammenbricht und statt der feinen Gesichtszüge, die wir von den römischen Götterbildern kennen, wirkt diese Diana eher grobschlächtig. Was hat sich der Bildhauer nur dabei gedacht?

Höchstwahrscheinlich nichts Besonderes, wenn man davon ausgeht, daß der Künstler – und das verrät sein Stil – ein Einheimischer gewesen sein muß. Die Kelten waren keine Meister in der Darstellung menschlicher Körper, und die Produkte – ihrer eher kläglichen Bemühungen – fielen praktisch nie besser aus als die Diana von Uderzo. Genau erklären läßt sich dieses spezifische Defizit nicht, denn die Kelten besaßen durchaus künstlerisches Talent, das mit einem hohen technischen Können gepaart war. So entwarfen sie beispielsweise prachtvolle Ornamente, mit denen sie ihre Waffen und Gebrauchsgegenstände verzierten. Vielleicht lag ihnen die abstrakte Kunst einfach besser. Es ist nämlich auffällig, daß die Motive und Verzierungen im Laufe der Jahrhunderte immer künstlerischer und komplizierter wurden, während die Darstellung menschlicher Körper auf einer relativ primitiven Stufe stagnierte. Die hier abgebildete Venus aus dem 4. Jahrhundert n. Chr. ist ein gutes Beispiel dafür (siehe Abb. 27).

27

Plump oder nicht – der Statthalter Caius Spiritus hätte wohl an seiner britischen Dianastatue nichts auszusetzen gehabt. Sonst hätte er sich sicherlich mit Kunstimporten umgeben. Für begüterte Römer wie ihn war es ein Leichtes, Kunstwerke aus dem Ausland zu ordern. Der Schriftsteller und Staatsmann Cicero (106–43 v. Chr.), der über einen Freund in Athen in den Besitz griechischer Skulpturen kam, bildet da keine Ausnahme:

28

Auf Deine pentelischen Hermen mit den Bronzeköpfen, von denen Du schreibst, freue ich mich schon jetzt; darum schicke sie mir, und die anderen Kunstwerke und was sonst für den Platz, an den sie zu stehen kommen, paßt und meiner Schwärmerei auf diesem Gebiet sowie Deinem Geschmack entspricht, möglichst viel und möglichst alt, vor allem solche Stücke, die sich für das Gymnasium und die Arkaden eignen. (...) Wird es mit Lentulus' Schiff nichts, dann verlade die Sachen, wie Du es für richtig hältst.[54]

Es ist eigentlich kaum zu verstehen, daß unser Londoner Statthalter von einer solchen Möglichkeit keinen Gebrauch macht, sondern sich mit britischen Kunsterzeugnissen begnügt. Normalerweise umgab sich ein Römer auch in einer eroberten Provinz mit Zeugnissen seiner eigenen Kultur und lehnte es ab, etwas von der einheimischen – insbesondere von der westeuropäischen – Kultur zu übernehmen. Nicht so Caius. Er geht sogar noch einen Schritt weiter, denn nicht nur seine Kunstsammlung, auch sein Äußeres entspricht keineswegs der römischen Norm. Sehen Sie sich nur einmal sein Gesicht an. Der Statthalter Spiritus ist nicht, wie jeder Römer seiner Zeit, glattrasiert, sondern läßt sich einen veritablen Vollbart stehen (siehe Abb. 28).

Wie lassen sich dieses merkwürdige Äußere und die ungewöhnlichen Verhaltensweisen erklären? Wir denken, daß sich dieser hohe römische Beamte, was sein Verhalten betrifft, zu stark von seiner britischen Umgebung beeinflussen ließ – für die keltischen Briten war der Vollbart ein unverzichtbarer Bestandteil ihrer Kultur.[55] Seine Vorliebe für die einheimische Kunst scheint Caius von der britischen Ober-

29

30

schicht übernommen zu haben. Nach der Eroberung ihres Landes durch die Römer galt es bei den wohlhabenderen Briten als chic, sich mit «griechischen» und «römischen» Kunstobjekten einzudecken, die ihre keltische Machart allerdings nicht verleugnen konnten. Ein Beispiel ist dieses Mosaik aus dem 1. Jahrhundert n. Chr., das einen recht fülligen Dionysos zeigt (siehe Abb. 29). Er hätte sich im Palast des Spiritus mit Sicherheit gut gemacht.

Asterix und Obelix irren noch immer in den riesigen Zimmerfluchten umher. Ein Auge für die Kunst haben sie nicht, für sie geht es nur darum, so schnell wie möglich den Zaubertrank zu finden. Zum Glück entdeckt Asterix nach einer Weile den Zugang in die Kellergewölbe, wo die Fässer von Relax versteckt sind. Aber welches ist das Faß mit dem Zaubertrank? Die Gallier wissen es nicht, und die Zeit, um aus allen Fässern zu kosten, haben sie nicht. Und so schleppen sie unter dem «schlafenden Auge» einer Kohorte sternhagelvoller Soldaten in Windeseile alle Fässer weg und laden sie auf den Karren, mit dem Teefax ungeduldig vor dem Palast wartet. Dann überqueren sie wieder die Themse und lassen Caius Spiritus und seine Residenz hinter sich.

Dem unglückseligen Römer geht erst ein Licht auf, als das Kind schon in den Brunnen gefallen ist. Er läßt seine Soldaten antreten, um ihnen auf dem Innenplatz seines Palastes gehörig den Marsch zu blasen. Dieser Prunkbau, der in dem Comic eine frappante Ähnlichkeit mit dem heutigen Buckingham Palace zu haben scheint (siehe Abb. 30), lag nach Meinung Londoner Archäologen tatsächlich an dieser Stelle. Vor etwa 40 Jahren fanden sie am Nordufer der Themse die Reste eines Gebäudes aus dem 1. Jahrhundert, bei dem es sich durchaus um das Praetorium, sprich die Wohn- und Amtsräume des römischen Statthalters aus den Anfangsjahren der römischen Besatzung handeln konnte.[56] So legten die Archäologen unter anderem zwei Reihen kleiner Räume mit einem dazwischen liegenden Gang frei – möglicherweise die Amtsstuben der Provinzverwaltung (siehe Abb. 31).

Der Palast war jedoch nicht nur zum Arbeiten gedacht, seine Bewohner sollten sich auch, unter anderem in den wunderschönen Gärten, entspannen können. Was das

31

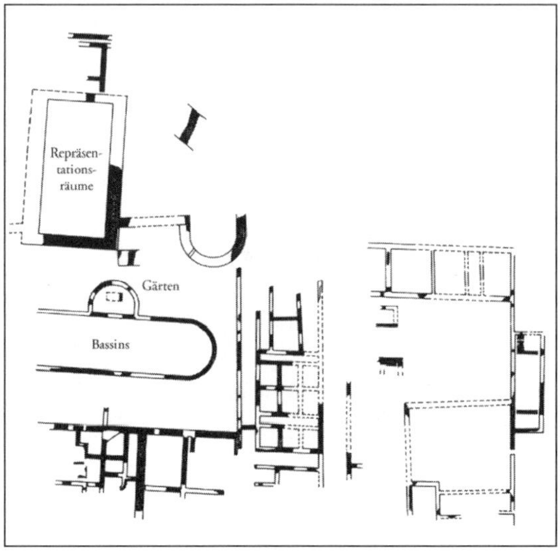

angeht, hat das Praetorium des hohen Londoner Staatsbeamten sehr viel Ähnlichkeit mit der großen Villa in Fishbourne (siehe Abb. 32). Auch dort muß es prachtvolle Gärten mit Teichen und Springbrunnen gegeben haben und – betrachtet man die dort entdeckten Saatgutfurchen (siehe Abb. 33)[57] – auch mit kunstvoll gestalteten Hecken oder Beeten. Das besagte Landhaus stammt aus derselben Epoche wie der Londoner Palast und gehörte vermutlich dem Briten *Cogidubnus*, der mit unserem Spiritus wohl einiges gemein hatte. Auch der Besitzer von Fishbourne schmückte seine Zimmer mit Werken einheimischer Künstler, unter anderem mit diesem Mosaik (siehe Abb. 34). Darüber hinaus hatte *Cogidubnus* in etwa dieselbe Funktion wie sein Vorgänger Loensus; das ist der Inschrift anläßlich der Errichtung eines Tempels zu entnehmen:

[Den Göttern] Neptun und Minerva haben diesen Tempel für das Heil des Göttlichen Hauses [des römischen Kaisers] auf Veranlassung des Tiberius Claudius Cogidubnus, des großen Königs der Britannier, die Zunft der Schmiede und ihre Mitglieder aus ihren eigenen Mitteln geweiht, wobei Clemens, der Sohn des Pudentius, das Gelände gegeben hat.[58]

Wie Spiritus, nur fast ein ganzes Jahrhundert später, war *Cogidubnus* Statthalter von Britannien. Eine Besonderheit, denn in der Regel wurde dieses Amt nicht von Provinzbewohnern bekleidet, sondern war ausschließlich gebürtigen und hochrangigen Römern vorbehalten. Es ist natürlich denkbar, daß *Cogidubnus* das römische 32

33

34

Bürgerrecht erhalten hatte, möglich ist aber auch, daß die Römer bei ihm eine Ausnahme machten. Schließlich hatten sie in Gallien die Erfahrung gemacht, daß ein erobertes Gebiet weitaus leichter zu befrieden war, wenn sie einem einheimischen Politiker die Verwaltung übertrugen. In jedem Fall hatte *Cogidubnus* die Aufgabe, den römischen Kaiser über das Geschehen in Britannien auf dem laufenden zu halten, Recht zu sprechen, die Armee anzuführen und für Ruhe und Ordnung zu sorgen.

Cogidubnus machte einen guten Job; dies wird auch durch die einzige, freilich unzusammenhängende Bemerkung belegt, die wir bei Tacitus über ihn finden:

Einige Völkerschaften schenkte man dem König Cogidubnus, der bis auf unsere Zeit der treueste Freund blieb.[59]

Offensichtlich hielt es der römische Geschichtsschreiber für überflüssig, sich eingehender mit der Person dieses Briten zu befassen. Verständlich – denn für die Römer war das persönliche Tun und Lassen eines *Cogidubnus* wenig interessant. Ihnen ging es in erster Linie darum, daß er die römischen Interessen in der Provinz vertrat und die besetzten Gebiete mit harter Hand kontrollierte. Und da *Cogidubnus* in dieser Hinsicht keinen Grund zur Klage bot, brauchte sich der römische Geschichtsschreiber nicht allzu lange bei seiner Person aufzuhalten.

Eiserne Ladies

Caius Spiritus hätte Tacitus mehr Stoff geboten, denn sein Auftreten ist keine Erfolgsnummer. Der brave Mann tut zwar alles, was in seiner Macht steht, um die Gallier und ihren Zaubertrank zu fassen zu kriegen, aber die Umstände sind einfach gegen ihn. Für Asterix und Obelix läuft allerdings auch nicht alles nach Wunsch. Zu ihrem großen Entsetzen wird der Karren samt allen Weinfässern, die sie gerade mühsam aus dem Palast geschleppt haben, gestohlen. Das bedeutet eine nochmalige Verzögerung und die erneute Suche nach dem Zaubertrank. Zum Glück finden sie schnell die Adresse des Karrendiebs heraus, aber als sie in dessen vermeintliches Haus eindringen wollen, erleben sie eine peinliche Szene. Die drei Abenteurer verschaffen sich irrtümlich Zutritt zu dem Haus eines ganz normalen britischen Ehepaares und werden von der Frau des Hauses in einem äußerst barschen Ton

35

abgekanzelt. (siehe Abb. 35). Diesem doch sehr resoluten Auftreten der Hausherrin haben die Drei wenig entgegenzusetzen, und obwohl der höfliche Gatte bemüht ist, die Wogen zu glätten, ziehen unsere Helden einen schnellen Abgang vor.

Asterix und Obelix fällt ein Stein vom Herzen, als sie die erboste Dame hinter sich gelassen haben. Sie sind zwar durchaus an selbstbewußte Frauen gewöhnt, aber einem solchen Drachen wie dieser englischen Lady sind sie noch nie begegnet. Und diese Szene spiegelt durchaus die historische Wirklichkeit wider. Von griechischen und römischen Geschichtsschreibern wissen wir, daß die Frauen auf dem keltischen Festland im allgemeinen sehr unabhängige Persönlichkeiten waren, sich im Kampf bewährten und häufig auch bei wichtigen Entscheidungen – sowohl im öffentlichen wie auch im Privatbereich – ein gewichtiges Wort mitzureden hatten.[60] Die Führung des Stammes überließen die Damen allerdings in der Regel ihren Männern, mit denen sie ansonsten erstaunlich gleichberechtigt zusammenlebten. In Britannien herrschten andere Verhältnisse. Dort gab es ambitionierte Frauen, die am liebsten selbst die Zügel in die Hand nahmen und ihren Männern sagten, was sie zu tun hatten. Unsere Petula aus dem Comic ist dafür natürlich nur ein Beispiel am Rande. In der Literatur hingegen wimmelt es nur so von echten *iron ladies*, die viel lieber selbst die Initiative ergreifen, anstatt abzuwarten, daß ein Mann aktiv wird.

Eine dieser Frauengestalten ist die Stammesfürstin Boudicca,[61] die im ersten Jahrhundert über die Icener im Südosten Englands herrschte. Nach dem Tod ihres Mannes wurde dieser britischen Herrscherin von den römischen Besatzern übel mitgespielt; sie verlor ihr Land, wurde ausgepeitscht, ihre Töchter wurden vergewaltigt. Diese Erniedrigungen konnte und wollte Boudicca nicht klaglos über sich ergehen lassen, und so nahm sie das Heft in die Hand und befahl den Icenern und einigen anderen benachbarten Stämmen, sich gegen die Römer, die ihr so viel Leid angetan hatten, zu erheben. Kurz vor der alles entscheidenden Schlacht hielt sie eine flammende Rede an ihre Truppen, die, wie man sich erzählt, den Männern tiefen Respekt einflößte:

36

Sie war sehr groß, hatte ein sehr angsteinflößendes Äußeres und einen ganz durchdringenden Blick. Ihre Stimme war hart und rauh und ihre langen grellblonden Haarbüschel fielen ihr bis auf das Gesäß. Um ihren Hals trug sie ein großes goldenes Halsband und sie hatte ein langes buntes Gewand an mit einem dicken Mantel darüber, der mit einer Spange befestigt war. So putzte sie sich immer heraus. Und dann, nachdem sie eine Lanze ergriffen hatte, um allen Zuhörern einen gehörigen Schrecken einzujagen, hielt sie ihre Rede.[62]

Ob Boudicca wirklich eine so imposante Erscheinung war, wird nie geklärt werden, da man keine zeitgenössischen Darstellungen von ihr gefunden hat. Moderne Abbildungen (siehe Abb. 36) existieren hingegen durchaus, denn seit Cassius Dio (2./3. Jahrhundert n. Chr.) und Tacitus (1./2. Jahrhundert n. Chr.) haben die Persönlichkeit und das Auftreten dieser mutigen Frau immer wieder die Phantasie der Schriftsteller angeregt.

Aber wenn wir Tacitus glauben dürfen, verriet nicht nur das Äußere von Boudicca ihre Furchtlosigkeit und Selbstsicherheit. Auch die Worte, die sie an ihre Soldaten richtete, lassen keinen Zweifel daran, daß sie sich selbst für tapferer als die Männer hielt. Vor allem die abschließenden Sätze ihrer Rede machen dies deutlich:

Wenn ihr die Scharen der Kämpfer anseht, wenn ihr die Gründe bedenkt, die uns in den Krieg getrieben haben, so müßt ihr euch sagen: Diese Schlacht kann nur Sieg oder Tod bringen. So wenigstens entscheide ich mich, eine Frau. Mögt ihr Männer leben und Knechte sein![63]

Boudicca erklärt, daß sie ihre Freiheit niemals aufgeben wird, auch wenn dies ihren Tod auf dem Schlachtfeld bedeuten würde. Natürlich hofft sie, daß die Soldaten ihrem Beispiel folgen werden, aber wie der letzte Satz verrät, hält sie es auch durchaus für möglich, daß einige ihrer Männer eher bereit wären, sich unter der römischen Fremdherrschaft versklaven zu lassen.

Sehr britisch, aber diesmal äußerst unterhaltsam

Selbst Asterix, Obelix und Teefax scheinen inzwischen nicht mehr Herr der Lage zu sein, denn auch wenn sie keine Sklaven sind, so reiben sie sich doch unbewußt an den Römern auf. Was ist Sache? Während unsere Helden noch immer nach ihrem gestohlenen Faß suchen, sind ihnen plötzlich ein römischer Hauptmann und seine Soldaten auf den Fersen. Diese Römer wollen es nicht auf eine aussichtslose Prügelei ankommen lassen, sondern ziehen es vor, den Galliern unauffällig zu folgen, um auf diese Weise an den Zaubertrank heranzukommen. Sowohl unsere Drei als auch die Spione in ihrem Kielwasser sind höchst erstaunt, als sich herausstellt, daß ihr Faß schon längst nicht mehr in London ist. Dem Vernehmen nach soll die ahnungslose Rugbymannschaftt von Camulodunum[64] das bewußte Faß für ihr morgiges Spiel gegen Durovernum[65] gekauft haben.

So ziehen die drei Freunde am nächsten Tag zum Rugbystadion, um dieses wichtige Spiel der britischen Fünfstämmeliga mit eigenen Augen zu verfolgen. Der gesamte Verkehr ist zusammengebrochen, da praktisch das ganze fußballverrückte Britannien auf dem Weg zu diesem sportlichen Großereignis ist (siehe Abb. 37). Unsere drei Abenteurer und die anderen Fans aus der Umgebung kommen zu Fuß – schließlich haben sie es nicht weit. Die eingeschworenen Anhänger der beiden Teams kommen hingegen mit Pferd und Wagen. Während die eine Fangemeinde aus dem 60 Kilometer entfernten Durovernum, der Hauptstadt von Kent, anreisen muß, haben die Camuloduner eine noch weitere Strecke zurückzulegen. Ihre Stadt, die wohl im Jahre 43 von Claudius erobert wurde,[66] liegt circa 70 Kilometer nordöstlich von London.

Inmitten dieser brodelnden Masse haben unsere Helden einen Platz auf der Tribüne gefunden. Das Stadion gleicht von Anfang an einem Hexenkessel. Vor Anpfiff des Spiels betreten die beiden Mannschaftskapitäne mit den jeweiligen Clubmaskottchen das Spielfeld. Der Glücksbringer von Camulodunum ist eine stolze Gans, während Durovernum auf ein Huhn vertraut, das, an einem blauen Band geführt, würdig hereinstolziert (siehe Abb. 38). Ob diese beiden Vögel bei den Briten tatsächlich als Glücksbringer galten, ist nicht bekannt. Cäsar merkte allerdings an, daß Hühner und Gänse bei den Inselbewohnern äußerst populär waren.

37

38
39

Hase, Huhn oder Gans gelten [bei den Briten] als unerlaubte Speisen, jedoch hält man diese Tiere aus Lust und zum Vergnügen.[67]

Vielleicht liegt hier die Erklärung, warum die Briten gerade diesen Tieren in manchen Situationen außergewöhnliche Kräfte zuschrieben.

Nach dem protokollarischen Teil ist es endlich so weit! Der Druide gibt das Zeichen zum Anstoß, und das Spiel kann beginnen. Atemlos verfolgen Asterix und Obelix das Match, bei dem praktisch alle Mittel erlaubt sind, um zu einem Torerfolg zu kommen. Der moderne Leser erkennt sofort, daß unsere Freunde hier Zuschauer eines zeitlich rückversetzten Rugbyspiels sind (siehe Abb. 39). Das soll jedoch nicht heißen, daß es derartige oder verwandte Sportarten in der Antike nicht gegeben hätte. Von den Griechen wissen wir, daß sie verschiedene Ballsportarten kannten. Eine davon, *phaininda* genannt, erinnert von ihrem Charakter her sehr an die Variante des britischen Fußballspiels aus unserem Comic.

Antiphanes beschreibt das Spiel phaininda wie folgt: Nachdem er den Ball gepackt hatte, gab er ihn erfreut weiter an einen, während er gleichzeitig dem anderen entwischte, einem schlug er ihn aus den Händen und ließ noch einen Mitspieler in Aktion treten, während er laut schrie: «außerhalb», «zu weit», «zu ihm», «über seinen Kopf», «niedrig», «zu kurz», «paß zurück und gib ab!»[68]

Vor allem Obelix ist von dem schnellen Rasenspiel total begeistert, nicht zuletzt, weil es ihn an einige seiner Prügelerlebnisse mit den Römern erinnert. Daher auch die Überlegung des hüftstarken Galliers, das Rugbyspiel nach Gallien zu importieren. Eine Spitzenidee – aber die Voraussetzung wäre, daß er sich auch gut in den Spielregeln auskennt. Und das ist keine einfache Sache, denn für Außenstehende sind die Regeln im Rugby nur schwer nachzuvollziehen. Kurz gesagt geht es bei diesem Spiel darum, daß eine Mannschaft unter anderem Punkte macht, indem sie den Ball über die Torlinie der gegnerischen Spielhälfte bringt – ähnlich wie bei dem griechischen *episkiros*, einem rauhen Spiel für echte Kerle. Wie beim Rugby wird auch bei dieser hellenischen Variante das Spielfeld in zwei Hälften aufgeteilt, wobei die Torlinie eine wichtige Rolle spielt:

40

«episkiros» wird auch gerne «epikoinos» und «ephebikos» genannt und es wird zwischen zwei Gruppen gleicher Anzahl gespielt. In der Mitte ziehen sie mit Steinsplittern eine Linie, die sie «skiros» nennen; darauf plazieren sie den Ball. Daraufhin ziehen sie hinter jeder der beiden Teams auch noch eine Linie. Diejenigen, die den Ball als erste zu packen bekommen, werfen ihn über die Gegenpartei hinaus. Die müssen ihrerseits versuchen, den Ball zu fangen und wieder zurückwerfen, gerade so lang, bis die eine Partei die andere über die Grundlinie gedrängt hat.[69]

Den Ausgang dieses begeisternden Spiels mitzuerleben, ist Obelix leider nicht vergönnt. Als der Schiedsrichter auf die Uhr schaut, um das Spiel abzupfeifen, hat unser großer Held das Stadion schon lange verlassen. Im übrigen ist die Taschensonnenuhr, die der Druide hier benutzt (siehe Abb. 40), keineswegs ein Phantasieprodukt von Uderzo, auch wenn sie vielleicht so aussehen mag. Schon in der Antike gab es «Uhren», die vor allem von Reisenden zur besseren Orientierung benutzt wurden. Archäologen entdeckten einige dieser Sonnenuhren, die allerdings nicht rechteckig sind wie das Exemplar im Comic, sondern rund und aus Bronze. Ihr Durchmesser schwankt zwischen 3,5 bis 6 Zentimetern (siehe Abb. 41).[70]

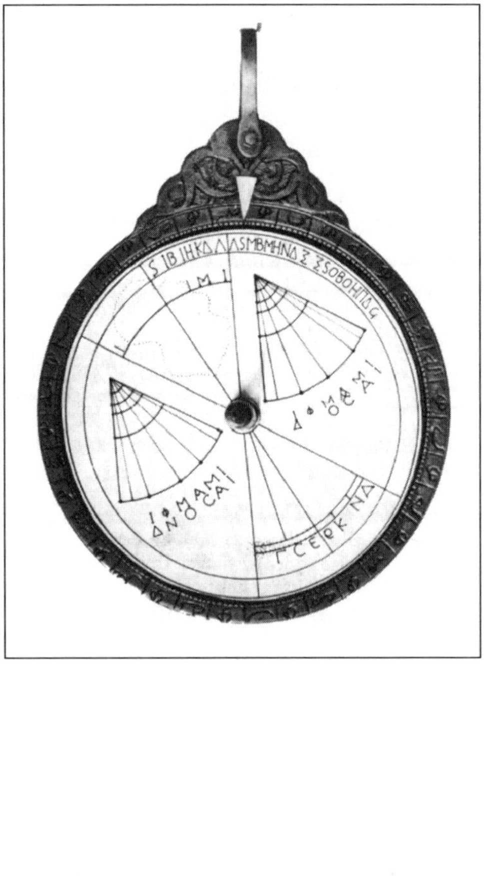
41

Tee wirkt Wunder

Während die Anzeigetafel einen Kantersieg für Camulodunum verkündet, schippern Asterix, Obelix und Teefax schon lange die Themse herab. Endlich sind sie mit dem Zaubertrank auf dem Weg nach Kent … Leider versenken aber die Römer in einem sehr ungleichen Kampf das Boot unserer Freunde. Um das kleine Ruderboot unserer drei Helden zu vernichten, schrecken Cäsars Mannen nicht davor zurück, einen Onager einzusetzen (siehe Abb. 42).[71] Dieses gigantische Gerät funktioniert wie ein Riesenkatapult, das die kleine Schaluppe mit einem Schleudergeschoß im Handumdrehen zerstört. Asterix und die anderen überstehen diese Attacke unbeschadet – ein Wunder, wenn man dem Bericht des jüdischen Schriftstellers Josephus (37/38–100 n. Chr.) glaubt, der mit eigenen Augen sah, welch verheerende Auswirkung die Steine hatten, die von diesen römischen Mordmaschinen auf das jeweilige Zielobjekt geschleudert wurden:

Einem der Männer, der neben Josephus auf der Mauer stand, wurde der Kopf von einem Stein abgerissen und drei Stadien [etwa 550 Meter] weit weggeschleudert.[72]

Dieser lebensgefährlichen Situation entronnen, erreichen die Drei kurze Zeit später mit heiler Haut das Ufer. Von dem prächtigen Faß, das sie an Bord hatten, sehen sie zu ihrem großen Kummer nur noch einige Bruchstücke im Wasser treiben. Ein wahrhaft trauriger Anblick, aber trotzdem muß dieses ominöse Faß nicht für die Nachwelt verloren sein. Vielleicht liegen seine Überreste jetzt in einem der berühmten britischen Museen. Londoner Archäologen sind in der Themse immer wieder auf Reste hölzerner Transportfässer gestoßen, die große Ähnlichkeit mit dem Faß von Miraculix haben (siehe Abb. 43).

42

Diese Information nützt unseren Freunden natürlich herzlich wenig. Sie kommen nun mit leeren Händen in Kent an, während die Römer in der Zwischenzeit bedrohlich näher rücken. Unser Dreigestirn und der Stammeshäuptling Sebigbos zerbrechen sich den Kopf über eine mögliche Strategie, denn jetzt sieht es für die Briten sehr finster aus …

Das Ergebnis ihrer Beratung läßt sich natürlich ahnen – die Briten stellen sich zum Kampf gegen die Römer. Statt des Zaubertranks bekommen sie von Asterix einen Schluck Tee – ein Placebo, dessen Wirkung aber nichts zu wünschen übrig läßt. Voller Hingabe stürzen sich die Krieger von Sebigbos ins Gefecht und jagen den Römern eine solche Angst ein, daß diese Hals über Kopf flüchten und sich für lange Zeit nicht mehr blicken lassen werden. Diese Gemeinschaftsaktion von Sebigbos, Teefax und seinen Kollegen darf mit Fug und Recht historisch genannt werden, denn der Verlauf dieser Schlacht wie auch die übrigen Ereignisse haben viel mit dem zu tun, was sich während der beiden Expeditionen Cäsars nach Britannien abspielte.[73]

Am Wochenende nie!

In dem Comic strotzt der Anführer der römischen Truppen zunächst nur so vor Selbstbewußtsein und hält in unmittelbarer Nähe des kleinen keltischen Dorfes beeindruckende militärische Übungen ab (siehe Abb. 44 und 45). Nicht weniger pompös waren die Machtdemonstrationen Cäsars, als er in den Jahren 55 und 54 v. Chr. zweimal zur Eroberung der britischen Inseln aufbrach. Wie stark seine Flotte bei der ersten Expedition war, verrät uns der Feldherr nicht, aber alles in allem wird er wohl ein paar hundert Schiffe aufgeboten haben. Historisch belegt ist jedoch, daß er zu seiner zweiten Kanalüberquerung im Jahre 54 mit einer gigantischen Armada von mehr als achthundert Schiffen aufgebrochen ist (siehe Abb. 46). Den Briten flößte dieser Anblick eine solche Furcht ein, daß sie sich versteckten. Noch nie hatten sie eine so große Flotte gesehen.[74]

44
45

Aber brachte Cäsar dieser Riesenaufwand auch den erhofften Erfolg? In der Asterixgeschichte jedenfalls nicht, hier werden die Römer von den Briten in die Flucht geschlagen. In Wirklichkeit muß nach den Worten des Feldherrn alles optimal verlaufen sein, denn die Schilderungen seiner kriegerischen Aktionen auf der Insel sind durchweg sehr positiv. So berichtet er, daß er im Jahr 55 – nota bene direkt nach der Landung – schon den ersten ‹Sieg› in einer Schlacht erringen konnte, die teilweise noch auf dem Wasser ausgetragen wurde:

Nun, da die Feinde im Gefecht bezwungen waren ...[75]

An anderer Stelle ist bei dem römischen Feldherrn die Rede davon, daß seine Reiter auf dem Vormarsch plötzlich von Briten angegriffen wurden. Die Römer schlugen die Barbaren in die Flucht – für Cäsar ein gefundenes Fressen, mit der überlegenen Kraft seiner Soldaten zu prahlen:

doch blieben unsere Leute in jeder Hinsicht überlegen.[76]

Für seine Armee waren die Attacken der Inselbewohner wirklich Peanuts – das wiederholt Cäsar nur zu gern. Immer wieder läßt er sich darüber aus, wie problemlos seine Männer die britischen Truppen in die Flucht schlugen.

46

Und als die Schlacht begonnen hatte, konnten die Feinde dem Ansturm unserer Soldaten nicht sehr lange standhalten und sie wandten sich zur Flucht.[77]

Der römische Feldherr wählt seine Worte so, daß bei dem Leser fast kein Zweifel an dem günstigen Verlauf des gesamten Unternehmens aufkommen kann.

Wer jedoch etwas genauer hinschaut, wird feststellen, daß Cäsar mit seinen Formulierungen den Lesern Sand in die Augen streut. So ist zum Beispiel das, was er als «in die Flucht schlagen» bezeichnet, typisch für die Kriegsstrategie seines britischen Gegners. Die Inselbewohner – und diese Erläuterung stammt wohlgemerkt aus der Feder Cäsars! – praktizierten das System des *hit and run*, das heißt, sie starteten urplötzlich einen Angriff, um sich danach blitzschnell wieder zurückzuziehen. Ihr Abzug hatte also meistens nichts mit einer Flucht zu tun, sondern war Teil einer ausgeklügelten Taktik.[78]

Wenn sich die Briten also vom Schauplatz des kriegerischen Geschehens entfernten, taten sie das mit Sicherheit nicht, um eine Tasse Tee zu trinken oder weil Wochenende war – wie uns Uderzo und Goscinny weismachen wollen –, sondern um den Gegner in Verwirrung zu bringen (siehe Abb. 47). Und diese Taktik ging hervorragend auf. Die Soldaten Cäsars, die nur an lange Gefechte in Formation gewöhnt waren, fanden keine passende Antwort auf die Blitzattacken des Feindes. Hinzu kam, daß sie sich auf unbekanntem Terrain bewegten. Dem Gegner nachzusetzen, wie sie das in Gallien immer wieder höchst erfolgreich praktiziert hatten, wäre viel zu riskant gewesen. Das wurde auch deutlich, als die Römer trotz allem zur Jagd auf die Briten bliesen und prompt in eine heikle Situation gerieten:

Aber nachdem die Römer mehrere Feinde getötet hatten und allzu stürmisch nachsetzten, erlitten sie einige Verluste.[79]

Cäsars Soldaten hatten an mehreren Fronten so ihre Probleme mit den Inselbewohnern. Trotz ihrer zahlenmäßig haushohen Überlegenheit bekamen sie

47

48

«den Feind» nur selten in den Griff. Wie die anderen keltischen Völker auch, liebten es die Briten, den Feind überraschend aus einem Hinterhalt zu attackieren. Mit dieser Taktik gelang es ihnen immer wieder, die römischen Truppen aus dem Konzept zu bringen. So tauchten sie zum Beispiel überraschend aus den Wäldern auf, als die Römer gerade dabei waren, ein Kornfeld abzuernten:

Denn weil sonst überall das Getreide abgemäht und nur ein Stück Feld übriggeblieben war, hatten die Briten sich in der Annahme, daß unsere Truppen dorthin kommen würden, nachts in den Wäldern versteckt. Daraufhin haben sie unsere Soldaten, als diese ihre Waffen abgelegt hatten, sich verstreut hatten und damit beschäftigt waren zu mähen, plötzlich angegriffen. Nachdem sie einige von ihnen getötet hatten, verwirrten sie die übrigen Römer, so daß sie sich nicht richtig in Schlachtordnung aufstellen konnten, und gleichzeitig kreisten sie sie mit Reiterei und Kampfwagen ein.[80]

Ganz ohne Frage attackierten die Briten ihren Gegner mit derselben Entschlossenheit und Hingabe, mit der Sebigbos und seine Mannen den Römern in unserem Comic zu Leibe rückten (siehe Abb. 48). Und auch die Römer reagierten in Wirklichkeit nicht sehr viel anders als in den Asterixbänden. Cäsar benahm sich wenig heldenhaft, als seine Legionäre sich der angreifenden Briten erwehren mußten. Anstatt sich dem Kampf zu stellen, wie man doch meinen möchte, verzog er sich mit seinen Männern umgehend in Richtung eines Römerlagers.[81]

Dieses Beispiel wie auch andere Passagen aus Cäsars *De Bello Gallico* machen deutlich, daß der Krieg in Britannien durchaus nicht so verlief, wie Cäsar uns glauben machen möchte. Da kommen Goscinny und Uderzo der historischen Wirklichkeit schon um einiges näher. Die ungewöhnliche Gefechtstaktik der Inselbewohner bereitete den Römern viel Kopfzerbrechen; große Erfolge konnte Cäsar im Grunde nicht verbuchen. Selbst wenn seine Soldaten hin und wieder die Stärkeren waren, kam letztendlich nicht sehr viel dabei heraus. Bezeichnenderweise nennt der römische Feldherr an keiner Stelle konkrete Zahlen seiner gefallenen Gegner, was er nie versäumte, wenn alles, wie bei der Schlacht gegen die belgischen Nervier (58/57 v. Chr.), nach Wunsch verlief. Dieses Volk wurde von den Römern brutal dezimiert:

Sie [die Nervier] erwähnten bei der Schilderung des Unglücks, das ihrem Stamm widerfahren ist, daß von 600 Senatoren lediglich 3 und von 60 000 waffenfähigen Männern kaum 500 übriggeblieben sind.[82]

Den Briten erging es um einiges besser als ihren keltischen Brüdern auf dem Festland. Blutbäder und Massenmorde blieben ihnen vor allem deshalb erspart, weil Cäsar nicht recht wußte, wie er sie militärisch in den Griff bekommen sollte.[83] Somit gelang dem römischen Feldherrn in Britannien im Grunde nicht der entscheidende Durchbruch; vielleicht kehrte er deshalb nach Rom zurück, ohne eine Garnison zurückzulassen. Für die Inselbewohner war das natürlich eine wunderbare Sache, denn nun konnten sie, ebenso wie ihre gallischen Brüder in Aremorica, weiterhin in Freiheit leben.

Eine Galgenfrist

Die Entscheidung des Feldherrn, nach Rom zurückzukehren, ohne auch nur einen einzigen Soldaten auf der Insel zurückzulassen, weist unserer Meinung nach darauf hin, daß Cäsars britisches Abenteuer nichts anderes als ein – im übrigen nicht risikoloser – Versuch war. Sage und schreibe zweimal wurde die römische Flotte von Sturm und Regen so verwüstet, daß die Soldaten um ein Haar gezwungen gewesen wären, den harten Winter auf der Insel zu verbringen.[84] Letztendlich blieb ihnen dieser unfreiwillige Aufenthalt jedoch erspart, und der Feldherr und seine gefürchteten Legionäre kehrten – übrigens mit leeren Händen – nach Rom zurück. Besonders lukrativ war der Ausflug nach Britannien nicht ausgefallen, da die Insel eigentlich nichts bot, was einen Römer interessiert hätte. Der Redner und Politiker Cicero äußert sich dazu in einem Brief an einen Bekannten. Sein jüngerer Bruder, der mit Cäsar in Britannien gewesen war, hatte ihm erzählt, daß es dort praktisch nichts zu erbeuten gab.

Auch das ist schon bekannt, daß es auf der Insel keinen Krümel Silber gibt und auch keine

Hoffnung auf Kriegsbeute zu erwarten ist, außer Sklaven, unter denen Du wohl kaum literarisch Gebildete zu finden erwartest.[85]

Mit Sklaven, die kaum lesen und schreiben oder vielleicht nur unerträglich falsch singen konnten, konnte man in Rom keinen Eindruck schinden. Und so fand sich nach Cäsar vorläufig niemand mehr bereit, die Überfahrt über den Kanal zu wagen. Für die Briten brach eine angenehm ruhige Zeit an, denn es sollte noch fast hundert Jahre dauern, bevor Kaiser Claudius die Insel endgültig zu einer römischen Provinz machte.

Man stelle sich einmal vor, Asterix und Obelix hätten in der Epoche der römischen Kaiser gelebt. Dann wäre es sehr fraglich gewesen, ob Teefax' Dorf die Römer hätte abschütteln können. Der General in Diensten des Kaisers Claudius ging den Feldzug um einiges ernsthafter an als Cäsar und hütete sich davor, seinen Gegner zu unterschätzen. Im Gegenteil, Aulus Plautius bereitete seine militärischen Aktionen äußerst gründlich vor und versäumte es nie, Kundschafter vorauszuschicken. Hatte er die Briten aufgespürt, entwarf er einen wohlüberlegten Angriffsplan, in dem die feindlichen Stellungen selbstverständlich in Betracht gezogen und die Schwachpunkte des Gegners einkalkuliert wurden. Und nicht zuletzt sorgte er soweit wie möglich dafür, daß seine Männer die Briten überrumpelten, statt in ihre Falle zu tappen. Einen guten Eindruck von der raffinierten Taktik des Plautius vermittelt die folgende Textstelle, in der eine Situation beschrieben wird, in der sich die Briten auf der den Römern gegenüberliegenden Seite eines Flußes befanden:

Er kam zu einem Fluß. Die Barbaren dachten, daß die Römer nicht in der Lage wären, ihn ohne eine Brücke zu überqueren, und blieben deshalb, ohne groß aufzupassen, am gegenüberliegenden Ufer. Aber Plautius sandte eine Abteilung Germanen auf die andere Seite, die es gewohnt waren, in voller Ausrüstung durch die wildesten Strömungen zu schwimmen.[86]

49

Es war natürlich ein geschickter Schachzug des Römers, einen Teil der Truppen auf die andere Seite des Flusses schwimmen zu lassen, um die Briten auf diese Weise zu überraschen. Aber sein nächster Schritt war vielleicht noch effektiver. Da auch ihm bekannt war, daß die Stärke der Briten in ihrer Kavallerie und ihren Streitwagen lag, gab der römische General seinen Soldaten den Befehl, zuerst alle Pferde zu verwunden.

Diese stürzten sich folglich unerwartet auf ihre Gegner, aber anstatt auf die Briten selbst zu zielen, verwundeten sie deren Pferde, die die Streitwagen zogen. Und in der Verwirrung, die folgte, konnten die Reiter der Feinde sich selbst nicht in Sicherheit bringen.[87]

Ohne ihre Reittiere gerieten die Briten hoffnungslos in Bedrängnis. Ihre Erfolge gegen Cäsar hatten sie den pfeilschnellen Attacken der Berittenen zu verdanken, aber nun, da sie gezwungen waren, zu Fuß zu kämpfen, war ihr Widerstand gebrochen. Die meisten ergriffen die Flucht, verfolgt oder umzingelt von römischen Infanteristen, die hervorragend ausgebildet waren. Es ist nicht schwer, den Ausgang dieser Schlacht zu erraten, und als Aulus Plautius sich seines Sieges endgültig sicher war, durfte Claudius (siehe Abb. 49) das Ergebnis mit eigenen Augen bewundern. Nachdem der römische Kaiser nur pro forma selbst noch eine Schlacht geschlagen und die Stadt Camulodunum eroberte hatte, machte er sich eiligst wieder auf den Weg nach Rom, um Britannien als eine echte römische Provinz zurückzulassen.

Ganz Britannien? Nein!

Und so eroberten die Römer England. Ganz England? Nein! An der Peripherie der Insel gab es immer noch Kelten, die für ihre Freiheit kämpften (siehe Abb. 50). In Wales und vor allem in Schottland hielten die Bewohner auch in späteren Jahrhunderten an ihrer keltischen Identität fest und gaben den Römern nicht den Hauch einer Chance. Um zu verhindern, daß der Funke dieses Freiheitswillens auf ihre romanisierten Brüder übersprang, bauten die Römer letztendlich eine Mauer. Genau wie um das Dorf von Asterix, wo den Römern nichts anderes übrigblieb, als einen Festungsring anzulegen, zogen sie in Nordengland eine Mauer, um die ‹keltischen Barbaren› fernzuhalten.[88] Der Erfolg dieser Maßnahme war begrenzt. Dem Vorbild unserer Gallier folgend, statteten auch die Schotten den Römern hin und wieder einen Besuch ab, um sich ein wenig mit ihnen zu prügeln.

Für Asterix und Obelix stehen allerdings vorläufig keine tätlichen Auseinandersetzungen an. Nachdem sie Teefax geholfen haben, die Römer zu verjagen, ist ihre Mission beendet. Und nun zieht es die beiden Helden mit aller Macht ins heimische Gallien zurück, obwohl Teefax seine Gäste noch gern zu einem britischen Festmahl eingeladen hätte. Aber allein schon der Gedanke daran ist für Obelix ein Greuel; er hat auf der ganzen Reise so sehr unter dem lauwarmen Bier und dem gekochten Wildschwein gelitten, daß er nach einem köstlichen gallischen Essen giert. Aber läßt man das Essen einmal außer acht, dann hat sich der stattliche Gallier auf der Insel hervorragend amüsiert. Er findet zwar, daß die Briten spinnen, weil sie anders reden, anders rechnen und schlechter kochen als die Aremoricaner, aber sie haben ihm das Rugbyspielen beigebracht – und das macht alles andere wett.

50

II. Feurig und nicht zu zähmen

Der erste Kontakt

Die allererste Bekanntschaft mit Spanien machen Asterix und Obelix in ihrem heimischen Wald. Während die beiden Freunde aus purer Langeweile auf der Jagd nach Wildschweinen sind, taucht wie aus dem Nichts ein kleiner Junge auf, der mit voller Wucht gegen Obelix prallt. Als der stark gebaute Gallier wissen will, was ihn getroffen hat, entdeckt er ein kleines Projektil namens Pepe. Bei dem Versuch, seinen römischen Bewachern zu entwischen, hat der kleine Spanier nicht aufgepaßt und ist Obelix in die Quere gekommen. Im übrigen bringt ihm dieser Zusammenprall Glück, denn Asterix und Obelix schalten seine römischen Bewacher aus und nehmen ihn mit in ihr Dorf.

Schon auf dem Weg dorthin zeigt der kleine Spanier seinen wahren Charakter. Als Obelix ihm über den Kopf streicht, weil er den Kleinen so niedlich findet, handelt er sich einen kräftigen Biß in den Finger ein. Im Dorf selbst demonstriert Pepe auch den anderen, daß der Sohn eines spanischen Häuptlings alles andere als niedlich ist. Er schafft es immer, seinen Willen durchzusetzen, indem er solange den Atem anhält, bis er blau anläuft, und macht Majestix das Leben zur Hölle. Als er ihm offen ins Gesicht sagt, daß er eine große Nase habe, fehlen dem Armen die Worte (siehe Abb. 51). Am meisten hat jedoch Obelix zu leiden, weil sich der kleine Tyrann zwischen ihn und seinen geliebten Idefix drängt. Gemeinsam machen sich die beiden über den kräftigen Gallier hinter dessen Rücken lustig. Aber der Tropfen, der das Faß zum Überlaufen bringt, ist Pepes Liebe zur Musik. Zur großen Freude von Troubadix entpuppt sich der spanische Prinz als glühender Musikliebhaber. Als er bei ihm übernachtet, liegt er still im Bett und genießt die Schlaflieder, die ihm der Barde bis tief in die Nacht vorsingt. Für die meisten Dorfbewohner geht dies weit über die Grenze des Erträglichen hinaus; aufgebracht strömen sie in ihren Nachtgewändern unter dem Baumhaus des Sängers zusammen und fassen einen Beschluß, an dem nicht mehr zu rütteln ist. Asterix und Obelix sollen den kleinen Spanier in seine Heimat, zu seinen Eltern zurückbringen. Damit schlagen sie zwei Fliegen mit einer Klappe, indem sie einerseits dem kleinen Jungen helfen und andererseits dafür sorgen, daß im Dorf wieder Ruhe einkehrt. Zudem können Asterix und Obelix bei dieser Gelegenheit auch herausfinden, ob alle Spanier den Atem anhalten, ob sie mit ihrer Meinung niemals hinter dem Berg halten und genauso musikverrückt sind wie Pepe.

51

Die Route

Um den Kleinen bei seinen Eltern abliefern zu können, müssen Asterix und Obelix eine abenteuerliche Reise nach Sevilla bestehen. Von den Römern haben sie erfahren, daß dort in der Nähe das Heimatdorf Pepes liegt. Asterix hält nichts davon, die weite Strecke nach Südspanien auf dem Landweg zurückzulegen. Er möchte die Reise lieber per Schiff antreten, um dann in Etappen zu Fuß oder zu Pferd nach Sevilla zu kommen (siehe Abb. 52). Auf diese Weise meint er, die meisten römischen Patrouillen umgehen zu können. Der Plan scheint vernünftig, obwohl einem normalen Gallier so etwas niemals in den Sinn gekommen wäre. Nach der Überlieferung begaben sich die meisten Gallier nur äußerst widerwillig an Bord eines Schiffes. «Gallier werden selbst bei ruhiger See auf einem Schiff nervös,» schreibt Livius, der über ihr heldenhaftes Verhalten als Marinesoldaten folgende Geschichte zu erzählen weiß:

Aber als durch ihre Form deutlich war, daß Erkundungsschiffe herankamen und die schnelle Bewegung der Ruder und der auf sie gerichtete Bug verrieten, daß sich die Feinde näherten, da löste das eine Panik aus. Da keine Hoffnung auf Widerstand war (...), schwamm ein Teil der Gallier (...) an Land, während die anderen die Schiffe mit vollen Segeln (...) auf Grund laufen ließen (...)[1]

Diesen Landratten ist also fast jedes Mittel recht, um wieder festen Boden unter den Füßen zu bekommen.

An eine Fahrt über den Atlantik, wie Asterix sie vorschlägt, würden diese Gallier nicht einmal im Traum denken. Wem das ruhige Mittelmeer schon nicht geheuer ist, der wird mit Sicherheit nicht dem wilden Atlantischen Ozean trotzen wollen. Und diese Zurückhaltung ist auch durchaus berechtigt, denn eine Fahrt auf dem offenen Atlantik verlangt selbst erfahrenen Seeleuten das Äußerste ab. Auch Cäsar weiß davon ein Lied zu singen:

52 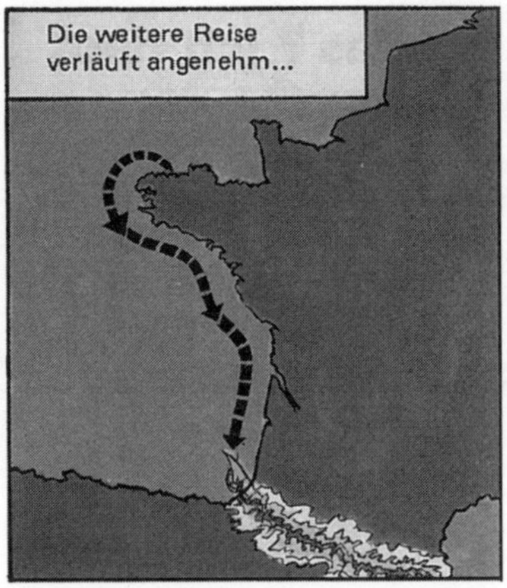

Auch wußten sie [die Kapitäne] durchaus, daß die Fahrt auf einem Binnenmeer [wie dem Mittelmeer] etwas völlig anderes ist als eine Fahrt auf dem unendlichen Ozean.[2]

Stürme und starke Strömungen erschweren die Navigation und ein Kapitän, der in eine mißliche Lage geraten ist, kann keinen rettenden Hafen anlaufen.[3]

Normale Gallier bevorzugen also den Landweg und meiden das Meer. Wenn sie kein Schiff besteigen müssen, ist ihnen keine Entfernung zu weit, dann legen sie, wenn es sein muß, Tausende von Kilometern zurück. So zog eine große Gruppe von Kelten gegen 280 v. Chr. von der Atlantikküste bis zum Balkan. Keine Sekunde kamen sie auf die Idee, ein Schiff zu nehmen, und wäre es auch nur für ein kurzes Stück gewesen.[4] Obwohl sie die immense Strecke auf ihre Weise bewältigt hatten, waren ihre Reserven am Ende immer noch groß genug, um den griechischen Soldaten, die sich ihnen in den Weg stellten, eine Lektion in gallischer Kampfkunst zu erteilen, die jenen lange in Erinnerung bleiben sollte.[5]

Asterix und Obelix entscheiden sich für den Seeweg, weil sie eben keine normalen Gallier sind. Wie die Berühmtheiten der griechischen Mythologie, denen sie eher nahestehen, unternehmen sie gern lange Schiffsreisen. In dieser Hinsicht erinnern sie stark an die mythologische Gestalt des Odysseus, der als Seefahrer die ganze Welt erkundete:

Auf jeden Fall machen die Dichter deutlich, daß die weisesten Helden diejenigen sind, die viele Orte besuchen und viel umherschweifen. Sie fanden es gewaltig, daß Odysseus viele Städte gesehen und viele Menschen kennengelernt hat.[6]

Asterix steht mit seinem Entschluß also ganz in dieser Tradition.

Unterwegs

Das halbe Dorf hat sich zum Abschied eingefunden, als Asterix, Obelix und Pepe den hölzernen Landungssteg betreten, an dessen Ende der Fischhändler Verleihnix in seinem Boot auf sie wartet. Nachdem seine Passagiere an Bord sind, macht er eine auffallende Wandlung durch. Auf seinem Schiff wird aus dem etwas schwerfälligen und leicht zu beleidigenden Fischhändler ein kundiger Seemann, der genau weiß, was er zu tun hat. Während seine Passagiere den Zurückbleibenden zuwinken, hißt er das Großsegel und steuert sein Schiff mit sicherer Hand auf den Atlantischen Ozean (siehe Abb. 53).

Daß sich Verleihnix so sicher fühlt, kann niemand besser nachvollziehen als Cäsar, der mit eigenen Augen gesehen hat, in welchen Schiffen die Bretonen in See stachen:

53

Ihre Schiffe sind wie folgt gebaut und haben folgende Ausrüstung: Der Kiel ist wesentlich flacher als der von römischen Schiffen und sie können daher bei Untiefen und Ebbe fahren. Bug und Heck sind so hochgezogen, damit sie hohem Wellengang und Stürmen standhalten können. Die Schiffe sind ganz aus Eichenholz gebaut, das alle Formen von Gewalteinwirkung und jeden Anprall aushalten kann. Die Querbalken sind aus fußdicken Kanthölzern [etwa 30 Zentimeter] und mit daumendicken Eisennägeln an der Schiffswand befestigt. Die Anker hängen nicht wie bei den Römern an Tauen, sondern an Ketten. Die Segel bestehen aus Häuten aus dünnem Leder, vielleicht weil sie einen Mangel an Leinen hatten oder aus Unkenntnis seines Gebrauchs, vielleicht – und das scheint wahrscheinlicher – weil sie glaubten, daß Leinensegel den schweren Stürmen des Ozeans und den mächtigen Windböen nicht standhalten können und zur Steuerung so schwerer Schiffe ungeeignet seien.[7]

Taue (...) mit denen die Segelstangen an den Mastbäumen befestigt waren.[8]

Gebaut wurden diese Superschiffe von den Venetern, einem Nachbarvolk unserer Gallier. Zweifelsohne handelt es sich auch bei dem Boot von Verleihnix um ein solches Modell. Der breite Rumpf, die hohen Steven, die dicken Nägel, das Segel aus Leder und die Ankerkette aus Eisen – all das verrät die Hand venetischer Bootsbauer.

Während Verleihnix in seinem Element ist, langweilen sich seine Passagiere. Ihr einziges Vergnügen besteht darin, über der Reling zu hängen und auf die endlosen Wellen und die tiefhängenden Wolken zu starren. Selbst das Essen kann ihre Stimmung nicht heben. Da niemand daran gedacht hat, Proviant mitzunehmen, ist die gesamte Besatzung zu einer kargen Bratfischdiät verdammt (siehe Abb. 54). Selbst als man unterwegs einige Portionen Wildschweinbraten erbeutet, bleibt die Reise ausgesprochen öde. Tag um Tag vergeht, und die Reisenden fragen sich, wie lange sie sich noch gedulden müssen.

Das verbindet sie mit Cäsar. Nachdem der römische Feldherr über Jahre unzählige Schlachten in Gallien geschlagen hatte, wollte er endlich einmal wissen, wie weit die Grenzen seines Imperiums reichten. Da er wie jeder Römer eine Schwäche für Zahlen, Berechnungen und Messungen hatte, beauftragte er Experten, ganz Gallien zu vermessen. Bedauerlicherweise bekam er durch seinen frühen Tod die Ergebnisse nicht mehr zu sehen, was den Fakten selbst jedoch keinen Abbruch tat. So konnten die Herren

54

Landvermesser nach zwanzig Jahren Forschung das Zahlenmaterial vorlegen, aus dem die Gesamtlänge der gallischen Küste bis zur spanischen Grenze hervorging:

Die Küste Galliens zwischen Rhein und den Pyrenäen hat eine Gesamtlänge von 1750 Meilen [etwa 2600 Kilometer].[9]

Ganz so weit hatten es Asterix und Obelix nicht bis zum Ziel ihrer Reise, aber wesentlich kürzer war ihre Route nun auch wieder nicht. Allein die Umrundung der Bretagne ist schon eine ziemliche Aktion:

Sie umfaßt die noch bemerkenswertere Halbinsel, die von der Grenze der Ossimer mit einem Umfang von 625 Meilen [fast 1000 Kilometer] in den Ozean hinausläuft.[10]

Verleihnix und seine ungeduldigen Passagiere lassen all diese Zahlen kalt. Höchstwahrscheinlich hat der Fischhändler von den Venetern, die ihm sein Schiff verkauft haben, genau erfahren, wie lange er unterwegs sein wird, denn sie

übertreffen in Kenntnis und Erfahrung im Seewesen alle anderen [an der Meeresküste].[11]

Im Vertrauen auf diese Informationen läßt sich Verleihnix keine Sekunde aus der Ruhe bringen. Er setzt seine Reise unbeirrt fort, und als sie endlich an der spanischen Küste vor Anker gehen, kann er seinen Passagieren auch noch die richtigen Tips für ihre Weiterreise geben.

Auf nach Spanien

Leider hatte Verleihnix den Verkehr nicht einkalkuliert. Die Straße, die er Asterix und seinen Reisegefährten empfohlen hat, ist nämlich hoffnungslos verstopft. So weit das Auge reicht, sehen die Gallier und Pepe eine nichtendenwollende Fahrzeugkolonne von Wagen und Karren in allen Formen und Größen, die in dem unglaublichen Verkehrschaos weder vor noch zurück können (siehe Abb. 55). Neugierig, was es mit diesem Stau auf sich hat, wendet sich Asterix an einen der Fahrer, der ihn darüber aufgeklärt, daß Urlaubszeit ist und alle auf dem Weg nach Hispanien sind – der Sonne und der günstigen Preise wegen!

Auf den ersten Blick scheint der Urlauberstau, auf den unsere Freunde hier stoßen, nur ein augenzwinkernder Verweis auf den modernen Massentourismus zu sein. Aber

55

wie so oft in den Asterixbänden werden Antike und Moderne auch hier miteinander verknüpft; so enthält diese Szene eine Anspielung auf eine reale Völkerwanderung, die kurz vor dieser Zeit, und zwar im Jahr 58 v.Chr., stattgefunden hat. Damals unternahm das Volk der Helvetier einen vergleichbaren Zug, um sich in den warmen Süden abzusetzen:

Cäsar erhielt die Nachricht, daß die Helvetier vorhatten, durch das Gebiet der Sequaner und der Haeduer in das Land der Santoner, in der Nähe von Tolosa [Toulouse], zu ziehen.[12]

Diese Emigranten hatten ihren Umzug bis ins Kleinste vorbereitet und dafür gesorgt, daß sie genügend fahrbare Untersätze hatten:

Sie beschlossen, alle Vorbereitungen für die Reise zu treffen. Sie beschafften sich so viele Wagen und Zugtiere wie möglich, säten so viel Getreide aus wie möglich und schlossen Frieden und Freundschaft mit ihren Nachbarstämmen.[13]

Unter dem Druck der Armee Cäsars mußten die Helvetier bei ihrem Exodus einzeln hintereinander herfahren. Der römische Feldherr zwang sie, eine Route zu nehmen, die

eng und schwer gangbar war, zwischen dem Jura und der Rhône, wo Wagen kaum genügend Platz hatten, um hintereinander her zu fahren.[14]

Die Länge dieser Fahrzeugkolonne läßt sich ungefähr errechnen. Nach Zahlen, die Cäsar später in die Hände fielen, nahmen insgesamt 263 000 helvetische Männer, Frauen und Kinder an der Wanderung teil:

Im Lager der Helvetier fand man Tafeln, die man Cäsar gebracht hat. Darauf standen in griechischen Buchstaben alle Namen: Wer davon an der Expedition teilnahm, wer zu den wehrbaren Männern zählte und auch – gesondert – die Anzahl der Kinder, Alten und Frauen.[15]

Selbst wenn man auch nur einen Wagen auf je 10 Auswanderer annimmt, bestand die Karawane aus 26 300 Fahrzeugen. Bei einer durchschnittlichen Länge von acht Metern für jeden Karren, bewegte sich also im Jahr 58 v. Chr. eine Schlange von über zweihundert Kilometern Länge im Schrittempo gen Süden.

In einem solchen Verkehrschaos entstehen natürlich Aggressionen. Auch Asterix bekommt das zu spüren, als er jemanden darum bittet, sich in seinem Karren vor den römischen Grenzposten verstecken zu dürfen. Der zunächst so freundliche Landsmann reagiert auf dieses Ansinnen mit einem Tobsuchtsanfall, weil er meint, daß Asterix sich vordrängeln wolle. Daß er beileibe nicht der einzige ist, der bei diesem Verkehrsgewühl die Beherrschung verliert, belegt der Text des Schriftstellers Ausonius, dem die endlosen Staus um das gallische Bordeaux ebenfalls gehörig auf die Nerven gingen:

Widerwärtig, die Menschenmassen und das ordinäre Gezänk an den Ecken, die engen Gassen, die überquellen von den Menschen, die Plätze, die wegen dem Betrieb keine Plätze mehr sind. Die Luft ist voller verwirrter Schreie: «Stop, beeil Dich, weg da, laß mich durch, paß auf!» Hier geht ein dreckiges Schwein durch, dort kommt ein durchgedrehter Hund herangestürmt, dort brechen Ochsen unter der Last ihres Wagens zusammen.[16]

Das Phänomen, daß sich moderne Europäer trotz aller Widrigkeiten mit vollbeladenen Autos und Wohnwagen auf den Weg in den sonnigen Süden machen, muß ein Rest sogenannten «gesunkenen Kulturguts» sein. Schließlich haben viele Europäer keltische oder germanische Vorfahren,[17] die – wie man weiß – diese Art der Mobilität über alles schätzten:

[Sie waren unterwegs] mit vielen Karren und enormem Gepäck, so wie Gallier das gewohnt sind.[18]

Die Zeichnungen von Uderzo halten also sowohl den alten wie auch den neuen Treck gen Süden fest.

Da unsere Drei nicht in dem Stau untertauchen können, muß Pepe auf eine andere Weise nach Hispanien geschmuggelt werden. Asterix setzt seine Hoffnung auf die Berge und macht sich mit seinen Gefährten auf den Weg in die landschaftlich reizvollen Pyrenäen:

Im Gegensatz zur kahlen gallischen Seite ist die spanische Seite der Pyrenäen dichtbewaldet mit allerlei Arten von Laub- und Nadelbäumen. In der Mitte liegen Täler, in denen man gut wohnen kann. Die meisten dieser Täler werden von den Cerretaniern bewohnt, einem spanischen Stamm, der herausragenden Schinken herstellt (...), eine nicht geringe Einkommensquelle für die Menschen dort.[19]

Auf ihrer Wanderung begegnen die Gallier einem Vertreter dieses Volksstamms. Als sie ein breites Tal durchschreiten, treffen sie auf einen wohlhabenden Gastwirt, der gegen den Türpfosten seines Berggasthofs lehnt (Abb. 56). Als Asterix den Cerretanier fragt, wie sie unauffällig über die Grenze kommen können, versteht der sofort, worum es dem kleinen Gallier geht. Während er sich auf die Suche nach einem geeigneten Führer macht, können sich die Reisenden am Schinken, einer Spezialität dieser Gegend, gütlich tun. Für die Gestaltung dieser Szene muß Uderzo den Text von Strabon neben sich gelegt haben, so präzise ist seine Wiedergabe. Das breite Tal, die Bäume, die Schinken und der wohlhabende Gastwirt – er hat wirklich nichts vergessen (siehe Abb. 57).

Der Gastwirt ist nicht nur geschäftstüchtig, sondern auch sehr hilfsbereit. Als seine drei Gäste ihre üppige Mahlzeit beendet haben, stellt er ihnen einen Mann vor, der be-

56
57

reit ist, sie über die Grenze nach Hispanien zu schmuggeln. Der Einheimische, ein Angehöriger des spanischen Volksstamms der Vaccäer,[20] kennt die Pyrenäen wie seine Westentasche. So hört er zum Beispiel schon aus großer Entfernung am Vibrieren des Bodens, wenn Römer im Anzug sind. Als sich Idefix, Pepe, Obelix und Asterix trotz seiner Warnungen auf einen Schlagabtausch mit einer römischen Patrouille einlassen, gerät der Vaccäer allerdings völlig in Panik. Nachdem er zunächst aus Angst beinahe seine Mütze aufißt, beschließt er anschließend, sich vollkommen zurückzuziehen und sogar seinen Beruf an den Nagel zu hängen. Er murmelt noch einige Hinweise auf die Lage von Pompaelo (Pamplona) und macht sich aus dem Staube – so sehr ist ihm der Schreck in die Glieder gefahren.

Inzwischen ist es Abend geworden und die Wanderer sehen Hispanien zu ihren Füßen liegen.[21] Bevor sie sich an den Abstieg wagen, genießen Asterix und Pepe vom Gipfel eines Berges aus den prachtvollen Sonnenuntergang. Keiner der beiden denkt in diesem Moment an die armen Spanier, die zur gleichen Zeit an der Küste des Atlantik zitternd und bebend dasselbe Naturschauspiel verfolgen. Für sie ist jeder Sonnenuntergang ein furchteinflößendes Abenteuer – zumindest, wenn man dem Bericht des griechischen Reisenden Poseidonios glaubt:

Wie Poseidonios sagen auch die meisten Menschen im Westen Spaniens, daß die Sonne an der Küste größer ist wenn sie untergeht und daß sie dabei ein zischendes Geräusch macht. Denn während die Sonne in der Tiefe verschwindet, wird sie im Wasser gelöscht.[22]

Während diese Spanier glauben, daß ihr letztes Stündlein geschlagen hat, steigt Pepe mit seinen gallischen Freunden ins Tal hinab, um nach langer Zeit die erste Nacht auf heimischem Boden zu verbringen.

Immer dieses Wetter

Als unsere Helden am nächsten Morgen aufwachen, haben sie allerdings das Gefühl, immer noch in Gallien zu sein. Sie sind eingekesselt von zahllosen gallischen Wohnwagen – dieselben, die am Tag zuvor im Stau gestanden hatten. Die gallischen Urlauber sind erst mitten in der Nacht eingetroffen und haben, ohne jemanden zu wecken, ihr Lager aufgeschlagen. Nach Art der Kelten haben sie ihre Wagen im Kreis aufgestellt, um sich nachts sicher zu fühlen (siehe Abb. 58). Auch bei Cäsar ist nachzulesen, wie die keltischen Helvetier am Ende eines Tages ihre riesigen Fahrzeuge zu einer mächtigen Wagenburg umfunktionierten, die im Falle eines feindlichen Überfalls einiges aushalten konnte.[23]

58

Unsere gallischen Freunde haben sich in den Kopf gesetzt, noch im Laufe des Tages zu Fuß nach Pompaelo zu kommen, das nach Aussage ihres Führers auf dem Weg nach Sevilla liegt. Voller Optimismus und begünstigt durch ein hervorragendes Wanderwetter legen die Wanderer ein gehöriges Tempo vor. Der Himmel ist strahlend blau, über ihren Köpfen ziehen Schäfchenwolken vorbei und die Temperatur ist für einen Fußmarsch geradezu ideal (Abb. 59). Aber so gutgelaunt wie sie zu Anfang waren, so verzweifelt sind sie einige Stunden später. Das frische Blau des Himmels hat sich zu einem harten Stahlblau gewandelt, und es ist brütend heiß. In Schweiß gebadet, quälen sich die bedauernswerten Wanderer unter der sengenden Sonne schweren Schrittes durch eine völlig ausgedörrte Landschaft (siehe Abb. 60).

59

Offensichtlich sind die Gallier in die Klimafalle geraten, die auch schon den Römern hundert Jahre früher fast zum Verhängnis geworden wäre. Im Sommer des Jahres 134 v. Chr. drohte der Feldherr Scipio mit seinen Truppen ebenfalls vor der erbarmungslosen Hitze der spanischen Hochebene zu kapitulieren. Es war nur dem Einfallsreichtum des römischen Feldherrn zu verdanken, daß er und seine Soldaten die Hitze und Trockenheit überlebten. Indem er beschloß, nur nachts zu marschieren und Wasserlöcher zu graben, gelang es Scipio, das Leben seiner Truppen – wenn auch unter unendlichen Mühen – zu retten.[24] Asterix macht es anders – er und seine Reisegefährten beißen sich mit einer bewundernswerten Energieleistung durch.

Schon auf der ganzen Reise haben die Freunde mit dem Wetter zu kämpfen. Auf ihrer Schiffsfahrt über den Atlantik drohen sie in Depressionen zu verfallen, weil kein einziger Sonnenstrahl durch die ewigen, tiefhängenden Wolken dringt. An der spanischen Nordküste scheint sich alles zum Guten zu wenden, hier haben die Wanderer einen hohen, klaren Himmel mit makellos weißen Sommerwol-

60

61

ken über sich. Aber auf der spanischen Hochebene fängt das Elend wieder an, unter dem gnadenlosen Terror der Sonne sind die Drei einem Zusammenbruch nahe.

Der Fortgang der Geschichte wird durch die klimatischen Schwankungen nicht behindert. Asterix und seine Weggefährten setzen ihre Reise fort, ohne daß der Umschlag von trübem zu heiterem Wetter und erbarmungsloser Hitze den Erzählfluß beeinträchtigen würde. In dieser Hinsicht ist der Comic dem nicht illustrierten Text deutlich überlegen. Ein Buchautor muß sich immer zwischen zwei gleich großen Übeln entscheiden: Entweder er läßt das Wetter völlig außer Acht oder er unterbricht seine Geschichte notgedrungen für ein Bulletin. Comiczeichnern ist ein solches Dilemma fremd; in ihren Zeichnungen wird dem Wetter genau der Platz zugewiesen, den es auch in Wirklichkeit hat: immer präsent, aber im Hintergrund.

Bevor die Wanderer unter der sengenden Hitze zusammenbrechen, begegnen sie zwei spanischen Reitern. Der eine, ein etwas untersetzter Typ, der mit einer Hose, einem langen Hemd, Gürtel und Mokassins wie ein Kelte gekleidet ist, sitzt auf einem kleinen grauen Esel. Sein baumlanger Gefährte, der ein Pferd reitet, steckt in einer Ritterrüstung (siehe Abb. 61). Als Asterix die Begegnung nutzen und sich nach der Entfernung bis Pompaelo erkundigen will, reagiert der Reiter mit einem beredten Schweigen. Als Asterix sich den Mann daraufhin etwas genauer anschaut, stellt er fest, daß er wie ein normaler iberischer Ritter aussieht – bis auf eine Ausnahme.

62

Wie viele spanische Ritter trägt auch dieser eine sogenannte *lorica squamata*, einen

63
64

römischen Brustpanzer, der aus kleinen Metallplättchen[25] besteht (siehe Abb. 62) und vermutlich von dem römischen Feldherrn Sertorius[26] in diese Breiten importiert wurde. Unter dem Panzer wird die schöne rote Tunika sichtbar, die etwa zur selben Zeit in diesen Gegenden in Mode kam. Dieses rote Untergewand wird von den iberischen Rittern locker und elegant über dem Sattel drapiert (siehe Abb. 63). Als echte Spanier sind sie vernarrt in schöne Kleidung und Waffen und legen größten Wert auf ein gepflegtes Äußeres.[27] Um für den Kampf gerüstet zu sein, trägt der Ritter den üblichen iberischen Stoßspeer und den kleinen runden Schild (siehe Abb. 64).[28]

Nur sein Helm fällt aus dem Rahmen. Die einfache Metallkappe, die iberische Ritter normalerweise tragen, wird in diesem Fall von zwei riesigen Kuhhörnern geschmückt. Die Art ihrer Befestigung läßt erkennen, daß der Träger selbst den Versuch

65
66

67

unternommen hat, seine Kopfbedeckung auf diese Weise zu verschönern. In der eindeutigen Absicht, mehr Eindruck zu schinden, hat er vermutlich eigenhändig und nach gallischem Vorbild zwei Hörner an der Kappe montiert (siehe Abb. 65).[29] Nur dieses Outfit gibt dem Ritter offensichtlich das nötige Selbstbewußtsein, sich der Begegnung mit den Galliern zu stellen.

Mit diesem eleganten Helm verrät der Ritter seine Identität. Schließlich weiß auch Asterix, daß in ganz Spanien niemand anders als der berühmte Don Quijote zu einer solchen Kostümierung fähig ist. Um die berühmten gallischen Comic-Helden in seinem Land willkommen zu heißen, hielt es der spanische Romanheld für angemessen, sich als echter iberischer Ritter jener Epoche zu präsentieren. Nur der Helm machte für seinen Geschmack zu wenig her, so daß er beschloß, ihn mit einem Paar mächtiger Kuhhörner aufzuputzen. Sein Biograph, Miguel de Cervantes, erzählt, daß der Mann aus La Mancha nichts anderes tat, als er sich seine Ausrüstung als fahrender Ritter zusammensuchte und an der Metallkappe, die als Helm herhalten mußte, ein Visier aus Pappe anbrachte. Erst mit diesem Accessoire wagte er es, als Ritter an die Öffentlichkeit zu treten.[30]

Jetzt, wo Asterix weiß, daß er Don Quijote und seinem Knecht Sancho Pansa gegenüber steht, wird ihm auch klar, warum der Don bei dem Wort «Windmühlen» zusammenzuckt. Immerhin hat ihn der Kampf gegen diese vermeintlichen Riesen weltberühmt gemacht, und er möchte auch in der Zeit von Asterix nur zu gern eine Kostprobe dieses Glanzstücks ritterlicher Kunstfertigkeit geben (Abb. 66).[31] Wie hervorragend ihm das gelingt, wird deutlich, als Don Quijote ohne Steigbügel zur Attacke auf sein Ziel ansetzt, wobei er in seiner Haltung und Verbissenheit einem authentischen iberischen Ritter in nichts nachsteht (siehe Abb. 67).[32] Ansonsten können die Gallier nichts mehr mit ihm anfangen, aber das ist egal. Von Sancho Pansa haben sie inzwischen erfahren, daß sie ihr Etappenziel fast erreicht haben.

Kleider machen die Stadt

Und tatsächlich sehen sie kurze Zeit später Pompaelo zu ihren Füßen liegen (siehe Abb. 68), das mit der mächtigen, hohen Stadtmauer, den zahlreichen Zinnen und den großen, quadratischen Wehrtürmen eine Festungsstadt ist, wie Spanier sie zu lieben scheinen (siehe Abb. 69). Diesen Eindruck bekommt man auch, wenn man sich ein Mosaik an-

68

sieht, das von einem spanischen Privatmann in Alicante in Auftrag gegeben wurde und eine prächtige Burg darstellt. In einem der Zimmer ziert sogar eine viereckige Stadtmauer, auf der selbst der Name des spanischen Auftraggebers nicht vergessen wurde, den großflächigen Boden. Offensichtlich übte die Unerschütterlichkeit, die von einem solchen Bollwerk ausgeht, eine ungeheure Faszination auf den Bewohner dieses Hauses aus.[33]

Bastionen interessieren Asterix und Obelix weniger. Ihnen steht der Sinn nach Ruhe und außerdem knurrt ihnen der Magen. Auf ihrer Suche nach einem Gasthaus müssen sie sich jedoch zunächst durch Massen von Menschen wühlen, die von nah und fern herbeigeströmt sind, um den Umzug der Druiden zu sehen. In blendend weiße Gewänder gehüllt, einen Kranz um das Haupt gewunden und die goldene Sichel in der Hand, schreiten diese Kollegen von Miraculix unter den bewundernden Blicken der Zuschauer feierlich durch die Straßen der Stadt. Die Vordersten tragen ein großes Tuch mit hoch aufgetürmten, frisch geschnittenen Mistelzweigen zwischen sich (siehe Abb. 70).

Ohne diesem Ritual weitere Aufmerksamkeit zu schenken, setzen Asterix und Obelix ihre Suche nach einem Gasthaus fort. Ihr Interesse gilt in erster Linie Aufschriften wie:

Merkur verspricht dir Wein, Apollo Gesundheit, Septumanus Unterkunft mit Frühstück. Wer hier hineingeht, fühlt sich nachher wohler. Fremder, paß gut auf, wo du hingehst.[34]

Am meisten fühlen sich unsere beiden Helden von einem Gasthof mit

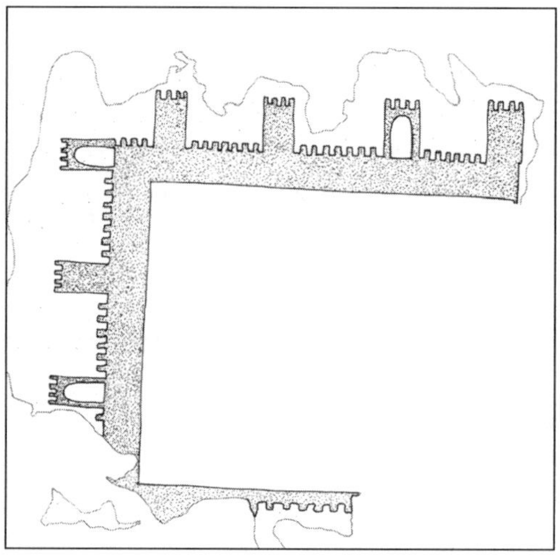

69

70

dem Schild *Zum Zufriedenen Touristen* angesprochen. Voller Vertrauen gehen sie hinein und werden in der Tat mit der bekannten spanischen Gastfreundlichkeit begrüßt:

Gegenüber Reisenden in ihrem Land sind sie anständig und höflich. Immer wollen sie sie gerne zu Hause empfangen, und der eine zeigt sich noch gastfreundlicher als der andere.[35]

Der Wirt tischt ihnen das Beste auf, was die spanische Küche zu bieten hat:

Ihre Speisen bestehen aus verschiedenen Sorten Fleisch im Überfluß und sie trinken Honigwein, weil das Land sehr viel Honig abwirft. Den Wein kaufen sie von Händlern, die nach Spanien fahren.[36]

Alle lassen sich das gebratene Fleisch und den dazu kredenzten Kräuterwein schmecken, auch der kleine Pepe.

Draußen geht die Prozession inzwischen wie gewohnt weiter. Während eine Reihe römischer Soldaten für Ordnung sorgt, verfolgen die Menschen am Straßenrand das Spektakel, die Männer in ihren schwarzen Hosen und die Frauen in ihren fröhlich bunten Röcken. Die tiefschwarze lange Hose, die von einem breiten Gürtel oder einer Schärpe gehalten wird, ist das typische Kleidungsstück spanischer Männer. An den Waden wird das Schwarz der Hose durch leuchtend bunte Bänder aufgelockert. Über der Hose tragen die Spanier ein farbiges Hemd und eine ärmellose Weste. Das glatte, halblange Haar, ein imposanter, herunterhängender Schnurrbart und ein Dreitagebart machen das Bild komplett.

Die spanischen Damen bevorzugen fröhliche Farben und Applikationen mit Blumen und anderen Motiven. Sie tragen lange, bis zum Boden reichende Röcke, kombiniert mit einem enganliegenden, ärmellosen Mieder in einer möglichst kontrastierenden Farbe. Ihr Haar ist glatt und lang. Ebenso wie die Männer tragen sie keine Kopfbedekkung. Um zu verstehen, warum Goscinny und Uderzo den Männern und Frauen von Pompaelo gerade dieses Outfit verpaßt haben, müssen wir uns etwa hundert Kilometer nach Westen, nach Numantia, begeben – eine Stadt, die für Spanier dieselbe Bedeutung hat wie Alésia für die Gallier.

Numantia, was ist das, Numantia?

Zwischen 153 und 133 v. Chr. versuchten die Römer immer wieder, die Spanier in der Gegend von Numantia zu unterwerfen:

Der Krieg, den die Römer gegen die Keltiberer entfachten, war ein Krieg wie Feuer. Wegen der nicht abflachenden Gefechte bekam dieser Krieg einen ganz eigenen Charakter. Die Kriege in Griechenland und Asien werden meistens in einer, manchmal in zwei Schlachten entschieden, während die Schlachten selbst oft ein Augenblick entscheidet (...). In diesem Krieg geschah genau das Gegenteil. Meist bereitete die Nacht den Gefechten ein Ende, weil der Geist der Männer nicht aufgeben wollte und sie ihre Körper nicht der Erschöpfung nachgeben ließen, sondern sich immer wieder faßten, kehrtmachten und aufs Neue kämpften.[37]

Ganz irre wurden die Römer von diesem Hin und Her und deshalb ist es auch kein Wunder, daß in der Stadt Rom

eine ungewöhnliche Kriegsscheu in der Jugend um sich griff, wie sie die Älteren noch nie erlebt zu haben glaubten.[38]

Die Wehrpflichtigen erfanden die unappetitlichsten Ausreden, um nicht an diesen Kriegsschauplatz geschickt zu werden:

Sie versuchten sich der Dienstpflicht mit Hilfe von Entschuldigungen aus dem Tabubereich, der nicht zu kontrollieren war, ohne unanständig zu werden, zu entziehen.[39]

Polybios, der dies berichtet, ist viel zu wohlerzogen, um ins Detail zu gehen. Wahrscheinlich schweben ihm Rekruten vor, die vielleicht vorgaben, Bettnässer oder sonst etwas zu sein, um sich auf diese Weise vor einer Entsendung in dieses grauenhafte Land zu drücken.

Die jungen Männer, die ihrem Schicksal nicht entrinnen konnten, versuchten, das Beste daraus zu machen. Sie mieden kriegerische Auseinandersetzungen und machten es sich so bequem wie möglich. So verwandelten sich ihre Lager in der Regel in Vergnügungsparks mit einem hohen Unterhaltungswert, wo jeder machen konnte, was er wollte. Genau wie in Aremorica zu Asterix' Zeiten kam es in der Umgebung von Numantia zu einer Art friedlicher Koexistenz. Die Römer hatten keinen Ärger, und die Spanier behielten ihre Freiheit.

Dieser fast paradiesische Zustand nahm jedoch ein plötzliches und böses Ende, als der Feldherrn Scipio auf der Bildfläche erschien. Dieser Haudegen sah, daß

das römische Heer faul, streitsüchtig und dekadent war[40]

und beschloß, mit eisernem Besen zu kehren:

Er jagte die Ladenbesitzer und Huren weg, ebenso die Weissager und Seher, die von den Soldaten aufgrund ihrer ständigen Niederlagen immerzu um Rat gefragt wurden. (...) Er befahl auch, daß alle Wagen verkauft werden sollten. (...) Die Küchenausrüstung durfte aus nicht mehr bestehen als einem Bratspieß, einem Kessel und einem Becher, (...) und keiner durfte länger auf einem Bett schlafen.[41]

Auf diese Weise stellte Scipio die Disziplin unter den Römern wieder her.

Auch für die Spanier war jetzt Schluß mit lustig. Da der Feldherr begriffen hatte, daß Numantia das Zentrum des Widerstands war, konzentrierte er sich auf diese Festungsstadt:

Scipio plazierte sieben Forts um die Stadt herum (...) und befahl, die Stadt mit einem Graben und einem Wall [mit einer Länge von ungefähr 10 Kilometern] zu umgeben. (...) Nachdem diese Arbeit erledigt war, (...) hob er einen weiteren Graben aus, nicht weit hinter diesem und befestigte ihn mit einer Mauer von 2 1/2 Meter Breite und 3 Meter Höhe, die Brustwehr nicht mitgerechnet. Entlang dieser Mauer errichtete er alle 300 Meter einen Turm.[42]

So drohte die stolze Bastion langsam aber sicher im militärischen Würgegriff der Römer zu ersticken. Alle Versuche ihrer Bewohner, sich durch Ausfälle zu befreien, wurden am Ring der Bollwerke und Burgen zunichte gemacht. Dennoch gaben sie nicht auf, sondern kämpften mit 8000 Kriegern gegen eine 60 000 Mann starke römische Armee bis zum bitteren Ende:[43]

Als nicht viel später alle Lebensmittel aufgebraucht waren und sie kein Getreide, Schafe oder Gras mehr hatten, begannen sie, so wie Menschen im Krieg manchmal gezwungen sind, gekochte Häute zu essen. Als davon auch nichts mehr vorhanden war, kochten und aßen sie das

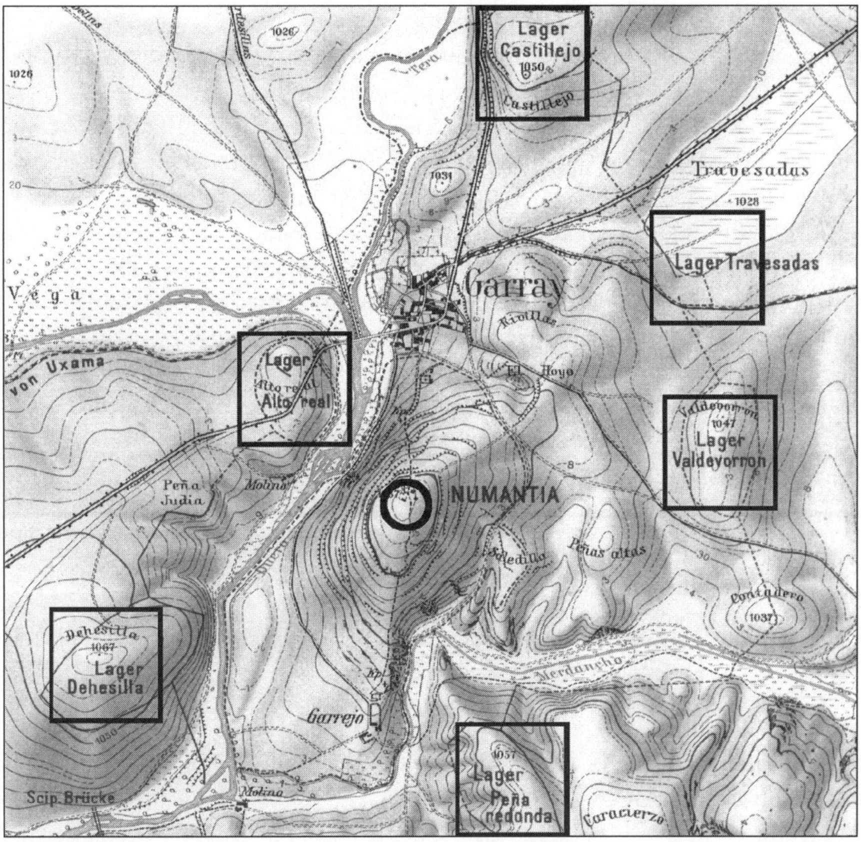

71

Fleisch von Menschen, die eines natürlichen Todes gestorben waren, und das sie zunächst in Schlachtereien in Stücke geschnitten hatten. Als sie daraufhin das Fleisch von Kranken nicht mehr mochten, griffen die Stärkeren die Schwachen an. Nichts blieb ihnen erspart. Ihr Geist verwilderte durch diese Nahrung und ihr Körper durch den Hunger, die Pest, das lange Haar und die lange Dauer. In diesem Zustand ergaben sie sich Scipio. Er befahl ihnen, noch am selben Tag ihre Waffen abzugeben (...), aber sie erbaten sich einen Tag Aufschub, damit viele noch die Freiheit hatten und sie sich selbst ihrem Leben ein Ende bereiten konnten. (...) Diejenigen, die das wollten, töteten sich selbst, jeder auf seine eigene Weise. Die anderen, die am dritten Tag an den vereinbarten Platz kamen, boten einen abscheulichen und unmenschlichen Anblick mit ihren verwahrlosten Haaren und Nägeln und schmutzigen Körpern. Sie verbreiteten einen unerträglichen Gestank, die Kleider, die sie trugen, waren schmierig und stanken genauso arg. Deshalb kamen sie den Römern mitleiderregend vor, aber ihr Blick war angsteinflößend; daraus sprach Wut, Schmerz, Erschöpfung und das Schuldbewußtsein darüber, Menschenfleisch gegessen zu haben.[44]

Numantia ging zu Grunde und sollte nie wieder auferstehen. Es gab niemanden mehr, der dort noch wohnen wollte, und so geriet dieser Ort, der einst Schauplatz eines erbitterten Freiheitskampfes gewesen war, in Vergessenheit.

Erst zu Beginn des 20. Jahrhunderts erwachte Numantia wieder zum Leben. Eine Gruppe deutscher Archäologen legte die Festung selbst und die römischen Belagerungsanlagen frei (siehe Abb. 71).[45] Auch von den heldenhaften Bewohnern beiderlei Geschlechts, die hier ihr Leben ließen, konnten die Forscher Spuren entdecken. Sie fanden Gefäße, auf denen neben Ornamenten auch Tiere und Menschen zu sehen waren. Die Darstellungen der Menschen sind zwar keine Höhepunkte der Portraitkunst, aber sie vermitteln zumindest einen Eindruck von der Kleidung der damaligen Numantiner. So läßt sich zum Beispiel gut erkennen, daß die Männer eine dunkle enganliegende Kniehose tragen, an der ein spezieller Wadenschutz befestigt ist. Um die Taille ist ein auffallend breiter Gürtel oder eine geschmückte Schärpe geschlungen, den Oberkörper bedeckt ein enganliegendes Hemd mit Applikationen oder ein Brustküraß aus Leinen. Unter dem Helm ist ihr dunkles glattes Haar zu erkennen. Halbhohe Stiefel vervollständigen die Garderobe (siehe Abb. 72).[46]

Die Damen aus Numantia tragen ausnahmslos lange Kleider, die über die Füße fallen und mit Bordüren, Spitzen, Karos und

72

73
74

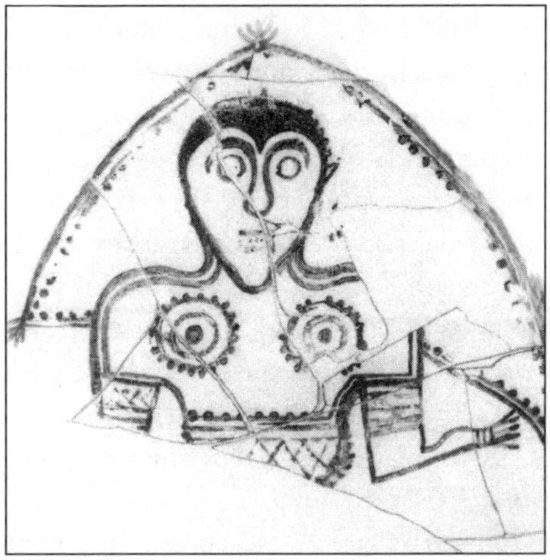

Streifen verziert sind (siehe Abb. 73). Aber es scheint auch Numantinerinnen gegeben zu haben, die einen Rock mit einem ärmellosen oder kurzärmeligen Mieder bevorzugten. Auffallend ist die hohe Kopfbedeckung, die das Haar verhüllt (siehe Abb. 74).[47]

Auch wenn die Portraits recht unbeholfen aussehen, so zeigen sie doch, daß die numantinische Mode Geschichte geschrieben hat. Bis auf wenige Details hat diese Mode Jahrhunderte überdauert. Die schwarze Hose, die in Numantia so auffällig wirkt, wird in der Zeit von Asterix in Pompaelo getragen. Das Gleiche gilt für die spezielle Wadenbedeckung und den breiten Gürtel oder die Taillenschärpe. Auch die Frauen kleiden sich auf eine Weise, die sehr an das numantinische Vorbild erinnert. Mit ihren schwarzen Hosen und den geblümten Kleidern erhalten die Bewohner von Pompaelo den Gedanken der spanischen Unabhängigkeit lebendig.[48] Durch ihre Kleidung bringen sie zum Ausdruck, daß sie die römische Fremdherrschaft zwar dulden, aber gewiß nicht akzeptieren. In dieser Hinsicht sind sie genauso standhaft und unerschütterlich wie Viriathus, der große Anführer der Numantiner, von dem gesagt wird, daß

er so tapfer war und so sich selbst treu blieb, daß er auch nach den zahlreichen Siegen über die Römer (...) weiterhin dieselben Waffen und Kleider trug, (...) in denen er den Krieg begonnen hatte.[49]

Ein musikalisches Intermezzo

Die Gäste *Zum Zufriedenen Touristen* läßt dieses historische Drama völlig unberührt. Sie machen es sich in dem Etablissement gemütlich, um sich von den Strapazen zu erholen und neue Kräfte für die nächsten Etappen ihrer Reise zu schöpfen. Dabei fällt der Entschluß, auf weitere Fußmärsche zu verzichten und bei Rento y Caron einen Eselskarren zu mieten. Damit werden sie schneller an ihr Ziel kommen und weniger Gefahr laufen, unter einem Hitzschlag zusammenzubrechen. Obelix, Idefix und Pepe suchen sich ein gemütliches

Plätzchen auf dem Kutschbock, während Asterix die Zügel ergreift. Seiner Ortskenntnisse sicher, lenkt er die Kutsche zügig auf die Ausfallstraße nach Sevilla.

Wie sie nach Andalusien gelangen sollen, fragen sich seine Passagiere nicht. Sie vertrauen ihrem Steuermann blind und zerbrechen sich nicht den Kopf darüber, auf welchen Straßen und über welche Städte Asterix an sein Ziel kommen will. Der Leser, den die Route des kleinen Galliers durchaus interessiert, kann sich in etwa ein Bild machen. Schließlich weiß man so viel über das Straßennetz des antiken Spanien, daß sich die von Asterix geplante Route sehr gut rekonstruieren läßt.

So hat er Pompaelo wahrscheinlich in südlicher Richtung verlassen, um die bei Strabon erwähnte Straße entlang des Ebro zu nehmen:

Durch diese Gegend läuft der Weg von Tarraco [Tarragona] zu dem weit entfernten Volk der Basken am Ozean in der Umgebung von Pompaelo.[50]

Diese Route hat den Vorteil, daß sie Asterix zügig in die Nähe des späteren Sarragossa bringt, wo die Hauptstraße nach Sevilla beginnt.[51] Auf ihr kommen die Reisenden in 21 Tagen über die Städte Toledo, Merida und Celti nach Sevilla (siehe Abb. 75).[52] Zumindest versprechen das die Straßenkarten, die den Touristen späterer Zeiten helfen, das ganze römische Reich zu bereisen.

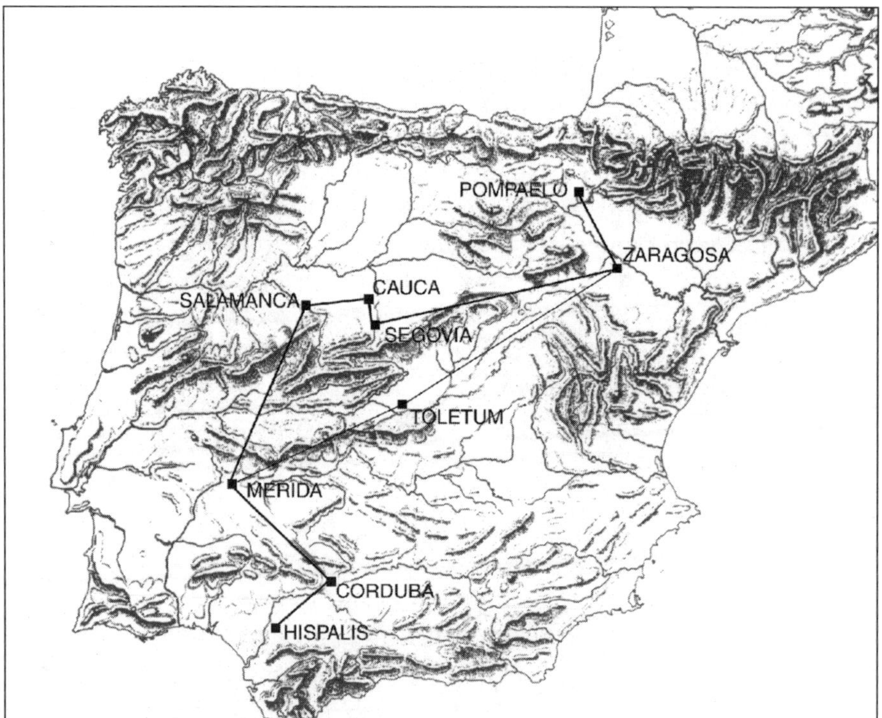

75

76

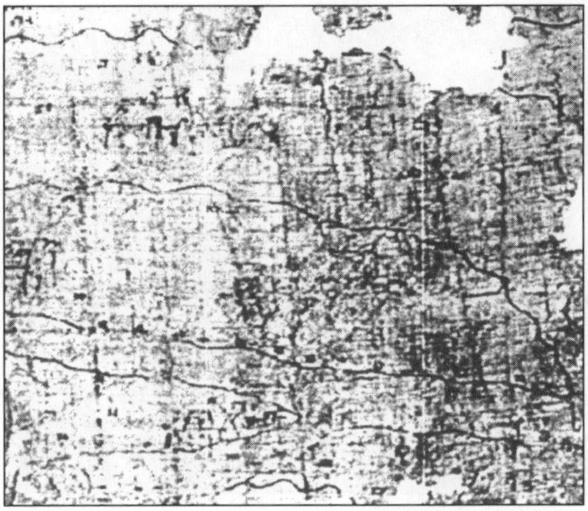

Woher Asterix seine exzellenten geographischen Kenntnisse bezieht, wird in dem Comic nicht verraten. Vielleicht hat er einen Blick auf die Landkarte von Spanien geworfen, die vor kurzem entdeckt wurde – ein Papyrusfragment, auf dem Linien und kleine Häuser als Symbole für Straßen und Orte eingezeichnet sind (siehe Abb. 76). Diese Landkarte, die wahrscheinlich aus dem 1. Jahrhundert v. Chr. stammt, gehört zu einer Beschreibung des griechischen Geographen Artemidoros (1. Jahrhundert v. Chr.).[53] Es ist auch nicht ausgeschlossen, daß Asterix Karten zur Verfügung hatte, die Aufschluß darüber gaben, in wie vielen Tagen und über welche Orte der Reisende von A nach B kam.[54]

All seine Vorbereitungen können jedoch nicht verhindern, daß unsere Freunde bei Sonnenuntergang noch keine menschliche Siedlung entdeckt haben, in der sie die Nacht verbringen können. Deshalb folgen sie dem Vorschlag Pepes, die Nacht bei einer Gruppe Nomaden zu verbringen, die ihr Lager am Straßenrand aufgeschlagen hat. Pepe ist sich sicher, daß seine gallischen Begleiter eine amüsante Nacht verbringen werden, da umherziehende Spanier für ihre ausgelassenen Feste bekannt sind.

Der Abend wird von einem Sänger eröffnet. Aus voller Kehle trägt der Künstler die Ballade seines leidvollen Schicksals vor, die er mit ausdrucksstarken Gesten untermalt. Sein Vortrag ist so herzzerreißend, daß er jeden normalen Menschen zu Tränen rühren müßte (siehe Abb. 77). Auf die Zuhörer hat dieses Herz-und-Schmerz-Chanson jedoch die entgegengesetzte Wirkung. Statt sich von der traurigen Geschichte anstecken zu

77

78

lassen, klatscht und jauchzt das Publikum aus voller Brust. Der Sänger zieht nun wirklich alle Register und auf dem Höhepunkt seiner erschütternden Bekenntnisse hält es das Publikum nicht mehr auf den Plätzen. Die Ballade ist nämlich nur das Vorspiel für ein ausgelassenes Tanzfest, von dem sich auch Obelix mitreißen läßt. Wie entfesselt gibt sich der Gallier mit dem großen Herzen an der Seite einer schönen Spanierin den zündenden Rhythmen hin. Asterix verfolgt das Treiben mit einem gewissen Abstand (siehe Abb. 78). Ähnlich distanziert standen auch die Griechen der in ihren Augen viel zu wilden spanischen Vortragskunst gegenüber:

Sie [die Griechen] begannen den Rhetor Julianus, der ja aus Spanien stammte, herauszufordern und aufzuziehen, als ob er ein Barbar sei und ein Bauer, der nur schreien und wie ein wilder Mann und Streitmacher sprechen konnte.[55]

Ein weitaus größerer Fauxpas ist jedoch, daß der kleine Gallier nicht tanzt. Damit setzt er sich dem Verdacht aus, zur schlechten Gesellschaft der äußerst biederen Römer zu gehören, die eine abgrundtiefe Aversion gegen den Tanz als Ausdruck persönlicher Gefühle hatten und es ganz einfach als skandalös empfanden, wenn jemand beim Tanzen über die Stränge schlug:

Niemand, zumindest wenn er bei Verstand ist, tanzt, wenn er nüchtern ist – nicht, wenn er alleine ist und auch nicht während eines gepflegten und anständigen Essens.[56]

Obelix wären diese Worte des berühmtesten römischen Redners Cicero – hätte er sie jemals gehört – ein absolutes Rätsel. Für sein Empfinden kann ein Mensch im Tanz und durch ein leidenschaftlich vorgetragenes Chanson seine tiefsten Gefühle zum Ausdruck bringen und höchstes Glück empfinden.

Die Spanier haben sich um die römische Abneigung gegen den Tanz nie geschert. Schon lange vor der römischen Besetzung wurde überall in Spanien nach Herzenslust getanzt (siehe Abb. 79) und daran haben auch die Römer nichts ändern können:

Aber die Keltiberer und ihre Nachbarn im Norden opfern, wie es heißt, bei Vollmond (...) und bleiben die ganze Nacht draußen, um zu tanzen (...).[57]

79

Das Essen wird herumgereicht und durch die Getränke tanzen sie zur Flöten- und Trompetenbegleitung mit Tanzschritten, aber auch aufspringend und hinhockend. In Bastania hingegen tanzen die Männer zusammen mit den Frauen und nehmen einander bei der Hand.[58]

Auch für Asterix, Obelix und Pepe endet das Fest erst im Morgengrauen.

Ein Wolf im Schafspelz

Trotzdem müssen die Reisenden am nächsten Morgen weiterziehen. Während Obelix und Pepe auf dem Karren im Heu vor sich hin dösen, läßt Asterix die Esel traben. Alles scheint ohne Hindernisse zu verlaufen, bis eines der Räder in einer tiefen Mulde hängenbleibt und die Achse bricht. Der zweirädrige Karren kommt so ruckartig zum Stillstand, daß die beiden Langschläfer unsanft auf dem Boden landen – eine Szene, die an das Mißgeschick erinnert, das ihren großen Gegenspieler Cäsar einmal mitten in Rom ereilte:

Am Tag seines Gallischen Triumphzuges brach auf der Höhe des Velabrum die Achse seines Wagens und Cäsar wurde beinahe aus seinem Wagen geschleudert.[59]

Der rettende Engel, der den Galliern in ihrer mißlichen Lage zu Hilfe kommt, macht nicht unbedingt einen vertrauenerweckenden Eindruck. Jedenfalls beginnt Idefix sofort zu knurren und Asterix und Pepe haben das vage Gefühl, den Mann schon einmal gesehen zu haben.

80

Mit der typischen Kleidung und dem üblichen Dreitagebart sieht die Gestalt, die sich den gestrandeten Reisenden von hinten nähert, wie ein Spanier aus (siehe Abb. 80).[60] Auch sitzt er auf einem der zahlreichen Eselskarren, so daß jegliches Mißtrauen eigentlich unbegründet scheint. Dennoch liegen Pepe,

Asterix und Idefix mit ihrem Gefühl durchaus richtig. Unter dieser Verkleidung verbirgt sich tatsächlich ein guter alter Bekannter, und zwar der römische Offizier Bockschus, der von Cäsar den Befehl erhalten hatte, den kleinen Pepe in Geiselhaft zu halten. Ein unangenehmer Zwischenfall im Gasthaus *Zum Zufriedenen Touristen* in Pompaelo hatte Bockschus dazu veranlaßt, sich zu verkleiden und ebenfalls bei Rento y Caron einen Eselskarren zu mieten.

Felsenfest davon überzeugt, daß Pepe in dem gallischen Dorf gut aufgehoben war, hatte sich Bockschus wieder auf den Weg nach Spanien gemacht. Stolz auf seine intelligente Taktik, gönnte er sich in Pompaelo die Ruhe für ein geselliges Mittagessen mit einigen Kollegen. Als er sich jedoch gerade über das äußerst appetitliche Huhn hermachen wollte, drang eine wohlbekannte Kinderstimme an sein Ohr ... Ein Blick genügte, um festzustellen, daß er sich nicht getäuscht hatte. Einen Tisch weiter saß wahrhaftig seine Geisel, für die er persönlich verantwortlich war, und diese war offenkundig zurückgekehrt in die heimatlichen Gefilde – frei wie ein Vogel.

Grün vor Schreck und Entsetzen schiebt Bockschus seine Essenschale weit von sich. Für seine Kollegen, denen er die furchtbare Wahrheit nicht beichten will, hat er die Erklärung parat, daß den Römern in diesem Land durchaus öfter der Appetit vergeht:

Die Soldaten hatten unter dem einheimischen Essen zu leiden. Weil sie keinen Wein, kein Salz, keinen Essig und kein Olivenöl hatten, lebten sie von Getreide, Gerste und viel Hirsch- und Hasenfleisch, das ohne Salz gekocht war und das ihr Magen nicht vertrug.[61]

Von diesem Augenblick an hat Bockschus nur noch eines im Kopf. Er muß und wird Pepe wiederbekommen. So unterbricht er seine Mahlzeit, um sich den aufbrechenden Galliern an die Fersen zu heften. In Tuchfühlung mit ihnen mietet er einen Karren und vertauscht seine Uniform mit der spanischen Kleidung von Rento y Caron.

Durch den Achsenbruch steht er Pepe nun Auge in Auge gegenüber, aber der Römer fühlt sich alles andere als wohl. Er weiß nicht, ob seine Verkleidung dieselbe Wirkung haben wird wie im Falle jenes römischen Offiziers, der

einen spanischen Mantel [sagum] anzog und sich unbemerkt zwischen die Lieferanten der Feinde mischte. So gelangte er wie ein echter Spanier zusammen mit ihnen in das Lager hinein.[62]

Bockschus fürchtet nicht ohne Grund, demaskiert zu werden. Idefix knurrt ihn nach wie vor an und auch Asterix scheint nur schwer zu überlisten zu sein.

Als die Spannung ihren Höhepunkt erreicht, rettet Bockschus seine Haut, indem er spontan ein Lied anstimmt (siehe Abb. 81). Mit vor Aufregung zitternden Knien schmettert er eine

81

Ballade, die er am Abend zuvor noch bei den Nomaden gehört hat. Mit diesem Auftritt macht er einen solch überzeugenden Eindruck auf Pepe, daß dieser glaubt, einen echten Spanier vor sich zu haben. Und da Asterix den Jungen als Fachmann betrachtet, ist auch er bereit, dem Römer die Verkleidung zu glauben. So kommt es, daß die Gallier einen Römer um Hilfe bitten und diesem Wolf im Schafspelz auf den Leim gehen.

Ehrlich währt am längsten

Asterix' Plan ist klar; er will am liebsten aus eigener Kraft mit den anderen in Sevilla ankommen, aber dazu muß er zunächst einmal eine Werkstatt finden, um das defekte Rad auszutauschen. Der Gallier bittet den getarnten Römer, sie dorthin zu bringen – ein Wunsch, den Bockschus ihm natürlich nur allzu gern erfüllt. Seine Hilfsbereitschaft ist jedoch nur vorgetäuscht, insgeheim hat Arrivederci Roma, als der sich Bockschus den Dreien vorgestellt hat, ganz andere Pläne.

Während die Gallier draußen warten, heckt er mit dem Werkstattbesitzer folgendes aus. Im Tausch gegen einige Münzen, die ihm der Römer zusteckt, soll der Spanier Asterix einen Bären aufbinden (siehe Abb. 82), indem er ihm vorschwindelt, daß all seine Reserveräder ausverkauft sind. Arrivederci verspricht sich von dieser Lüge, daß die Gallier auf eine Reparatur ihres Wagens verzichten und er ihnen großmütig anbieten kann, sie bis Sevilla mitzunehmen. Es müßte schon mit dem Teufel zugehen, denkt Arrivederci, wenn sich unterwegs nicht ein günstiger Moment ergeben sollte, wo er zuschlagen und Pepe entführen kann.

Geblendet von seiner eigenen Intrige, achtet der Römer nicht weiter auf den Wagenmacher. So entgeht ihm auch, daß der Spanier einem Nervenzusammenbruch nahe ist. Der kann nämlich nicht verkraften, daß er Geld für eine Leistung bekommen hat, die er nicht erbringen kann. Was ist hier Sache? Da er tatsächlich kein einziges

82

83

Wagenrad mehr auf Lager hat, muß er Asterix wahrheitsgemäß erzählen, daß er ihm nicht helfen kann (siehe Abb. 83). An sich wäre das kein Problem, aber Arrivederci hat ihn doch dafür bezahlt, zu *lügen* und nicht dafür, *die Wahrheit zu sagen*. Da der Römer schon wieder verschwunden ist, bleibt der Wagenbauer mit diesem Problem allein, und das macht ihm schwer zu schaffen.

Tatsächlich besprachen die Spanier seinerzeit derart verzwickte Probleme gern in aller Öffentlichkeit. So berichtet der römische Geschichtsschreiber Livius von einem ähnlichen Dilemma, in dem die Einwohner von Certima im Jahr 179 v. Chr. steckten. Ihr Problem bestand darin, daß sie nicht recht wußten, wie sie auf einen Angriff der Römer reagieren sollten. Konnten sie sich auf ihre eigenen Kräfte verlassen und allein gegen die Römer kämpfen oder mußten sie sich mit ihren Verbündeten abstimmen? Da sie selbst zu keiner Lösung kamen, suchten sie den römischen Feldherrn Gracchus auf, um diese Frage mit ihm zu erörtern:

Als er [Gracchus] schon seine Belagerungsmaschinen in Stellung gebracht hatte, kamen Gesandte aus der Stadt, die sich in altertümlicher Direktheit an ihn richteten und zugleich durchblicken ließen, daß sie weiterkämpfen würden bis ans Ende ihrer Kräfte. Sie fragten um seine Zustimmung, um in das Lager der Keltiberer zu gehen, um Hilfe zu holen. Wenn sie die Zustimmung nicht bekämen, dann würden sie ihre eigene Entscheidung treffen.[63]

Gracchus ließ sich auf das Spiel ein. Mit seinem Einverständnis begaben sich die Einwohner von Certima zu ihren Verbündeten, um dort die Stimmung auszuloten. Da auch die Verbündeten unschlüssig waren, wandte man sich gemeinsam an Gracchus:

Es war Mittagszeit; sie baten den [römischen] Befehlshaber, ihnen etwas zu trinken zu geben. Als sie ihre ersten Becher geleert hatten, baten sie um einen zweiten unter großem Gelächter der Umstehenden, die sich über solche ungebildeten Leute lustig machten, denen jegliche Form von Manieren unbekannt waren. Danach sprach der älteste von ihnen [den Gesandten]: «Wir sind gesandt worden, weil unser Volk wissen möchte, woher du den Mut nimmst, uns anzugreifen».[64]

Der römische Feldherr sah ein, daß es nur Sinn machte, mit offenen Karten zu spielen:

Er sei gekommen mit einem Heer, in das er vollstes Vertrauen hat. Wenn sie das mit ihren eigenen Augen sehen möchten, um es ihrem Volk zuverlässig berichten zu können, dann könne er gerne dafür sorgen.[65]

Mit der darauffolgenden Truppenparade war die Sache entschieden. Die Verbündeten begriffen, warum die Römer einen Angriff wagten, und die Bewohner von Certima wußten nun, daß sie die Situation allein bewältigen mußten.

Nichts an dem Verhalten dieser Spanier ist gespielt oder unecht. Ohne Angst oder den geringsten Hintergedanken besprechen sie ihre Probleme mit dem römischen Feldherrn. Ihr Bedürfnis, die Wahrheit zu sagen, überwiegt ihre feindseligen Gefühle. An die möglichen Folgen verschwenden sie nicht einen Gedanken.[66]

Diese grenzenlose Offenheit ist auch bei einigen Spaniern in der Asterixgeschichte zu erkennen. So ist es für Pepe die normalste Sache der Welt, Majestix offen ins Ge-

84

sicht zu sagen, daß er eine große Nase hat (siehe Abb. 51). Der Junge macht diese Bemerkung nicht, weil er frech ist oder den Häuptling vor den Kopf stoßen will. Pepe bleibt deshalb so cool, weil er die Nase des Häuptlings wirklich auffallend groß findet und als echter Spanier der Meinung ist, daß die Wahrheit gesagt werden kann und muß, ungeachtet aller möglichen Konsequenzen. Der Wagenbauer handelt ganz genau so. Er freut sich nicht über das leicht verdiente Geld, als er sich die Münzen von Arrivederci in die Tasche steckt. Im Gegenteil, er würde seinem Auftraggeber lieber reinen Wein einschenken, auch wenn ihn das unter Umständen seine Belohnung kostet.

Von diesem Problem dringt nichts nach außen. Als die Gallier von Arrivederci erfahren, daß eine Reparatur unmöglich ist, beschließen sie, mit ihm nach Sevilla zu fahren. Der Römer kann seine Freude kaum verbergen und läßt seine Esel (siehe Abb. 84) aus purem Übermut in voller Fahrt über das holprige Pflaster einer der zahlreichen Straßen im Inneren der römischen Provinzen traben, eine sogenannte *via glarea strata*

85

 86

87

(siehe Abb. 85).[67] Es grenzt fast an ein Wunder, daß er unterwegs keine Panne erleidet. Wie den Worten eines Zeitzeugen zu entnehmen ist, kam man auf diesen gepflasterten Straßen tatsächlich sehr zügig voran (siehe Abb. 86):

Komm schnell (...) per Wagen (...) über die wiederhergestellten Wege aus festgefügtem Pflaster.[68]

Aber Arrivederci riskiert einiges, wenn er in seinem Karren mit den massiven Rädern in einem derartigen Tempo über eine Straße rast, die mit Schlaglöchern und Mulden gespickt ist. Selbst ein Fahrzeug mit den wesentlich robusteren Speichenrädern (siehe Abb. 87)[69] wäre solch antikem Verkehrsrowdytum kaum gewachsen gewesen. Trotzdem kommt die Gruppe ohne Panne oder sonstige Zwischenfälle in Cauca (dem heutigen Coca) an.

88

Untergang und Glanz einer spanischen Stadt

In Cauca erwartet Asterix und Obelix ein bekanntes Bild; eine lange Prozession von Druiden schreitet feierlich durch die Stadt. In schneeweiße Festgewänder gehüllt, tragen sie ein Tuch mit frisch geschnittenen Mistelzweigen zwischen sich. Ihre Häupter sind von Blumenkränzen geschmückt, in der Hand halten sie deutlich sichtbar die goldene Sichel. Überall flattern fröhlich bunte Wimpel, und die Straßen sind schwarz von Menschen – die Szenerie gleicht der in Pompaelo (siehe Abb. 88).

Wahrscheinlich ist diese Ähnlichkeit jedoch nur oberflächlich, denn dieser Aufzug findet im Gedenken an ein bedeutendes Ereignis in der Geschichte Caucas statt, bei dem die Blumenkränze der Druiden eine Schlüsselrolle gespielt haben. Die Kränze verweisen auf das Jahr 151 v.Chr., als die Einwohner von Cauca zum ersten Mal von den Römern besiegt wurden.[70] Um zu verhindern, daß ihre Stadt belagert und zerstört wurde, beschloß die Stadtverwaltung, zu kapitulieren und sich dem römischen Anführer Lucullus zu ergeben. Als Symbol ihrer Unterwerfung war die Delegation, die zu dem römischen Heerführer geschickt wurde, mit Blumen bekränzt:

Die Ältesten der Stadt begaben sich mit Kränzen auf dem Kopf und Olivenzweigen in den Händen zu Lucullus. Erneut fragten sie ihn, was sie tun sollten, um seine Freundschaft zu gewinnen.[71]

Die Mission schien Erfolg zu haben. Die Bittsteller wurden freundlich empfangen und konnten ihr Anliegen vortragen. Die Römer schienen das Kapitulationsangebot zu akzeptieren, denn Lucullus stellte die bei einer solchen Übergabe üblichen Bedingungen:

Er antwortete, daß sie Geiseln und 100 Talente Silber geben müssen. Außerdem muß die Reiterei von Cauca unter seinen Befehl gestellt werden.[72]

Im Vertrauen auf eine gute Abwicklung zeigte sich Cauca sogar bereit, eine römische Garnison in die Stadt zu lassen, für die Lucullus zweitausend seiner besten Soldaten auswählte.

Erst als die Soldaten innerhalb der Stadtmauer waren, enthüllte Lucullus seine wahren Absichten. Während diese sogenannte Garnison auf der Stadtmauer Position bezogen hatte,

zog Lucullus mit dem Rest des Heeres ein und befahl ihnen, beim Erklingen der Trompeten, alle erwachsenen Männer der Caucaeer zu töten.[73]

Die Opfer riefen verzweifelt ihre Götter an, aber vergeblich. Jeder, der in die Hände der Römer fiel, wurde gnadenlos ermordet. Nur die wenigen Männer, die genug Geistesgegenwart besessen hatten, um über die Stadtmauer zu springen, kamen mit dem Leben davon. Die anderen 20 000 Männer von Cauca wurden in einem gigantischen Blutbad hingemetzelt; die Stadt selbst wurde anschließend von den Römern geplündert.[74]

89

Scipio ist es zu danken, daß Asterix und Obelix das Gedenken an dieses Drama miterleben können. Als dieser Nachfolger des Lucullus etwa zwanzig Jahre später in diese Gegend kam, erinnerte er sich an den Verrat. Um den Schmerz zu lindern und den Opfern zu helfen, beschloß er zu

verkünden, daß alle Caucaeer in ihre Stadt und in ihr Gebiet zurückkehren dürfen.[75]

Was aus diesem Beschluß resultierte, wird für die Gallier sichtbar, wohin sie auch schauen. Aus den Ruinen war in kurzer Zeit eine prachtvolle, dichtbevölkerte Stadt mit weißgetünchten Häusern entstanden, auf deren Dächern und Balkonen sich die Menschen drängen. Zu sehen ist auch die unzugängliche Stadtmauer, die die mahnende Botschaft «so etwas darf nie wieder geschehen» zu verkünden scheint. Die Festungsstadt Cauca kann sich durchaus mit Tarragona messen, das nach Meinung moderner Archäologen der Höhepunkt antik-spanischer Festungsarchtitektur ist (siehe Abb. 89).[76]

Der Sockel der Stadtmauern dieser beiden Festungsstädte ist aus Naturstein. Ihre Erbauer ließen riesige Steinblöcke so plazieren, daß ein meterdickes Fundament entstand, das jedem Rammbock trotzen konnte. Auf diesem starken Unterbau erhebt sich eine Mauer aus sog. Lehmziegeln, die in der Sonne getrocknet wurden

aus weißer, tonreicher Erde oder aus rotem Ton oder auch aus festgelagertem grobem (lehmhaltigen) Sand. Diese Sorten sind glatt und bekommen dadurch Festigkeit; sie sind nicht schwer zu verarbeiten und lassen sich leicht stapeln. (siehe Abb. 90)[77]

Eine solche Mauer war viele Meter hoch – in Tarragona zum Beispiel mindestens zehn. Um sie gegen schädliche Wettereinflüsse zu schützen, wurde eine Schicht über den Lehmziegeln angebracht, die völlig ausgehärtet sein mußten, um zu verhindern, daß

90

die aufgebrachte Verputzschicht schnell verhärtet und starr bleibt, während die Ziegel schrumpfen, (...) wodurch der Verputz sich löst und bröckelt.[78]

Die Maurer haben sichtlich gute Arbeit geleistet. Die ockerfarbene Putzschicht der neuen Mauer weist an keiner Stelle Risse, Sprünge oder Blasen auf. Da die Gebäude und die Stadtmauer einen so perfekten Eindruck machen, könnte man meinen, in Cauca wäre niemals etwas geschehen. Nur die Kränze der Druiden halten die Erinnerung an die schlimmen Ereignisse der Vergangenheit wach.[79]

Räuber und Betrüger

Zeit, um dieses beeindruckende Geschehen zu verfolgen, bleibt unseren Freunden nicht. Arrivederci hat es eilig und braust mit seinen gallischen Passagieren samt Pepe in rasender Fahrt durch eine ganze Reihe spanischer Städte. Nachdem Asterix und Obelix noch gerade einen flüchtigen Blick auf den Umzug der Druiden in Cauca werfen konnten, stehen sie schon vor Segovia. Aber auch hier ist ihnen kein Moment Ruhe vergönnt, weil Arrivederci schon Salamanca anvisiert, wo wiederum keine Zeit bleibt, weil nun Cordoba auf sie wartet. Es sieht wirklich so aus, als wollte Arrivederci nichts lieber, als seine Passagiere so schnell wie möglich an ihrem Ziel abzusetzen.

Wer auf die Karte schaut (siehe Abb. 75), wird sehen, daß seine Absichten keineswegs so edel sind. Der Römer legt nur deshalb ein solches Höllentempo vor, weil er von dem enormen Umweg ablenken will, den er macht. Da er Pepe so lange wie möglich bei sich behalten will, weicht er eindeutig von der kürzesten Route ab; statt über Saragossa und Toledo zu fahren, wählt Arrivederci einen Weg, der mehr als 14 Tage länger dauert. Während man in der Antike auf der schnellsten Route bereits nach 21 Tagen in Sevilla sein konnte,[80] ist der hinterhältige Römer über Segovia,[81] Cauca, Salamanca und Cordoba ganze 37 Tage[82] unterwegs.

Erst auf der letzten Etappe zeigt sich, daß Arrivederci noch mehr Überraschungen in petto hat. Die Gruppe hat Cordoba gerade hinter sich gelassen und ist über einen menschenleeren Höhenweg auf dem Weg nach Sevilla, als sie angehalten wird. Ein schwergewichtiger Bandit blockiert den Weg, während seine Kumpane aus einem Hinterhalt mit einem breiten Grinsen zusehen, wie ihr Chef die Reisenden in die Zange nimmt (siehe Abb. 91). Die Esel stellen sich auf die Hinterbeine, auch Asterix und Obelix sind

91

vollkommen überrascht, nur Arrivederci, mit Sicherheit keine heldenmütige Natur, gerät nicht einen Moment lang in Panik. Im Gegenteil, er spornt die Gallier an, gemeinsam drauflos zu prügeln, während er die Aufgabe übernimmt, sich um Pepe zu kümmern. Sein Auftreten ist so durchdacht, daß es den Anschein hat, als wisse er mehr.

Wie begründet diese Vermutung ist, beweist die Tat eines gewissen Philo von Sevilla. Diesem Mann war es nicht recht, daß Cäsar eine Garnison an seinem Wohnort stationiert hatte, und er beschloß, eine Gegenaktion zu starten:

Philo begegnete Caecilius Niger, einem Barbaren mit einer großen Bande Lusitaner. Eines Nachts kletterte Philo [mit ihnen] über die Stadtmauer von Sevilla: Die Lusitaner schnitten der Garnison und den Posten die Kehle durch.[83]

Höchstwahrscheinlich war dem Römer Arrivederci bekannt, daß man Lusitanier für schmutzige Geschäfte mieten konnte. Dank seiner Ortskenntnisse mag er sich mit Lusitaniern in Verbindung gesetzt haben, um einen Überfall zu inszenieren, der ihm die Möglichkeit gibt, sich in der verworrenen Situation mit Pepe auf und davon zu machen. Daß es sich bei den Banditen um Lusitanier handelt, läßt sich eindeutig belegen.

So kann es absolut kein Zufall sein, daß der Überfall zwischen Cordoba und Sevilla stattfindet.[84] Nach unseren Quellen war diese Gegend schon seit Jahrhunderten das bevorzugte Operationsgebiet der Lusitanier. Die zahllosen Kriege und Strafexpeditionen der Römer – jene Cäsars inbegriffen – haben daran nichts ändern können.[85]

Darüber hinaus verraten sich die Ganoven durch ihre Vorgehensweise: An einer Stelle zuzuschlagen, wo sich die Straße verengt und Felsen links und rechts ein Versteck bieten, zeugt von guten Ortskenntnissen. Wer einen solchen Platz für einen Überfall ausbaldowert, versteht es meisterhaft, aus einem Hinterhalt zu operieren – und dieses Vorgehen beherrschten die Lusitanier in der Tat ganz hervorragend:

Man sagt, daß die Lusitaner gut darin sind, sich in den Hinterhalt zu legen.[86]

Noch entlarvender ist das Auftreten des Räuberhauptmanns, der nicht den geringsten Zweifel daran läßt, daß er den Galliern nicht zum Spaß aufgelauert hat. Als sich die ganze Sache für sein Gefühl viel zu lange hinzieht, trommelt er verärgert mit dem

92

93

rechten Fuß auf den Boden und schnauzt, daß er noch mehr zu tun habe (siehe Abb. 92). Diese Bemerkung zeigt, daß er ein knallharter Profi ist, der sich mit Raubüberfällen seinen Lebensunterhalt verdient – was dem Bericht des römischen Feldherrn Galba entspricht:

Ich kann mit euch [Lusitanern] mitfühlen, weil ihr aus Mangel [immer] raubt. Denn euer Grund (...) ist so karg und unfruchtbar, daß ihr das wohl müßt.[87]

Zu dem lusitanischen Täterprofil paßt auch die humorvolle Art des Räuberhauptmanns, der in einer höchst brisanten Situation mit einem eleganten Schwung sein Kopftuch abnimmt, eine tiefe Verbeugung macht und seine Opfer mit höflichen Worten ersucht, ihm ihren Besitz auszuhändigen (siehe Abb. 93). Dieser gespielte Respekt vor den Opfern ist auch von anderen Banditen bekannt:

Wann immer [die Piraten] jemanden gefangen genommen hatten, der rief, daß er ein Römer sei, (...) taten sie ganz so, als seien sie erschrocken und hätten Angst, und baten ihn flehentlich um Verzeihung. (...) Daraufhin zogen sie ihm römische Sandalen an und eine Toga, damit er nicht wieder zu verkennen wäre. Nachdem die Piraten sich lange genug so mit dem Mann amüsiert hatten, ließen sie mitten auf dem Meer eine Falltreppe hinaus und sagten ihm, daß er frei sei und es sich wohlgehen lassen könnte. Als er sich weigerte, stießen sie ihn über Bord, so daß er ertrank.[88]

In Spanien sind es jedoch vor allem die Lusitaner, die sich auf diesen schwarzen Humor verstehen und liebend gern die Römer und ihre Symbole verspotten:

Er [der lusitanische Anführer] nahm das Lager der Römer ein. Dabei fielen ihm viele Waffen und Feldzeichen in die Hände, die die Barbaren zum Spott im ganzen Keltibererland umhertrugen.[89]

Allerdings begreifen unsere Räuber zu spät, daß es nicht ratsam ist, auch mit Galliern Witze zu machen. Als die Rollen einmal verteilt sind und Arrivederci sich nicht mehr heimlich mit Pepe absetzen kann, beginnt das Gefecht, in dessen Verlauf die Lusitaner die schmerzhafte Erfahrung machen müssen, daß sie trotz ihrer Ortskenntnisse, Erfahrung und Professionalität Asterix und seinem Zaubertrank nicht gewachsen sind. Sie beziehen so fürchterliche Prügel, daß sie ihren Humor bitter nötig haben, als sie total geschafft am Boden liegen. Arrivederci bleibt nichts anderes übrig, als seine Enttäuschung herunterzuschlucken und die Reise fortzusetzen, als wäre nichts geschehen.

Eine äußerst gemütliche Stadt

Es ist schon spät, als die Reisenden endlich in Sevilla ankommen. In der Abenddämmerung sind die Straßen schwarz von Menschen, die sich den Zug der Druiden anschauen. Die Fackeln, die ihren Schein auf die weißgekleideten Druiden mit ihren spitzen Hauben[90] werfen, lassen eine etwas düstere Stimmung entstehen. Trotz der Menschenmassen gelingt es den Reisenden, ein Dach über dem Kopf und etwas zu essen zu finden. In der andalusischen Herberge sind gerade ausreichend Zimmer frei und der Speisesaal ist noch geöffnet, so daß niemand mit knurrendem Magen zu Bett muß.

Arrivederci blüht in der aufgelockerten Atmosphäre, die während des Essens von den germanischen Gästen verbreitet wird, zusehends auf. In vollen Zügen genießt er die Gemütlichkeit, für die Germanen, zumindest nach unseren Quellen, ein besonderes Talent haben mußten:

Kein Volk widmet sich der Gastfreundschaft und der Gemütlichkeit mit einer solchen Hingabe wie die Germanen. Jemanden nicht in sein Haus zu lassen, bedeutete eine Todsünde. Ob reich oder arm, jeder bietet eine gepflegte Mahlzeit an. Wenn die Vorräte aufgebraucht sind, macht sich die Gesellschaft unter Begleitung des Gastgebers auf den Weg zu einer anderen Adresse. Uneingeladen klopfen sie beim nächsten Haus an. Und das macht gar nichts, sie werden ebenso gastfreundlich empfangen.[91]

Sie fühlen sich in Sevilla so wohl, daß sie – wie zu Hause – während des Essens ihren Helm aufbehalten (siehe Abb. 94). Nach Meinung des römischen Geschichtsschreibers Tacitus ist das bei den Germanen so üblich, die, wie er schreibt,

sich in Waffen zu Gelagen begeben.[92]

94

Nur der Suebe[93] im hinteren Teil des Saales sitzt barhäuptig am Tisch, um seine ungewöhnliche Haartracht nicht zu ramponieren:

Typisch für diese Menschen ist, daß sie das Haar seitwärts kämmen und in einem Knoten zusammenschlingen. Dadurch unterscheiden sich die Sueben von den übrigen Germanen und von den Sklaven (...). Bis sie älter werden, binden die Sueben das widerspenstige Haar nach hinten und binden es häufig genau auf dem Scheitel in einem Knoten hoch.[94]

In dieser ausgelassenen Stimmung denkt niemand an die körperlichen Gefahren, die Nordeuropäern im warmen Süden drohen. Davon können vor allem die Gallier ein Lied singen, die es am eigenen Leib erfahren haben und

unbeherrscht, wie sie von Natur aus sind, sich am Wein und an anderem gütlich taten, bis sie nicht mehr konnten. Und sie wohnen in einem Land, das nur Feldfrüchte hervorbringt, sonst aber unfruchtbar ist und nichts weiter hervorbringt. Durch ihr unmäßiges Essen und ihre Trunksucht lassen sie ihre großen, üppigen und schlaffen Körper zu einer schweren Masse anschwellen, unfähig zu laufen und Mühen zu ertragen. Schwitzend und kurzatmig waren sie nach kurzer Zeit erschöpft, wenn sie sich einmal anstrengen mußten.[95]

Unsere Germanen in Sevilla verschwenden jedoch keinen einzigen Gedanken an ihre Gesundheit und genießen nach Herzenslust das exzellente spanische Bier.[96] Arrivederci läßt sich nur allzu gern von der germanischen Festfreude mitreißen und hebt voller Begeisterung seinen Humpen, ohne daran zu denken, daß Römer eigentlich kein Bier mögen, weil sie es als

ein Gebräu, das unter Verwendung von Gerste und Weizen bereitet wird und durch Gärung in eine Art Wein verwandelt wird,[97]

ansehen. In seinem Zustand würde er am liebsten wie die Germanen die Nacht zum Tage machen. Genau wie zu Hause, wo

sie Tag und Nacht durchtrinken, ohne daß es jemanden stört,[98]

haben die Germanen auch im andalusischen Sevilla die Absicht, bis zum Morgengrauen durchzuzechen. Aber selbst dieses unschuldige Vergnügen wird Arrivederci vorenthalten, denn Asterix findet, daß es auch für ihn an der Zeit ist, ins Bett zu gehen. Der Römer fügt sich offensichtlich willig und folgt Asterix in die höher gelegenen Zimmer.

Über Traumata gesprochen

Was der Römer im Schilde führt, wird deutlich, als die anderen tief und fest schlafen. Lautlos schlüpft Arrivederci aus dem Bett und schleicht sich zu der Flasche mit dem Zaubertrank, um sie unbemerkt zu stehlen. Unbeabsichtigt macht er dabei aber doch ein wenig Lärm, so daß Asterix wach wird. Augenblicklich ist dem Gallier klar, was hier vor sich geht, aber all seine Versuche, das kostbare Fläschchen zurückzuerobern, scheitern. Als er auf einer wilden Verfolgungsjagd durch die ausgestorbenen Straßen Sevillas dem flüchtenden Arrivederci schon dicht auf den Fersen ist, laufen beide einer römischen Patrouille in die Arme. Der diensthabende Offizier ordnet an, Arrivederci, Asterix und den Zaubertrank dem Standortkommandanten vorzuführen.

Die Verhafteten werden wohl dem Gaius Caninius Rebilus (1. Jahrhundert v. Chr.) Rede und Antwort stehen müssen – nach unseren Quellen wahrscheinlich der Name des Mannes, der damals für Ruhe und Ordnung in Sevilla zu sorgen hatte. Wie dem Bericht über den Spanischen Krieg zu entnehmen ist, war er von Cäsar höchstpersönlich mit dieser Aufgabe betraut worden:

Als Cäsar auf dem Weg nach Hispalis [Sevilla] war, kamen Gesandte zu ihm, um ihn um Gnade anzuflehen [wozu Cäsar bereit war], und als er die Stadt erreichte, schickte er seinen Oberbefehlshaber Caninius mit einer ganzen Garnison hinein.[99]

Seine Arbeit wurde jedoch von einem abscheulichen Vorfall überschattet, der sich kurz nach seinem Amtsantritt ereignet hatte. Damals hatte eine Bande von Lusitaniern, die mitten in der Nacht in die Stadt geschmuggelt worden war, allen Römern die Kehlen durchgeschnitten.[100] Caninius gehörte zu den wenigen Überlebenden dieses Blutbads,[101] blieb jedoch für immer von diesem grauenhaften Ereignis gezeichnet.

Unter den Folgen hat seine ganze Umgebung zu leiden. So erhält der Offizier, der Arrivederci, Asterix und das Fläschchen mit dem Zaubertrank dingfest gemacht hat, eine sehr eigenartige Belohnung. Nachdem Caninius einen Schluck von dem Zaubertrank zu sich genommen hat, läßt er den Soldaten näher treten. Als dieser, nichts Böses ahnend, auf seinen Vorgesetzten zugeht, erhält er als Lohn für seine Bemühungen einen gewaltigen Faustschlag ins Gesicht, der ihn alle Zähne kostet. Grinsend schaut Caninius zu, wie sein Untergebener taumelnd und zahnlos den Raum verläßt. Noch zufriedener fühlt er sich möglicherweise, als er wenig später den Verhafteten ihre Hinrichtung verkündet. Mit einem Gesicht, das vor Vorfreude glänzt, betritt er die Zelle, um Arrivederci und Asterix mitzuteilen, daß ihr letztes Stündlein geschlagen hat (siehe Abb. 95).

Der unverfälschte Sadismus, den der Statthalter Roms hier an den Tag legt, scheint eine Folge des lusitanischen Gemetzels zu sein. Caninius hat das Blutbad zwar überlebt, aber er ist für den Rest seines Lebens traumatisiert. Tag und Nacht wird er von Rachegedanken verfolgt, die er nur abschütteln kann, indem er andere quält oder leiden sieht. Deshalb schlägt er seinen eigenen Leuten alle Zähne aus und genießt es, Exekutionen zu verkünden. Wahrscheinlich war es für ihn auch ein ganz besonderer Moment, als

der Kopf des Pompeius am 12. April [des Jahres 45 v.Chr.] nach Sevilla gebracht und öffentlich zur Schau gestellt wurde.[102]

Aber der Statthalter ist beileibe nicht der einzige, dessen psychische Gesundheit angegriffen ist. Auch die Einwohner Sevillas befinden sich noch immer in

95

96

einem Schockzustand und hätten dringend Hilfe nötig. Ihre Verfassung geht auf das Konto Cäsars, der ihnen ob ihrer mangelnden Loyalität gehörig die Leviten gelesen hatte. Er rief alle Einwohner der Stadt auf dem Marktplatz zusammen, um ihnen in unmißverständlichen Worten den Kopf zu waschen. So sagte er unter anderem:

Ihr habt euch als Barbaren (...) mehr als einmal an den unantastbaren Magistraten des römischen Volkes vergriffen (...) Ihr haßt den Frieden so sehr, daß diese Provinz nie aufhörte, ohne römische Legionen zu sein. Gutes vergeltet ihr mit Bösem und umgekehrt.[103]

Verständlich, daß den Menschen auf dem Platz der Schreck in die Glieder fuhr. Sie wußten nur zu genau, was Städten blühen konnte, die das Mißfallen des großen Feldherrn erregt hatten, und sie hatten viel zu verlieren.[104] Ihre Angst war so groß, daß ihnen noch die Knie zitterten, als Cäsar schon längst abgezogen und die Stadt mit dem Schrecken davon gekommen war. Um sich von diesem Trauma zu erholen, konnte das Volk von Sevilla durchaus ein wenig Ablenkung vertragen – zum Beispiel die Exekution von Asterix ...

Ein Stierkampf kann heilsam sein

Aufgeputscht durch die Aussicht, Blut fließen zu sehen, hat sich jeder einen Platz in dem riesigen Amphitheater gesichert (siehe Abb. 96).[105] Im Publikum sitzen Touristen und Einheimische, von denen manche, wie es in dieser Gegend üblich ist, eine Toga tragen:

(...) vor allem die Menschen, die entlang des Flusses Baetis leben[106] *[der Fluß, an dem auch Hispalis/Sevilla liegt], haben sich völlig an die Lebensweise der Römer angepaßt und erinnern sich nicht einmal mehr an ihre eigene Sprache. (...) So sind sie fast alle Römer geworden.*[107]

Diese [Spanier] nennt man «togati», Menschen, die die Toga tragen.[108]

Ganz vorn in der Ehrenloge hat Caninius mit seinem Gast Begonia – im Comic die Halbschwester einer angeheirateten Nichte Cäsars – Platz genommen. Hingerissen lauschen der Statthalter und sein Gefolge den schmetternden Trompeten, die den Einzug von Asterix und Arrivederci und somit den Beginn des «Hinrichtungsfestes» ankündigen.

Während die Verurteilten ihrem Schicksal entgegensehen, stürmt ein Stier in die Arena, der in jeder Hinsicht dem Bild eines gnadenlosen Killers entspricht:

Von dunkelbrauner Farbe und flink wie ein Vogel. Wenn Geschosse auf ihn abgefeuert werden, läuft er einfach weiter. Seinen Kopf kann er nach allen Seiten drehen und Speere fühlt er dank seines harten Rückens und seiner maßlosen Wildheit nicht.[109]

Asterix und Arrivederci fühlen sich in einen Albtraum versetzt. Wenn jemand von Stieren träumte, so galt dies in der Antike als Vorbote eines bald bevorstehenden Todes, weil

nur die zum Tode verurteilten Menschen gegen Stiere kämpfen.[110]

In Gegenden, wo der Stierkampf als Sport gesehen wurde, waren Stierträume nicht mit einer so makabren Bedeutung verknüpft. Dies galt beispielsweise im griechischen Thessalien, der Heimat echter Stierkämpfer.[111] Wie sie mit diesen Tieren umgingen, schildert die folgende Geschichte über den jungen Prinzen Theagenes:[112]

Theagenes erhob sich, ergriff eines der Pferde und (...) ritt dem ausgebrochenen Stier hinterher. (...) Sobald er ihn eingeholt hatte, blieb er ein wenig dahinter und reizte das Tier mit einem Stock zu schnellerem Lauf. Was das rasende Tier auch machte, Theagenes folgte dem Stier überallhin, sorgte aber dafür, seinem Ausfallen und seinen Angriffen auszuweichen. [Danach] ritten sie Seite an Seite, ihre Flanken berühren einander und der Atem und der Schweiß von Pferd und Stier vermischten sich. (...) Aufs neue erklingt ein lautes Jubeln aus der Menge. Dann läßt Theagenes sein Pferd zur Höchstgeschwindigkeit rennen, bis die Brust des Pferdes auf derselben Höhe ist wie der Kopf des Stieres. Dann läßt er das Pferd einen Vorsprung nehmen und springt selbst dem Stier um den Hals. Mit seinem Kopf zwischen den Hörnern hält er diesen umarmt wie einen Kranz und verschlingt seine Finger kräftig oben auf der Stirn des Stieres. Der Rest seines Körpers hängt in der Luft über der rechten Schulter des Stieres. (...) Als er merkte, daß der Stier außer Atem geriet, (...) ließ Theagenes sich nach vorne fallen und trat mit seinen Füßen gegen die Vorderbeine des Stieres. (...) In seinem Tempo gestört, stolperte das Tier und überschlug sich (...). Seine Hörner gruben sich in den Boden (...) und seine Beine zappelten sinnlos in der Luft (...); das Gebrüll des Stieres klang wie die Siegestrompete.[113]

Dank Asterix wird aus der geplanten Hinrichtung eine Sportveranstaltung. Ohne Pferd und ohne dem Stier um den Hals zu fallen, hat der Gallier seine eigene Methode, das Monster auszuschalten. Nachdem er das rasende Tier zunächst bis auf Haaresbreite an sich heran gelockt hat, verblüfft er es durch einen raschen Ausfallschritt. Frustriert über die mißlungene Attacke, greift der Stier ihn erneut an und der gallische Matador wiederholt sein Ausweichmanöver. Der Stier wird immer wütender, nicht zuletzt, weil Asterix auch noch versucht, das rote Cape von Begonia zu retten, das auf den Stier wie das sprichwörtliche rote Tuch wirkt.[114] Im wahrsten Sinne des Wortes blind vor Wut rast er in einer Schlußoffensive mit seiner ganzen Masse auf Asterix zu, der aber seinen schon bewährten Ausfallschritt praktiziert. Abbremsen ist nicht mehr möglich, und so prallt der zentnerschwere Stier in vollem Lauf gegen die Mauer der Arena, wo er bewußtlos zusammenbricht.

Die Begeisterung des Publikums kennt keine Grenzen. Das Amphitheater ist von lauten Olé-Rufen erfüllt, überall fliegen Kopfbedeckungen durch die Luft. Endlich scheint die Anspannung, unter der die Stadt schon seit Wochen steht, zu weichen. Durch den spannenden Kampf fühlt sich jeder von den haßerfüllten und unheilvollen Worten Cäsars befreit. Ohne daß auch nur ein einziger Tropfen Blut geflossen wäre, können die Einwohner von Sevilla wieder lachen. Nur Caninius ist nicht glücklich. Auch wenn er weiß, daß das Volk auch diese Art Stierkämpfe liebt,[115] wäre ihm die blutige Variante lieber gewesen – aber das Gnadengesuch von Begonia kann er natürlich nicht ablehnen.

Das Ende der Reise

Wieder auf freiem Fuß, verläßt Asterix nur allzu gern die Stadt. Es interessiert ihn nicht, daß er damit gleichzeitig, wie Strabon meint, die Zivilisation hinter sich läßt:

Durch die Fruchtbarkeit des Landes sind die Turditanier ruhig und zivilisiert geworden [und wohnen in Städten]. Die Kelten, die in ihrer Nähe wohnen oder mit ihnen verwandt sind, sind diesem Vorbild gefolgt, allerdings in geringerem Maße, da sie größtenteils in Dörfern wohnen, wie Polybios sagt.[116]

Gern tauscht der kleine Gallier die Kultur Sevillas – eine der wohl rund tausend Städte Spaniens[117] – gegen das unzivilisierte Heimatdorf Pepes ein. Hier werden wenigsten keine Menschen den Tieren zur Hinrichtung vorgeworfen, auch wenn es hin und wieder vielleicht ein wenig barbarisch zugeht.[118]

So wirkt die Haartracht und Kleidung von Pepes Vater etwas zusammengewürfelt (siehe Abb. 97). Er trägt lange Zöpfe, was in Spanien zwar keine Seltenheit ist, aber niemals in Kombination mit einer numantinischen Hose vorkommt (siehe Abb. 98).

97
98

Die schönen Goldreifen um seine Oberarme werden auch von anderen spanischen Kriegern getragen, allerdings sehen ihre Waffen völlig anders aus (siehe Abb. 99).[119] Aber immerhin hat Pepes Dorf eine strategisch günstige Lage und die Häuser sind, wie üblich in dieser Gegend, aus Naturstein gebaut (siehe Abb. 100).[120] Das Dorf erinnert ein wenig an die innerhalb eines Steinwalls gelegene keltische Siedlung bei A Guarda, von der die Überreste von sicherlich hundert mehr oder weniger runden Hütten erhalten geblieben sind. Da einige dieser Häuser auch noch Strohdächer haben, sieht es so aus, als wären die ursprünglichen Bewohner erst vor kurzem umgezogen – so authentisch ist die Atmosphäre an diesem Ort.

99

Asterix und Obelix machen in Pepes Dorf nur kurz Station. Nachdem sie Pepes Vater kennengelernt haben, ist für Obelix und Idefix der Moment des Abschieds gekommen. Schluchzend sagen der große Gallier und sein kleiner Hund ihrem spanischen Freund auf Wiedersehen, und auch der heldenmütige Pepe kann seine Tränen kaum zurückhalten. Wie echt sein Abschiedsschmerz ist, stellt Obelix zu Hause unter Beweis. Auf dem großen Fest anläßlich ihrer Rückkehr zeigt er allen, daß er in Spanien ein anderer Mensch geworden ist. Aus voller Brust und mit großer Leidenschaft trägt er die herzzerreißende Ballade vor und tanzt, daß die Funken nur so sprühen (siehe Abb. 101). Der gut gewachsene Gallier hat alles um sich herum vergessen und bemerkt nicht einmal, daß ihn die anderen für einen Spinner halten. Aber zum Glück hat er ja mehr Ahnung von Kultur als sie.

100

Und nach einer langen und ruhigen Reise kommen unsere Freunde wieder in das kleine gallische Dorf, wo sie wie immer mit Triumph empfangen werden. Und wo ein Mal... ein einziges Mal Troubadix, der Barde, zufrieden ist...
AYAYAYAY
MAMMAAA, ICH BIN SO UNGLÜCKLICH!!! AYAYAYAYAYAYYYY
Einen Fisch! Ein Königreich für einen Fisch!
KLACK!
GRMPFFFFFHIHI!
ENDE
DER GESCHICHTE
UDERZO & GOSCINNY

III. In der Höhle des Löwen

Eine Welt für sich

Rom ist eine Welt für sich – eine Stadt, in der genauso viele Menschen leben wie in einem ganzen Land, die Stadt mit den höchsten Gebäuden der Welt, mit Straßen, Plätzen, Märkten, enormen Wohnkomplexen, staatlichen Häusern und Triumphbögen – von denen es zu viele gibt, um sie alle nennen zu können (siehe Abb. 102). Überall wimmelt es von Menschen, die versuchen, auf ihre Weise zu überleben. Was, um alles in der Welt, haben zwei Gallier aus einem kleinen Dorf am Meer hier zu suchen?

Die Antwort lautet: einen Barden und einen Lorbeerkranz. Der Barde ist entführt und als Geschenk für Cäsar nach Rom verschleppt worden. Um zu verhindern, daß ihr musikalischer Mitbewohner sein Leben im Maul eines römischen Löwen beschließt, reisen Asterix und Obelix ihm nach. Nicht aus reinem Edelmut, sondern eher, weil sie sich schuldig fühlen. Genau wie alle anderen im Dorf haben auch Asterix und Obelix

102

soviel Hohn und Spott über dem Barden ausgegossen, daß der Arme im Wald Trost gesucht hat und dort von römischen Soldaten gekidnappt wurde.

103

Hinter dem Lorbeerkranz steckt eine andere Geschichte; er muß helfen, um den verletzten Stolz von Majestix wieder zu heilen. Während eines Familienessens in Lutetia ist der Häuptling von seinem Schwager so arg gedemütigt worden, daß nur mithilfe des Lorbeerkranzes von Cäsar diese Kränkung wiedergutgemacht werden kann. Majestix will aus Cäsars Lorbeeren ein Ragout zubereiten und seinem Schwager auftischen lassen, um ihm so – ein für alle Mal – seine Macht klar zu machen und ihm zu demonstrieren, daß es ein freier gallischer Stammeshäuptling nicht nötig hat, sich ungestraft verspotten zu lassen (siehe Abb. 103).

Unsere beiden gallischen Helden müssen all ihren Witz und Einfallsreichtum aufbieten, um diese Aufträge zu einem guten Ende zu bringen. Schnelles Handeln wird gefragt sein, zudem müssen sie lernen, sich in der Riesenstadt mit ihren Hunderttausenden von Einwohnern zurechtzufinden. Sie werden das römische System bis ins Detail ergründen und das Spiel spielen müssen, das ihnen den meisten Gewinn einbringt – eine Erfahrung der ganz besonderen Art.

Ein Wettlauf gegen die Zeit

Zunächst glaubt Asterix, daß er den entführten Barden noch einholen kann. Als er jedoch herausfindet, daß Troubadix und sein Entführer schon per Schiff nach Rom unterwegs sind, macht er sich auf die Suche nach einem Kapitän mit einem Boot. Wie er aus zuverlässiger Quelle weiß, gibt es Seeleute, die, vom Ozean kommend,[1] in einer Rekordzeit nach Italien segeln, weil sie nicht der Küstenlinie folgen, sondern

auf voller See fahren. Das ruhige Wetter im Mittelmeer macht so eine Tour möglich. Diejenigen, die hierdurch den größten Vorteil haben, sind die Handelsschiffe.[2]

Zu ihrer großen Freude machen die Freunde tatsächlich ein Schiff ausfindig, das mit hoher Reisegeschwindigkeit unterwegs ist. Ein phönizischer Händler, der gleichfalls ein großes Interesse daran hat, möglichst schnell nach Italien zu kommen, erklärt sich bereit, die beiden Gallier an Bord zu nehmen.

Aber obwohl Epidemais, wie der Phönizier heißt, auf einem schnurgeraden Kurs das Mittelmeer durchquert, bleibt das Schiff mit dem Barden außer Sichtweite. Und auch als sie in Italien an Land gegangen sind, ist das Schiff, auf dem Troubadix entführt wurde, nirgendwo zu entdecken. Das liegt wahrscheinlich daran, daß der Barde auf einem Staatsschiff reist, das natürlich in Ostia, dem offiziellen Hafen Roms, vor Anker geht.

104

Epidemais hingegen hat einen kleinen Hafen im Süden gewählt, ganz in der Nähe der Via Appia. Auf dieser bekanntesten Straße des römischen Reiches,[3] die wegen ihrer perfekten Straßendecke gerühmt wird, werden Asterix und Obelix in kürzester Zeit in der Hauptstadt sein (siehe Abb. 104).

Als sich die Gallier auf den Weg machen, liegt die «Königin der langen Wege»[4], wie die Via Appia liebevoll genannt wird, in ihrer ganzen Pracht vor ihnen.[5] Diesen optimalen Zustand verdankt sie nicht nur den staatlichen Unterhaltsarbeiten, sondern auch den zahlreichen Initiativen von Privatleuten, die diese Verkehrsader ins Herz geschlossen haben. So legte der römische Dichter Martial (40–103/4 n. Chr.) bewußt eine Schaffenspause ein, um dem offiziellen Straßenverwalter genügend Zeit für seine Berichte zu geben.

Macer (...) klagt, daß ich keine Verse mehr schreibe. Aber nun hat er die Zeit für die ausführlichen Berichte seiner Bauaufsichtsbeamten. Was wirst du tun, Appia, wenn er meine Verse zu lesen bekommt?[6]

Die Gallier kommen ohne die geringste Mühe zügig voran. Sie können sich nicht vorstellen, daß jemand das Bedürfnis hat, dem Beispiel des römischen Dichters Horaz (65–8 v. Chr.) zu folgen:

Bequem wie wir waren, machten wir die Strecke auf zwei mal. Jemand, der durchreist, schafft es in einem Tag. Die Via Appia ist weniger beschwerlich, wenn man langsam reist.[7]

Die Straße ist für Hochgeschwindigkeitsfanatiker wie geschaffen. Immer wieder werden die Gallier auf ihrem Weg von einem Kurier überholt, der ihnen vorkommt wie

der Junge, der den Vermögensstand der Vorfahren gänzlich eingebüßt hat, indem er auf rasender Achse über die Flaminische Straße dahinflog, ein junger Automedon? Denn die Zügel hielt er selbst, als er sich großtat vor der Geliebten in ihrem Männermantel.[8]

So sind Asterix und Obelix trotz des dichten Verkehrs sehr schnell in Rom.[9] Aber die Frage stellt sich, ob es nicht vielleicht doch schon zu spät ist und ob ihnen jemand etwas über den Verbleib des Barden sagen kann.

105

Wo ist der Barde?

Menschen über Menschen (siehe Abb. 105). Auf der Kreuzung, an der Asterix und Obelix angelangt sind, passiert so viel, daß man sozusagen ein Buch darüber schreiben könnte.[10] Aber von sich aus kommt niemand den verloren wirkenden Galliern zu Hilfe. Das wäre für einen Römer unter seiner Würde, denn schließlich ist seine Stadt die

Göttin der Länder und Nationen, die kein Gleiches und auch kein Zweites kennt.[11]

Die Einwohner einer solchen Metropole sind natürlich viel zu sehr mit sich selbst beschäftigt, um einem Fremden spontan zu helfen.

Nachdenklich fragt Asterix sich, wen er ansprechen könnte. Während Obelix seine Nase in die Luft streckt und die Stockwerke der römischen Hochhäuser zählt, schaut sich der kleine Gallier um. Er könnte es bei der rot gekleideten Bäckersfrau auf seiner Straßenseite versuchen, aber dazu müßte er sich in die Schlange der grün, weiß und lila gekleideten Kunden vor ihrem Ladentisch einreihen. Der Fleischer auf der gegenüberliegenden Straßenseite in seiner gelben Tunika – einem römischen Gewand – kommt ebenfalls nicht in Frage, weil er in eine hitzige Diskussion mit einem Herrn in Weiß und Grün[12] verwickelt ist. Und den patrouillierenden Soldaten geht der kleine Gallier am liebsten ganz aus dem Weg.

Ein Stück weiter überquert ein Herr in Rot die Straße. Offensichtlich muß er sich im Augenblick mit niemandem auseinandersetzen und angesichts seines recht vornehmen Aussehens könnte er vielleicht etwas mehr wissen. Mit seinem korrekten Haarschnitt, den sauber geschnittenen Fingernägeln und seiner makellosen Nase sieht er aus wie aus dem Ei gepellt. Er riecht frisch, seine Toga – das Gewand vornehmer Römer – schlabbert nicht und seine Schuhe ohne rostige Schnallen passen genau.[13] Dennoch zögert Asterix, ihn anzusprechen, da der Mann ziemlich angespannt wirkt. Es hat den Anschein, als hätte dieser rotgekleidete Herr auf der anderen Straßenseite etwas äußerst Wichtiges zu erledigen.

Und wie uns Horaz erklärt, ist das auch sehr gut möglich. Von ihm erfahren wir, daß sich ein Römer, der politische Ambitionen hatte, einen speziellen Sklaven oder Namensnenner (Nomenclator) anschaffen mußte, der ein besonders gutes Gedächtnis für die Namen und Gesichter aller wichtigen Persönlichkeiten hatte. Ein solcher Namennenner beherrschte das Leben des Mannes, dessen politischer Karriere er weiterhalf:

Wir kaufen einen Nomenclator. Er stößt uns in die Seite und nötigt uns über die ‹pondera› [die erhöhten Trittsteine für den Straßenübergang] auf die andere Seite zu gehen, um dort jemandem die Hand zu schütteln.[14]

Vielleicht wurde auch der Herr in Rot von seinem Nomenclator gedrängt und hat daher einen so abweisenden Blick. Aber Asterix braucht seine Hilfe nicht mehr, als er einen Blick um die Straßenecke wirft und dort eine vielversprechende Aufschrift entdeckt.

Ein Gallier in Rom

Erwartungsvoll überqueren die beiden Freunde die Straße. Über die Pondera oder Trittsteine, die im heutigen Rom verschwunden, in Pompeji hingegen noch sichtbar erhalten sind[15] (siehe Abb. 106), gelangen sie auf die andere Straßenseite. Dort steht in großen Buchstaben *Gallisches Restaurant* über einem Gasthaus, das neben Wildschweinbraten auch andere gallische Spezialitäten wie Wein und Würstchen auf der Speisekarte hat (siehe Abb. 107). Asterix ist felsenfest davon überzeugt, daß er hier an der richtigen Adresse ist. Wenn jemand in Rom weiß, was aus Troubadix geworden ist, dann doch wohl die Menschen in diesem Restaurant.

106

Obwohl das Gasthaus gallisches Flair ausstrahlt, wird es nur von Römern besucht. Plaintcontrix, der Eigentümer, hat nichts unversucht gelassen, um das bessere römische Publikum anzulocken. So hat er, ganz dem Geschmack der Zeit entsprechend, die Fassade seines Etablissements mit Weinlaub und Weintrauben begrünt. Wie trendy dies um 50 v. Chr. war, zeigt eine berühmte Wandmale-

107

rei[16] (siehe Abb. 108) und eine Passage aus einem Brief des berühmten römischen Schriftstellers Cicero:

Ich habe deinen Gartenarchitekten beglückwünscht. Er hat alles so reichlich mit Efeu begrünen lassen, nicht nur entlang der Grundmauern der Villa, sondern auch in den Räumen zwischen den Säulen der Wandelhalle, so daß es scheint, als würden sich die Statuen als Gärtner betätigen.[17]

Die Speisekarte spiegelt den Geschmack der besseren Kreise wider. Die Gäste lassen sich ausschließlich große oder kleine Portionen Wildschweinbraten servieren – ein Gericht, das in Rom der Oberschicht vorbehalten war.[18] Ein Freund des Dichters Horaz erzählt, wie ihn ein reicher Bekannter zu einem exklusiven Diner einlud, bei dem auch Wildschwein serviert wurde. Völlig begeistert erstattet dieser Fundanius seinem Freund Bericht:

108

109

Horaz: «Wie war das Mahl beim reichen Nasidienus?»

Fundanius: «Es war so herrlich, daß ich mich noch nie in meinem Leben besser unterhalten habe.»

Horaz: «Erzähl doch wenn du möchtest, Fundanius. Welcher erste Gang hat deinen knurrenden Magen zum Schweigen gebracht?»

Fundanius: «Als erstes kam ein [garnierter] lukanischer Eber auf den Tisch.»[19]

Auch die Einrichtung ist eine Konzession an den Geschmack der vornehmen Gäste, die in der Regel nicht im Sitzen, sondern im Liegen zu speisen pflegen (siehe Abb. 109).

Horaz: «Aber erzähl mir, ich wüßte doch zu gerne, wer mit Dir eingeladen war, als du dich so gut amüsiert hast, Fundanius.»

Fundanius: «Ich lag auf dem [bedeutendsten] Bett auf dem ersten Platz. Neben mir Viscus Thurinus und unten, wenn ich mich recht erinnere, Varius.»[20]

Mit seiner Idee, sich hier nach dem Verbleib des Barden zu erkundigen, liegt Asterix eindeutig falsch. Auch wenn Plaintcontrix mit seinem markanten Schnurrbart auf dem Papier ein Gallier sein mag, so hat ihn sein Geschäft und der lange Aufenthalt im Ausland zu einem Römer gemacht.[21] Deshalb trägt er nicht wie Asterix und Obelix ein

110
111

Hemd und eine Hose, sondern eine römische Tunika und Sandalen (siehe Abb. 110 und 111). Wen wundert es, daß Plaintcontrix nicht im Traum daran denkt, sich in aller Öffentlichkeit zum Schicksal des Barden zu äußern. Wenn die Gallier etwas von ihm erfahren wollen, müssen sie ihn abends in seinen eigenen vier Wänden aufsuchen.

Regeln über Regeln

Asterix und Obelix merken recht schnell, daß man in Rom einen Wust von Verhaltensregeln und Vorschriften einhalten muß. Nachdem sie in dem gallischen Restaurant aufgelaufen sind, müssen sie feststellen, daß das Leben auch anderswo den unterschiedlichsten Regeln unterworfen ist, die den Galliern nicht ohne weiteres einleuchten. Trotz des immensen Überflusses und der zahllosen Einrichtungen ist das Leben in Rom mühsam, weil es so entsetzlich viele Bestimmungen gibt, die den Alltag erschweren – und diese Umständlichkeit beginnt schon in aller Frühe: Noch vor Sonnenaufgang ist halb Rom schon auf den Beinen. Jeder, der etwas in Erfahrung bringen will, ist zu dieser frühen Stunde als sogenannter Klient unterwegs zu seinem Patron, von dem er sich Rat und Beistand erwartet. Der Dichter Martial, der auf lange Jahre als Klient zurückblicken kann, äußert sich mit Abscheu über diese Art und Weise, den Tag zu beginnen:

Weshalb muß ich mitten in der Nacht wach werden und mich durch den Morgenschlamm kämpfen (...), um zu hören: «Laetorius erwartet dich zum Essen.»[22]

Aber auch für den Patron ist die *Salutatio*, die morgendliche Visite, kein Vergnügen. Jeder reiche und mächtige Römer, der etwas zu vergeben hat, ist damit gestraft, daß er morgens in aller Frühe Dutzenden von Menschen, seinen Klienten, in seinen eigenen vier Wänden Zuspruch leisten muß. Jeder will etwas anderes von ihm: Geld, eine Empfehlung, ein Plädoyer vor Gericht, einen Brief – und so weiter und so weiter. An Ausschlafen ist nicht zu denken, auch wenn man noch so reich ist:

Wenn ein Klient an die Tür klopft, noch bevor der Hahn kräht, preist der Anwalt den Bauern glücklich.[23]

Ganze zwei Stunden[24] dauert dieses anstrengende Ritual, das die Klienten wie der Patron auf nüchternen Magen verdauen müssen:

Die erste und die zweite Stunde des Tages [von 6.00 bis 8.00] schöpfen die Klienten aus, die ihren Morgenbesuch bringen.[25]

Zum Frühstücken ist noch keine Zeit gewesen und auch vorläufig ist daran nicht zu denken, da jeder nach der *Salutatio* direkt zu seiner Arbeit geht. So haben Rechtsanwälte beispielsweise schon um acht Uhr morgens ihre ersten Verhandlungstermine:

Die dritte Stunde [von 8.00 bis 9.00] hält die heiseren Anwälte beschäftigt. Rom bleibt angespannt bis zur fünften Stunde [von 10.00 bis 11.00].[26]

Danach legen nur die trägen Naturen eine Pause ein; die echten Profis machen – immer noch ohne einen Bissen im Magen – bis zum Ende der siebten beziehungsweise bis zu Beginn der achten Stunde, also bis gegen ein Uhr mittags, weiter.[27] Damit sind sie, ab sechs Uhr morgens gerechnet, ohne Frühstück, Pause oder Mittagessen sieben Stunden ununterbrochen aktiv gewesen. Aber auch dann ist es noch nicht an der Zeit, sich wenigstens einen kleinen Imbiß zu gönnen. Erst steht noch ein Stündchen Sport oder der Besuch eines der stadtrömischen Bäder oder auch beides auf dem Programm:

Die ganze achte Stunde [von 13.00 bis 14.00] reicht aus für die ölglänzenden Ringkämpfe.[28]

Du wirst prächtig mit mir essen, Julius Cerealis (...) Du kannst die achte Stunde [13.00 bis 14.00] einhalten. Dann gehen wir zusammen ins Bad. Du weißt doch, wie nah für mich die Stephanus-Thermen sind.[29]

Erst gegen zwei Uhr mittags darf an das leibliche Wohl gedacht werden:

Die neunte Stunde [von 14.00 bis 15.00] läßt uns niederplumpsen auf die Liegebetten voller Kissen.[30]

Ein solcher Tagesablauf ist natürlich ein idealer Nährboden für extreme Bedürfnisse. Wer vom frühen Morgen bis zum späten Nachmittag ununterbrochen aktiv war, hat ein übermäßiges Bedürfnis nach Ruhe. Und wer dem ganzen Streß noch dazu auf nüchternen Magen gewachsen sein muß, will natürlich gut und reichlich essen. So ist es kein Wunder, daß die römischen Gelage total ausarteten und manchmal länger dauerten als der vorangegangene Arbeitstag:

Dann sagte Trimalchio: «Freunde, heute hat mein Sklave sich zuerst rasiert (...). Lassen wir uns ihm zu Ehren besaufen und weiterfeiern, bis es Morgen wird.»[31]

Eine solche Kombination von Verzicht und Exzeß kann für Leute, die an einen solchen Tagesablauf nicht gewöhnt sind, zu einer Qual werden. So empfinden die meisten Griechen, die den Tag normalerweise ruhig angehen lassen und sich durchaus ein Frühstück gönnen, das römische Schema als unerträglich:

Dann, als du daraufhin [mitten in der Nacht] das Essen verläßt, bekommst du nur ein wenig Schlaf. (...) Am Morgen wirst du von einer Glocke geweckt, du schüttelst deine süßesten Träume ab und du rennst mit allen anderen mit, Hügel rauf Hügel runter, noch mit dem Dreck von gestern an den Beinen (...). Durch all das bist du immer blaß und siehst aus wie jemand, der jeden Augenblick tot umfallen kann.[32]

Ganz so schlimm sollte es für Asterix und Obelix nicht kommen. Sie werden nicht unsanft aus dem Schlaf gerissen, um einem stinkreichen Römer am anderen Ende der Stadt einen guten Morgen zu wünschen, und müssen auch nicht während einer Gerichtsverhandlung stundenlang ihre Stimmbänder strapazieren, mit knurrendem Magen ihre Runden drehen oder ein Bad nehmen. Etwas von dem strengen Regelwerk, an dem sich das Leben eines Römers ausrichtet, bekommen sie allerdings doch zu spüren, als sie beschließen, in einer der zahlreichen römischen Thermenanlagen zu baden.[33]

Von außen sieht das Badehaus vollkommen harmlos aus (siehe Abb. 112). Aus dem Schornstein steigt Rauch auf, aber ansonsten ist an dem Gebäude nichts Ungewöhnliches zu entdecken. Auch innen wirkt es keineswegs abschreckend. Zumindest wird der Besucher nicht durch allerlei luxuriösen Schnickschnack eingeschüchtert, der Schlimmes vermuten läßt:

112

Wände, die durch die großen und kostbaren runden Spiegel reflektieren (...); der Marmor aus Alexandrien ist verziert mit Einlegearbeiten aus numidischen Steinen (...); das Gesims rundum ist über und über mit kunstvollen Mustern bedeckt und bunt gehalten wie ein Gemälde (...); das Gewölbe besteht aus reinem Glas (...); unsere Schwimmbecken sind mit thasischem Marmor verkleidet (...); es gibt eine riesige Menge Standbilder und Säulen (...) (siehe Abb. 113).[34]

Was es heißt, in einer der römischen Thermen ein Dampfbad zu nehmen, erfahren die beiden Freunde erst, als es schon zu spät ist. Obwohl man in dieser Zeit bei weitem nicht so stark heizte wie in späteren Zeiten,[35] sind die beiden Gallier fast dem Erstickungstod nahe. Als *Newcomer* wissen sie die Gemütlichkeit eines Gemeinschaftsbades weniger zu schätzen als andere:

Wir plauderten und machten Scherze und so verging die Zeit: während der Atem des zischenden Dampfes von uns Besitz ergriff, brach der heilsame Schweiß aus uns heraus. Nachdem wir genügend geschwitzt hatten, gingen wir in das heiße Wasser (...), woraufhin wir uns mit kaltem Quellwasser abhärteten (...).[36]

113

Das ist auch das Einzige, nach dem die Gallier verlangen. Schnaufend und ächzend verlassen sie das Dampfbad und das *Caldarium* (Warmbad), um sich im *Frigidarium* (Kaltbad) abzukühlen. Dort läßt sich Obelix mit einer solchen Wucht in das Becken mit eiskaltem Wasser plumpsen, daß ihm die Direktion ein Besuchsverbot auf Lebenszeit erteilt. Auch Asterix kann sich einen weiteren Besuch abschminken, weil er den Masseur[37] nicht in Ruhe arbeiten lassen kann. Auf diese Weise lernen die Gallier, daß Luxus zwar schön aussieht, es aber nicht immer ist.[38] In dieser Welt des Reichtums und Luxus ist zu viel Eigeninitiative nicht erwünscht.

Anpassung zahlt sich aus

Aus dem Badehaus verjagt, begeben sich die Freunde zur Wohnung von Plaintcontrix. Es ist inzwischen Abend geworden, also Zeit für die Verabredung mit dem Restaurantbesitzer. Wie die meisten Bürger der Millionenstadt[39] wohnt auch der emigrierte Gallier in einem der Dutzende Meter hohen Wohnkomplexe (Abb. 114 und 115). Als Obelix im Treppenhaus wieder einmal seinen eigenen Weg gehen will, gerät er erneut in einen Konflikt mit den römischen Vorschriften, der fast in eine tätliche Auseinandersetzung ausartet:

Es entstand ein Menschenauflauf (...); die Bewohner der Etagenwohnung schlugen auf Eumolpus ein, den ich ausgesperrt hatte (...). Der eine zielte mit einem Bratspieß, an dem noch glühend heiße Innereien brutzelten, direkt auf seine Augen. Ein anderer riß eine Gabel aus dem Fleischschrank und nahm eine Fechthaltung ein. Eine alte Frau mit entzündeten Augen, in schmutzstarrenden Kleidern und auf ihren ungleich großen Holzschuhen schwankend, zog einen riesigen Hund an der Kette heran und hetzte ihn gegen Eumolpus auf. Aber der wehrte alle Angriffe mit seinem hölzernen Kerzenständer ab. Wir sahen es alles durch einen Spalt in der Tür (...).[40]

Plaintcontrix weiß zu verhindern, daß es zu ähnlich dramatischen Szenen kommt. Er

114
115

116

läßt die Freunde schnell herein und zeigt ihnen, zu was er es gebracht hat. Voller Stolz führt ihnen der Herr des Hauses seine Wohnung vor, die aus einer Küche, einem separaten Schlafzimmer und einem Wohnzimmer mit Balkon besteht. Asterix und Obelix nehmen auf bequemen Liegebetten Platz, wo ihnen ein Getränk serviert wird. Von dort aus können die beiden die geschmackvolle Wohnzimmereinrichtung ihres Gastgebers mit den passenden Lampen, einem weichen Teppich[41] und einem Vorhang aus dickem Stoff bewundern. Die Wand schmücken ein paar Regale, auf denen ein Tischservice prangt[42] (siehe Abb. 116).

Daß Plaintcontrix eine kleine Show abziehen will, ist durchaus verständlich. Viele Emigranten in Rom mußten sich mit weitaus weniger Komfort bescheiden und fristeten in armseligen Dachkammern ein Leben am Rande der Gesellschaft.[43] Nur Erfolgstypen wie der gallische Gastwirt oder der spanische Emigrant und Dichter Martial[44] konnten sich eine so feudale Bleibe leisten. Dank der Popularität seiner Gedichte[45] hatte er es als Spanier zu einer Wohnung im dritten Stock gebracht:

Es gibt keinen Anlaß, deinen Burschen zu quälen. Es ist weit, wenn er zum Haus «Zum Birnbaum» kommen will. Ich wohne wohl im dritten Stock, hoch oben.[46]

Martials Wohnung ist sogar groß genug, um Gäste empfangen zu können:

Vorwärts, beeil dich, Callistus! Ruf die anderen Sklaven, die auf dem Weg ins Bad sind zurück! Sie müssen die Liegebetten in Ordnung bringen. Du, Caecilianus [mein Gast], nimm Platz. Du fragst nach warmem Wasser? Aber ich habe das kalte noch nicht bekommen. Die Küche ist noch gesperrt, kalt, weil der Herd noch nicht brennt.[47]

Allzu sehr unterscheidet sich diese Behausung von der des gallischen Restaurantbesitzers nicht. Beide haben eine Küche, ein geräumiges Wohnzimmer mit Liegebetten, bestimmt ein separates Schlafzimmer – und kein fließendes Wasser. Allerdings hat die Wohnung von Plaintcontrix eine bessere Lage. Während sich der Dichter und sein Nachbar von Fenster zu Fenster die Hand reichen können,[48] hat Obelix von seiner Lagerstatt aus einen weiten Blick über das nächtliche Rom (siehe Abb. 117).

117

Sehr viel weiter bringt der Besuch die beiden nicht. Zwar wissen die beiden Gallier jetzt, wie weit es ein erfolgreicher Auswanderer in Rom bringen kann und wie er lebt, aber sie sehen auch, daß Erfolg ängstlich macht. Plaintcontrix hat so viel zu verlieren, daß er seinen Landsleuten nicht mehr zu erzählen wagt, als daß der Barde im Circus gefangen gehalten wird. Von einer Befreiungsaktion will er absolut nichts wissen; stattdessen empfiehlt er den beiden, sich so rasch wie möglich aus dem Staube zu machen und der Stadt den Rücken zu kehren.

Frank und frei

Wesentlich klüger sind Asterix und Obelix am nächsten Morgen nach dem Frühstück. Ganz entgegen dem römischen Tagesrhythmus haben sie zunächst einmal richtig ausgeschlafen, um dann den Tag mit einem ordentlichen Frühstück einzuläuten. Während sie dieses germanische[49] und wohl auch gallische Morgenritual zelebrieren, stürmt ein Soldat in den Speiseraum. Er gehört zu den Gefängniswächtern im Circus und bittet den Gastwirt um Petersilie für seine Ohren. Den Galliern ist auf der Stelle klar, was dahinter steckt. Troubadix lebt noch und foltert seine Bewacher, indem er auch im Gefängnis hemmungslos seine Lieder schmettert.

Der Barde zeigt Nervenstärke. Während so manch anderer schon längst resigniert hätte, hat Troubadix sein leidvolles Schicksal nur stärker gemacht. Eine bewundernswerte Leistung, denn selten wird ein Künstler tiefer gestürzt sein als dieser gallische Sänger. Troubadix war nämlich vom ersten Augenblick an in dem Glauben, die Römer hätten ihn wegen seiner Begabung entführt und ihn erwarte eine glanzvolle Karriere auf den Bühnen Roms. Von der Aussicht träumend, endlich dem quälenden Unverständnis seiner Mitbewohner im Dorf entronnen zu sein, hat er auch die schwersten Schicksalsschläge leicht genommen.[50]

Nach der Ankunft in Rom hätte die Enttäuschung nicht herber ausfallen können. Im Angesicht Cäsars muß der Barde aus dem Munde seines Entführers Alvacomgetepus vernehmen, daß sein Talent bei dem Kidnapping überhaupt keine Rolle gespielt hat. In Wahrheit wurde er nur von dem Römer gefangen genommen, weil dieser nicht mit leeren Händen nach Rom zurückkehren und seinen höchsten Chef mit einem originellen Geschenk überraschen wollte[51] (siehe Abb. 118). Die Geste ist jedoch ein Schlag ins Wasser, denn Cäsar zeigt sich völlig desinteressiert. Obwohl der Feldherr doch selbst Gedichte verfaßt hat[52] und somit auch in seinen Adern Künstlerblut fließt, gibt er Troubadix nicht die geringste Chance. Eine Kostprobe der Sangeskunst des gallischen Barden lehnt er rundheraus ab und Troubadix ist es auch nicht erlaubt, auf eigene Faust von den vielen Möglichkeiten zu profitieren, die das große Rom Künstlern zu bieten hat.

118

Im Stillen sitzen wir, um zu schreiben, die einen Gedichte, die anderen Prosa, etwas Gehobenes, das beim Vortragen ganz starke Lungen fordert. Dies wirst du natürlich für das Publikum lesen. Dort sitzt du auf einem hohen Stuhl, ordentlich gekämmt und in einer neuen weißen Toga, festlich den Ring aus Sardonyx an deinem Finger. Elexiere haben Deine Kehle geschmeidig gemacht (...).[53]

Reiche Römer sind gern bereit, ihre Häuser und Gärten jedem zur Verfügung zu stellen, der etwas aus seinem eigenen Werk vortragen will:

Die Platanen des Fronto hallen klagend, der geborstene Marmor und die durch den beharrlichen Rezitator gesprengten Säulen. Dasselbe hast du vom größten und vom geringsten Dichter zu erwarten.[54]

Auch wer noch keinen großen Namen hat, kann zum Zuge kommen. So stellt der schreibende Geldverleiher Ruso sich sein Publikum aus Leuten zusammen, die

wann immer sie am unangenehmen Fälligkeitstag das Geld und den Hauptteil des Zinses nicht irgendwie zusammengesammelt haben, den Kopf wie Häftlinge herhalten und sich zur Strafe die literarischen Geschichten ihres Gläubigers anhören mußten.[55]

Aber Protektion oder Zwang sind nicht einmal nötig. Die Szene bietet genügend Raum für jeden, der sich künstlerisch ausleben möchte:

Es gibt viele, die ihr Werk mitten auf dem Forum vortragen, oder während dem Bade. In den hochgewölbten Räumen [des Badehauses] ertönt ihre Stimme so prächtig.[56]

Nichts von alledem ist dem Barden vergönnt. Nachdem Cäsar vernommen hat, daß Troubadix kein Gladiatorenfleisch auf den Knochen hat, läßt er ihn abführen. Brutal

119

wird der Künstler in die finstersten Katakomben des Circus gesperrt, um dort auf den Augenblick zu warten, wo man ihn den wilden Tieren zum Fraß vorwerfen wird. Aber selbst mit diesem harten Urteilsspruch hat der römische Machthaber die Stimme des freien Gallien nicht zum Schweigen bringen können. Ungebrochen und in voller Lautstärke erklingen in den tiefsten Tiefen der römischen Katakomben die Lieder, die der Barde so über alles liebt (siehe Abb. 119).

Als Asterix und Obelix dies erfahren, beschließen sie zu handeln. Beseelt vom gallischen Freiheitsdrang, der in den Gesängen von Troubadix seinen Ausdruck findet, fassen die beiden Freunde den Entschluß, sich vor den Augen Cäsars und der ganzen römischen Welt als tollkühne Gladiatoren zu präsentieren, die alles auf eine Karte setzen. Damit wollen sie den Roms Machthaber zwingen, ihnen mit ihrem Barden freien Abzug zu gewähren.

Der erste Schritt ist schnell getan. Der Organisator der Gladiatorenkämpfe macht einen Freudensprung, als die Gallier sich bereit erklären, den Vertrag zu unterzeichnen. Obwohl in Rom viele dieser Kämpfe stattfinden, ist das Niveau oft erbärmlich. Nach Meinung des Historikers Livius, der sich im allgemeinen sehr zurückhaltend auszudrücken pflegt, ist mit den Gladiatoren in der Regel kein Staat zu machen; er zählt sie zur Kategorie

der Sorte Menschen, von denen sich die Trainer in der Regel bedienen: von auf der Bühne gekauften Sklaven, und freien Menschen, die bereit sind, sich selbst zu verkaufen.[57]

Weitaus größeren Respekt hat der Historiker vor den Typen, die kämpfen

aus freiem Willen und nicht wegen des Geldes und (...) um zu zeigen, wie tapfer ihr Stamm ist.[58]

Solche Vertreter der Gladiatorenzunft sind seiner Meinung nach durchaus ihr Eintrittsgeld wert; und deshalb werden unsere gallischen Freunde auch so vorbehaltlos engagiert.

Ganz Rom drängt sich vor den Plakaten, auf denen die gute Botschaft verkündet wird. Eine spektakuläre Präsentation der Protagonisten, die ansonsten für ein volles Haus sorgen sollen,

wenn ich die rot oder schwarz gekennzeichneten kämpfenden Gladiatoren [auf Gemälden] bestaune, die so echt scheinen, als stritten sie wirklich mit Waffen, angreifend oder zurückweichend,[59]

kann man sich in diesem Fall sparen. Die einfache Mitteilung, daß Asterix und Obelix als Gladiatoren auftreten werden, reicht schon, um einen Sturmlauf auszulösen.

Am Tag ihres Auftritts ist der Circus bis auf den letzten Platz gefüllt[60] (siehe

120

Abb. 120). Unter den Zuschauern ist auch Cäsar, der zu seiner Zeit die Spiele nicht nur als Volksbelustigung ansah, sondern sie auch als Demonstration seiner Macht nutzte. Für ihn sind diese Massenveranstaltungen eine hervorragende Gelegenheit, ganz Rom seine Ausnahmestellung vor Augen zu führen. Schließlich ist er derjenige, für den die Gladiatoren in den Tod gehen, er bestimmt, wer auf die mörderischen Tiere losgelassen wird. Und die Zehntausende, die darauf warten, das erste Blut fließen zu sehen, wissen nur allzu gut, daß sein Wille Gesetz und ihr Vergnügen für Cäsar selbst ein Fest seiner Macht ist.

Mutterseelenallein und sogar ohne seine geliebte Leier verfolgt Troubadix den Einmarsch der Löwen. Sie sind genauso zahlreich wie die Tiger, von denen nach Martial:

es in Rom so viele gab, daß die Stadt ihre eigenen Schätze nicht zählen konnte.[61]

Drohend nähern sie sich dem Barden. Die einsame Gestalt inmitten der großen Arena scheint von Anfang an völlig chancenlos und kein Gegner für die Raubtiere mit ihren scharfen Klauen und mächtigen Kiefern zu sein. Als er jedoch seine Stimme erhebt und das erste Lied durch den Circus Maximus schallt, haben die Löwen ihre Mordgelüste von einer Sekunde zur anderen vergessen. Wie verängstigte Katzen suchen sie vor der erbarmungslosen Gewalt gallischer Freiheitsklänge beieinander Schutz.

121
122

Nicht weniger schockierend ist für Cäsar der Auftritt von Asterix und Obelix. In dem überfüllten Circus[62] und vor den Augen des mächtigsten Mannes der Welt erdreisten sie sich, alle Regeln des Gladiatorenkampfes ad absurdum zu führen. Statt gegeneinander zu kämpfen, setzen sie sich mit den anderen Gladiatoren gemütlich im Kreis in den Sand, um ein Spiel zu spielen (siehe Abb. 121). Erst als Soldaten in der Arena aufmarschieren, beginnt endlich der Kampf, in dessen Verlauf auch das römische Publikum die Kraft des gallischen Zaubertranks kennenlernt. Zum allseitigen Vergnügen verpassen Asterix und Obelix den Soldaten eine gründliche Abreibung.

Daß dies den Zuschauern so ausgesprochen gut gefällt, geht auf Cäsars Kappe. Er hatte dafür gesorgt, daß seine Soldaten auch in Rom nicht gerade beliebt sind:

Sie sahen, daß zahlreiche bewaffnete Soldaten überall in der Stadt sind. Deshalb durften sie Cäsars Worten nicht glauben und konnten auch kein Vertrauen haben. Mit der Angst noch von früher frisch im Gedächtnis, mißtrauten sie ihm auch.[63]

So steht der ganze Circus hinter den Galliern, von allen Seiten jubelt man ihnen so laut und herzlich zu, daß Cäsar nichts anderes übrigbleibt, als die drei ziehen zu lassen (siehe Abb. 122).[64] Ein erneuter Beweis, daß sein Macht- und Willkürsystem der Kraft des freien Gallien nicht gewachsen ist.

Dieses Mal im Untergrund

Um den zweiten Auftrag auszuführen und den Lorbeerkranz Cäsars zu erobern, müssen die beiden Helden subtiler vorgehen. Obelix ist zwar der Meinung, die Sache mit ein paar kräftigen Faustschlägen erledigen zu können, aber Asterix weiß, daß es so nicht klappen wird. Einen Lorbeerkranz in einem großen Palast in einer noch größeren Stadt zu finden, ist schließlich so etwas wie die Suche nach der sprichwörtlichen Nadel im Heuhaufen. Ein solches Unterfangen kann nur mit Umsicht, Wissen und Überlegung angegangen werden, und während der kleine Gallier über intelligente Strategien nachdenkt, steigt vor seinen Augen ein Mann in Zivil die Treppen von Cäsars Palast hinunter.

Augenblicklich tun sich für Asterix Möglichkeiten auf. Er geht freundlich auf den Mann zu und lädt ihn zu einem Drink in eine der nahelegenen Tavernen ein. Dort stellt sich heraus, daß dieser Sklave Cäsars Kaltmamsellos heißt, aus Griechenland stammt und seine Stelle als Küchenhelfer dem Umstand zu verdanken hat, daß er ein teures Qualitätsprodukt ist, das bei dem Sklavenhändler Tifus eingekauft wurde. Von ihm bezieht die römische *Haute Volée* ihre Haussklaven und auch Cäsars Personalchef tätigt dort seine Einkäufe.

In Asterix' Kopf entsteht jetzt der Schlachtplan. Als Kaltmamsellos gegangen ist, macht er Obelix klar, daß sie in den Untergrund gehen und sich als Sklaven an Cäsar verkaufen müssen. Auf diese Weise werden sie in der Legion zahlloser Schicksalsgefährten aufgehen, die überall in Rom herumlaufen und im Grunde sehr viel Bewegungsfreiheit genießen, weil ihre Herren nicht besonders gut auf sie aufpassen. Als Sklaven Cäsars können sie nach Lust und Laune unauffällig in dem Palast herumschnüffeln und ungestört auf die Suche nach dem Lorbeerkranz des Imperators gehen.

123

Snobistisch und dekadent

Zunächst heißt es also, Tifus, den Händler von Luxussklaven, zu finden. In der Annahme, daß er sein Geschäft auch auf dem Sklavenmarkt hat, begeben sich die Freunde dorthin. Hier herrscht ein unvorstellbares Gedränge und Geschrei. Auf hölzernen Laufstegen werden Menschen aus aller Herren Länder zum Kauf angeboten, darunter wohl auch jene minderwertigen Gladiatoren, an denen Livius kein gutes Haar läßt, darüber hinaus die gepanzerten Thraker auf der linken Seite und vor ihnen die Tänzerinnen, die sich jahrhundertelang großer Beliebtheit erfreuten, und zwar selbst dann noch, als Rom kurz vor dem Untergang stand (siehe Abb. 123).[65]

Tifus suchen sie jedoch vergeblich. Seine Qualitätsprodukte kommen nur dort zur Geltung, wo Ruhe und Platz ist, so daß die Gallier seinen Stand erst entdecken, als sie den normalen Markt hinter sich gelassen haben. Fernab des ordinären Gewühls wird hier eine absolute Topkollektion präsentiert – und das nicht etwa auf einfachen Holzbrettern, auf denen die menschliche Ware in drangvoller Enge zusammengepfercht ist, sondern auf einem geräumigen Podium, über das ein geschmackvolles violettes Tuch ausgebreitet ist. Vor dem Hintergrund eines schweren Vorhangs kommt die zur Schau gestellte Ware äußerst vorteilhaft zur Geltung (siehe Abb. 124). Welche Zielgruppen der Händler im Auge hat, ist mehr als deutlich. So ist der Athlet zur Linken zum Beispiel ein unbedingtes *must* für Liebhaber der griechischen Kunst, die seit der Eroberung von Syrakus absolut in ist.

All das Schöne der Stadt, Skulpturen und Gemälde, die Syrakus im Überfluß besaß, brachte Marcellus nach Rom (…) Dies war nun der Beginn der Bewunderung der griechischen Kunstwerke und des nun allgemein herrschenden Dranges, alle Tempel und Gebäude zu plündern.[66]

Da alles, was einen gewissen Wert hatte, nach Rom exportiert wurde, war die griechische Welt nach einigen Jahrhunderten eifrigen Sammelns so gut wie leergeräumt:

124

Und so kommt es, ihr Richter, daß die Mystagogen – so heißen die Leute, die die Touristen zu den Sehenswürdigkeiten führten und ihnen jede Einzelheit zeigten – es nun anders angingen. Denn anders als früher, als sie erläuterten, was überall vorhanden war, zeigten sie jetzt, was überall entfernt worden ist.[67]

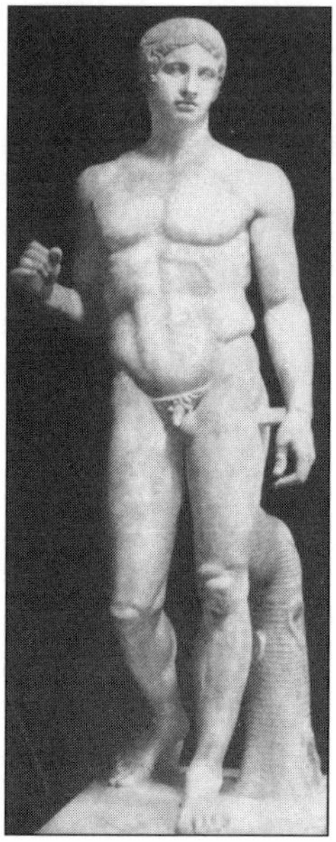

125

Trotz des immensen Angebots waren die griechischen Kunstobjekte stets der reichen Oberschicht Roms vorbehalten; nur sie besaß das nötige Kleingeld, um die exorbitanten Preise zahlen zu können:

Damasipp ist wahnsinnig, all die alten Standbilder aufzukaufen. Und ist denn sein Gläubiger heilen Verstandes?[68]

So galten griechische Originale als Statussymbole par excellence:

Geh und bestaune all das Silber, den ehrwürdigen Marmor und die Bronzen.[69]

Du hast alle Arten von Silber gekauft. Du alleine besitzt alte Statuen von Myron, Werke aus der Hand des Praxiteles und des Skopas und Reliefs, die vom Meißel des Phidias geschaffen wurden.[70]

Mit seinem Athleten wendet sich Tifus natürlich bewußt an diese Zielgruppe. Denn was macht mehr her, als ein Sklave, der einen echten Praxiteles oder einen originalen Myron nachahmen kann – die berühmtesten Bildhauer der griechischen Antike? Während sich Asterix und Obelix noch dem Schauplatz des Geschehens nähern, posiert er völlig gelassen als ein spiegelverkehrter ‹Doryphoros› von Praxiteles (4. Jahrhundert v. Chr.) (siehe Abb. 124 und 125). Das Eintreffen der Gallier macht ihn jedoch so nervös, daß er einen ziemlichen Fauxpas begeht und den Denker von Rodin nachahmt, der nun absolut kein Hellene, sondern ein berühmter französischer Bildhauer (1840–1917) ist. Und zu allem Überfluß schaltet er viel zu hastig um auf den Apollon des Zeustempels in Olympia[71] (5. Jahrhundert v. Chr.) (siehe Abb. 126 und 127), auf eine Figur aus

126
127

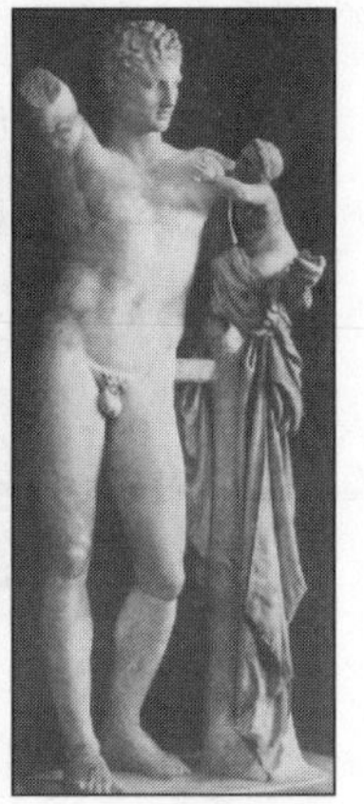

128
129 der Laokoongruppe (1. Jahrhundert v. Chr.) (siehe Abb. 128 und 129), den Hermes des
130 Praxiteles (siehe Abb. 130 und 131) und den Diskuswerfer des Myron (siehe Abb. 132 und 180) um.

Sein Kollege am anderen Ende des Podiums ist ebenfalls für das gehobene Marktsegment vorgesehen. Sein Haar ist blondiert, die Lippen geschminkt und er ist in ein luftiges Gewand gehüllt. In seiner linken Hand hält er eine Blume, an der er immer wieder riecht. Über die Käufergruppe, für die Gestalten wie er gedacht waren, klärt uns der Dichter Martial auf:

Hunderttausend Sesterzen verlangt der Sklavenhändler von mir für den Jungen. Ich mußte lachen, aber Phoebus bezahlte ihn sofort. Jetzt habe ich Streit mit meinem jungen Herrn. Er ist böse mit mir (...) und lobt dagegen Phoebus.[72]

Bei Jungen dieser Art kennen manche Römer keine Grenzen:

Er kastrierte den Jungen Sporus und versuchte tatsächlich, ihn so weiblich wie möglich aussehen zu lassen. Er gab ihm eine Aussteuer und während einer stark besuchten Zeremonie führte er ihn in einer offiziellen Hochzeitsfeier mit dem üblichen roten Schleier in sein Haus

131
132

133

und behandelte ihn wie seine Ehefrau. (...) Diesen Sporus nahm er [auch auf Reisen] mit (...) und küßte ihn von Zeit zu Zeit.[73]

Inmitten dieser Art von Sklaven müssen sich Asterix und Obelix ein Plätzchen auf dem Podium erobern. Daß dies nicht einfach so geht, wird ihnen von allen Seiten unmißverständlich deutlich gemacht. Vor allem der Athlet ist der Meinung, daß die beiden Gallier viel zu gewöhnlich sind, um hier zum Kauf angeboten zu werden, und auch die anderen finden, daß sie zu wenig Ausstrahlung haben. Daß sie letztendlich doch verkauft werden, verdanken sie nur einer Prügelei, die sie auf und um den Stand von Tifus organisieren, um die Aufmerksamkeit der potentiellen Käufer auf sich zu ziehen. Nach einigem Hin und Her wechseln Asterix und Obelix den Besitzer und folgen ihrem neuen Herrn nach Hause, voller Vertrauen, daß sie auf dem Weg zum Palast Cäsars sind.

Ein folgenreiches Mißverständnis

Statt des Palastes taucht jedoch eine echte *domus* vor ihnen auf (siehe Abb. 133 und 135), eine städtische Villa, die, wie der erhalten gebliebene Stadtplan von Rom (siehe Abb. 134) zeigt, zwischen Geschäften und hohen Wohnkomplexen an einer Straße lag. Hier wohnte das gutsituierte Bürgertum Roms, und wer es sich leisten konnte, tauschte seine Etagenwohnung gegen eine solche *domus* zu ebener Erde ein. Auch Martial tat dies, als er mit seinen Gedichten genug verdient hatte.[74] Gegen Ende der Antike gab es in Rom etwa zweitausend dieser großzügigen Wohnhäuser.

Von außen ist eine solche *domus* ein relativ unattraktiver Blickfang. Bis auf ein unscheinbares kleines Fenster sind alle Außenfassaden blind. Genauso unansehnlich ist der Eingang, der aus einer schmucklosen Tür besteht, die sich die Fassade mit zwei kleinen Geschäften teilen muß, die – als die Gallier näherkommen – zu allem Überfluß auch noch geschlossen sind. Erst als sich die Haustür hinter ihnen schließt und sie den engen Korridor hinter sich gelassen haben, wird Asterix und Obelix klar, warum eine *domus* auch als Stadtvilla bezeichnet wird. Abgeschirmt vom Verkehrsgewühl herrscht

134
135

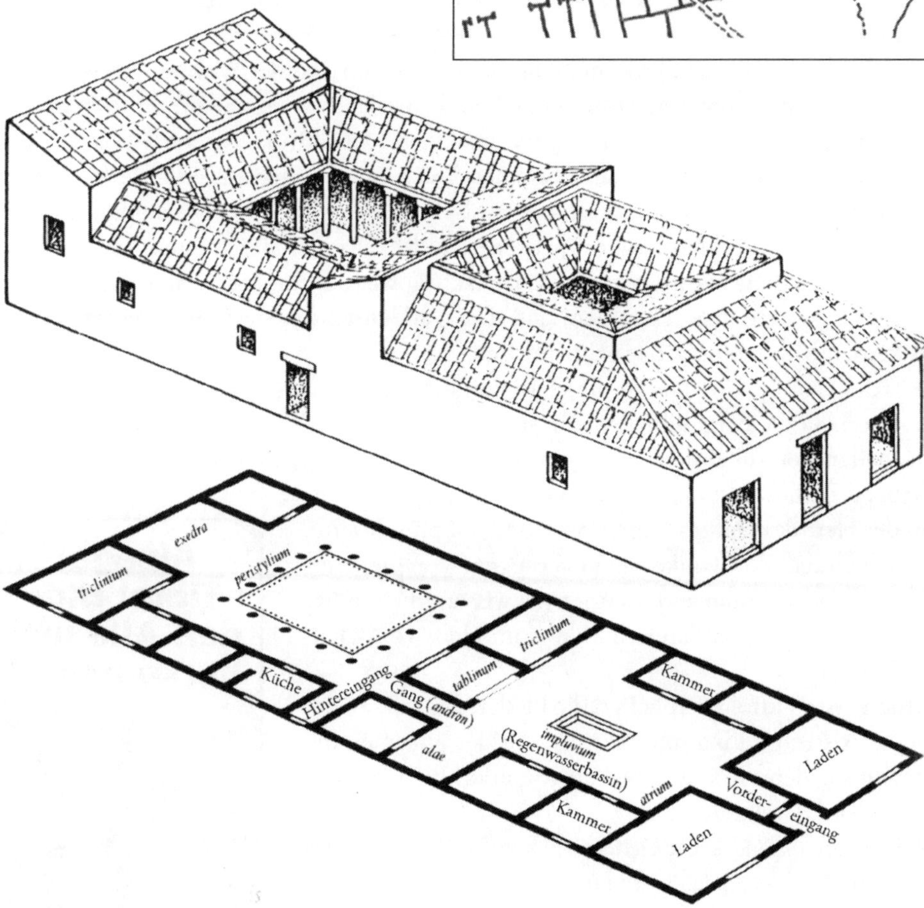
exedra
triclinium
peristylium
triclinium
tablinum
Küche
Hintereingang
Gang (andron)
Kammer
impluvium
(Regenwasserbassin)
alae
Laden
atrium
Vorder-
eingang
Kammer
Laden

136

hier ein fast ländliches Flair. Licht und Luft kommen durch das offene Dach ins Innere, und die Gallier dürfen einen Blick in einen idyllischen Innengarten werfen (siehe Abb. 136).

An diesem schönsten Fleck im Haus, dem offiziellen Teil der Wohnung, wo morgens auch die Klienten ihre Aufwartung machen, bemerken die Freunde ihren Irrtum. Hier im Atrium, das an der traditionellen viereckigen Dachöffnung (siehe Abb. 137) über einem flachen, in den Boden eingelassenen Teich zu erkennen ist, erfahren sie, daß sie keineswegs in die Dienste Cäsars getreten sind. Ihr neuer Herr heißt Claudius Überflus, er ist verheiratet und hat zwei erwachsene Kinder. Die Familie ist offensichtlich begütert, aber natürlich bei weitem nicht so mächtig wie der römische Imperator. So müssen die beiden Freunde feststellen, daß ihre Verkaufsaktion sie dem Lorbeerkranz Cäsars keinen Millimeter näher gebracht hat.

Für die Familie Überflus ist dieser Irrtum hingegen äußerst amüsant. Die Kapriolen, die Asterix und Obelix schlagen, um sich möglichst schnell wieder absetzen zu können, verschaffen vor allem dem Sohn und der Mutter die beste Zeit ihres Lebens. Die anfängliche Zurückhaltung, die sie an den Tag legten, als ihnen der Herr des Hauses seinen Spontankauf präsentierte, ist nach einiger Zeit vollkommen verflogen. Von Geldverschwendung will niemand mehr etwas wissen; die Gallier sind beliebter als jeder andere Sklave im Haus von Claudius Überflus.

137

Ihren ersten Erfolg verbuchen die beiden Freunde in der Küche. Als echte Luxusprodukte ist das der angemessene Platz für sie, denn Köche genossen von allen Bediensteten das höchste Ansehen:

Die ersten ausländischen Luxusgüter wurden durch sie nach Rom gebracht. Die Soldaten des Heeres in Kleinasien brachten die ersten Betten mit bronzenen Gestellen, kostbare Decken für

138

das Bett, Vorhänge und andere gewebte Stoffe, Tische mit einem Fuß und Anrichten – das damalige Luxusmobiliar – mit in die Stadt. In dieser Zeit veränderten sich die Mahlzeiten bei Festen durch die Einführung von Laute- und Harfespielern sowie anderen Attraktionen. Der Zubereitung der Speisen selbst begann man auch mehr Aufmerksamkeit zu widmen und auch mehr Geld dafür auszugeben. Damals gewann der Koch – früher der preisgünstigste und nutzloseste Sklave – an Wert, und was einstmals ein gewöhnlicher Dienst war, wurde nun als Kunst angesehen. Doch war dies nur ein kleiner Schimmer (...) des Luxus, der uns noch bevorstehen sollte.[75]

Und in der Tat – was Asterix und Obelix dort produzieren, ist pure Kunst. In einem dunklen und verrußten Verschlag, der allerdings fließendes Wasser hat, krempeln die beiden die Ärmel hoch (siehe Abb. 138). Warum die Römer die prachtvollsten Bäder bauten, ihre teuren Köche aber in derart erbärmlichen Küchen arbeiten ließen, weiß man nicht (siehe Abb. 139). Sicher ist jedoch, daß man in einer römischen Küche schmutzig wurde – Quellen kann man entnehmen, daß das römische Küchenpersonal in der Regel pechschwarz war.[76] Aber selbst unter diesen Gegebenheiten verstehen es

139
140

141

die Freunde, ein Gericht zu kreieren, das durch seine ungewöhnliche Komposition und Wirkung besticht.

Ihr Schmortopf schlägt wie eine Bombe ein. In dem geschmackvoll im sogenannten ersten pompejianischen Stil[77] gestalteten Speiseraum (siehe Abb. 140), der eine phantastische Aussicht auf den Innengarten mit einem Säulengang bietet, kann sich niemand der Wirkung der gallischen Kochkunst entziehen. Während die anderen Familienmitglieder nach dem ersten zaghaften Bissen schwer angeschlagen und keuchend an der Wand lehnen, läßt Gracchus, der Sohn des Hauses, seiner Begeisterung freien Lauf (siehe Abb. 141). Das Gericht hat ihn schlagartig von seinem Kater kuriert, und dafür ist er den Galliern aufrichtig dankbar. Jetzt kann er wieder die Stadt unsicher machen, denn die Mahlzeiten im Kreis der Familie sind nur etwas für ältere Herren oder sehr brave Jungs – siehe den römischen Redner Cicero und seinen Neffen:

Als ich diese letzten Zeilen eigenhändig geschrieben hatte, kam Dein Cicero zu mir zum Essen (…) Er ist ein ganz reizender Bengel und liebt mich wie kein zweiter.[78]

Überflus Junior hält sich lieber an das Beispiel des Römers Selius, dem jedes Mittel recht ist, um den Mahlzeiten in den eigenen vier Wänden zu entgehen:

Selius läßt nichts unversucht und ist zu allem bereit, wenn er sieht, daß er vielleicht etwas zu Hause essen muß.[79]

Dank der Kochkünste von Asterix und Obelix ist er wieder ganz der Alte und kann es kaum abwarten, sich als echter römischer Hallodri erneut ins römische Nachtleben zu stürzen.[80] Dieser Versuch der Freunde, sich unbeliebt zu machen, war also ganz offensichtlich ein Flop.

Mitten in der Nacht starten sie einen zweiten Versuch. Um den römischen Hausherren zu beweisen, daß alle Gallier die Nacht zum Tage machen, entfesseln sie im Hause Überflus ein ohrenbetäubendes Konzert mit Töpfen und Tellern. Jeder wird so brutal aus dem Schlaf gerissen, daß die Freunde hoffen, nun endlich entlassen und verkauft zu werden. Aber das Gegenteil geschieht. Mit ihrer nächtlichen Eskapade haben die

Gallier bei der Dame des Hauses allerlei verdrängte Gefühle freigesetzt. Durch den gallischen Krawall wird Alpaga klar, daß sie es satt hat, eine Ehefrau zu sein, die

verdrießlich von der Tafel aufsteht und immer nur Wasser trinkt. Gerne im Dunkeln ist (...) und im Bett einen Büstenhalter, ein Gewand und Mantel dunkel umhüllt (...) und morgens einen Kuß gibt, so wie ihrer Oma, und ihren Mann bei der Tat nicht mit ihrer Stimme und ihren Fingern erregt (...).[81]

Sie will wieder jung sein und sich wie früher mit ihrem Mann amüsieren. Und für die Freunde, die schon wieder ein Mitglied der Familie Überflus glücklich gemacht haben, ist die Kündigung in weite Ferne gerückt.

Dennoch sind die Gallier ihrem Ziel ein Stück näher gekommen. Am nächsten Morgen gibt ihnen Claudius Überflus nämlich den Auftrag, eine Nachricht im Palast Cäsars abzugeben. Er selbst hat sich noch nicht von der wilden Nacht erholt und sieht sich außerstande, seine Verabredung mit Cäsar einzuhalten. Asterix macht einen Freudensprung, als er von dieser Mission erfährt. Nun werden sie doch den Palast betreten können, ohne den geringsten Verdacht zu erregen.

Der Palast von Cäsar ist eine Idee von Albert Uderzo (siehe Abb. 142). In Wirklichkeit wohnte der Imperator wie so viele Angehörige der römischen Oberschicht[82] in einer *domus*, die der Villa von Claudius Überflus ähnelte[83] – und schlief neben seiner Frau in einem ganz normalen Schlafzimmer:

Danach legte er sich zum Schlafen neben seine Frau, so wie er es immer zu tun pflegte, wurde aber plötzlich durch den Lärm wach als alle Türen und Fenster des Schlafzimmers aufsprangen und durch das Licht des Mondes, das ins Zimmer schien (...)[84]

Der Zeichner von Asterix findet das jedoch offensichtlich stillos. Der Herrscher über ein Reich mit 50 bis 60 Millionen Einwohnern[85] verdient seiner Meinung nach Besseres und so hat Uderzo ihm einen märchenhaften Palast geschenkt, der an das sogenannte «Goldene Haus» (*domus aurea*) erinnert, das der spätere Kaiser Nero für sich erbauen ließ:

Um einen Eindruck von den Dimensionen und Ausführungen zu geben, folgen hier ein paar Einzelheiten. Die Eingangshalle war groß genug, um ein 120 Fuß [etwa 40 Meter] hohes Standbild von Nero zu fassen. Und es [der Palast] war so ausgedehnt, daß es eine dreifache

142

Portikus von einer Meile [1500 Meter] Länge hatte. Es gab auch ein Meer von der Größe eines Sees, das von Gebäuden umgeben war, so daß es wie eine Küstenstadt aussah. Darum lagen in abwechselnden Mustern Äcker, Weinberge, Wälder, Weiden und Felder mit allerhand Vieh und wilden Tieren im Überfluß. Im Palast selbst war alles mit Gold überzogen und mit Edelsteinen und Perlmutt geschmückt. Die Decken der Eßzimmer waren mit Elfenbeinpanelen und Röhren versehen, womit von oben Blumen und Parfüm auf die Gäste gestreut werden konnte. Der Bankettsaal war rund und drehte sich wie der Himmel Tag und Nacht. (...) Als das Werk vollendet war und er es einweihte, war das einzige Kompliment, das herauskam, daß Nero sagte, er könne endlich menschenwürdig wohnen.[86]

In derartigen Zimmerfluchten machen sich Asterix und Obelix nun auf die Suche nach dem Lorbeerkranz.

Den Anwalt in eigener Sache spielen

Geschenkt bekommen sie den allerdings nicht. Zunächst einmal werden sie verhaftet und in einen der Kerker des Palastes gesperrt, da man sie eines Mordanschlags auf Cäsar bezichtigt. Sie nutzen diesen unfreiwilligen Aufenthalt jedoch, um das Gebäude bis in den letzten Winkel zu durchkämmen, aber ohne Erfolg. Zum guten Schluß will Asterix es in der Arena versuchen, wo Cäsar samt Lorbeerkranz als Zuschauer zugegen sein wird. Deshalb überredet er das Gericht, vor dem er sich verantworten muß, ihn und Obelix den Löwen zum Fraß vorwerfen zu lassen.

Obwohl sie als Sklaven eigentlich keinen Anspruch auf ein ordentliches Gerichtsverfahren haben, wird den beiden Galliern wegen ihres vermeintlichen Anschlags auf Cäsar ein fairer Prozeß gemacht. Wie so viele juristische Gefechte in Rom ist auch diese Verhandlung ein öffentliches Spektakel für die ganze Familie:

Siehst Du den kleinen Regulus Junior dort, noch keine drei Jahre ist er alt, wie er Beifall spendet, da er seinen Vater gehört hat? Wie er vom Schoß seiner Mutter springen will, als er seinen Vater sieht und glaubt, daß das Lob auch ihm gilt? So klein er auch ist, findet er Gefallen an dem Geschrei, dem Gericht, dem in Massen hineinströmenden Volk und dem Gerichtssaal.[87]

Auch Claudius, Alpaga und Tibia Überflus sind gekommen, um zu verfolgen, wie es ihren Lieblingssklaven in der Gerichtsarena ergeht.

Die Kultur in einem römischen Gerichtssaal ist stark von rhetorischen Konventionen geprägt. Wer sich, wie der Dichter Martial, einen Rechtsanwalt nimmt, muß sich auf eine gehörige Dosis vaterländischer Geschichte gefaßt machen:

Ich habe einen Rechtsstreit um drei Ziegen, es geht nicht um Gewalt, Mord oder Vergiftung. Ich beschul-

143

144

dige meinen Nachbarn, sie gestohlen zu haben. Der Richter fordert mich auf, es zu beweisen, aber Du [als mein Anwalt] sprichst über die Schlacht bei Cannae, den Krieg gegen Mithridates, die Falschheit des hinterlistigen Krieges gegen Karthago, Marius, Mucius und Sulla. Mit schwerer Stimme und großen Gesten leierst Du die ganze Römische Geschichte herunter. Sprich doch nun einmal über meine drei Ziegen![88]

Auch die Ankläger und Verteidiger von Asterix und Obelix operieren in einer solchen Atmosphäre (siehe Abb. 143).

Sogar die Unruhe im Saal ist authentisch. Als der Verteidiger der Gallier den Antrag stellt, den Prozeß zu vertagen, werden überall im Saal Proteste laut (siehe Abb. 144) – ohne allerdings in Gebrüll auszuarten, wie der große römische Rechtsgelehrte Cicero dies erlebt hat:

Pompeius sprach oder versuchte jedenfalls zu sprechen. Denn als er sich erhob, begannen Clodius' Mietlinge zu lärmen, und das widerfuhr ihm während seiner ganzen Rede, um ihn durch Gebrüll, ja, Beschimpfungen und Schmähungen aus dem Konzept zu bringen. (...) Als er zu Ende war, erhob sich Clodius. Diesen empfingen unsere Leute mit solchem Spektakel – sie wollten ihm mit gleicher Münze heimzahlen – , daß er den Faden verlor, sich verhaspelte und ganz blaß wurde... Dieses dauerte von der sechsten Stunde (...) bis in die achte (...).[89]

Im Asterixprozeß beruhigen sich die Gemüter wesentlich schneller, weil der kleine Held selbst das Wort ergreift. In einem meisterhaften Plädoyer weiß er alle davon zu überzeugen, daß er und Obelix die Arena verdienen.

Es gibt niemandem im Saal, dem die Rede des kleinen Galliers nicht ans Herz geht. Unter diesen Umständen wäre es gut möglich, daß sich zwischen Tibia Überflus und einem Liebhaber eine zarte Romanze entspinnt, denn für eine knospende Liebe[90] ist der Gerichtssaal ein ebenso geeigneter Ort wie der Circus:

Der Circus mit all seinem Publikum bietet viele Gelegenheiten (...) Setz dich neben deine Geliebte. Setz dich so nah wie möglich neben sie (...); du mußt das Mädchen berühren, so

eng wie es hier ist. (...) Und wenn ein wenig Staub auf den Schoß des Mädchens fällt, schlag ihn mit den Fingern weg, und wenn nichts hinunterfällt, dann schlag es trotzdem weg: Alles ist geeignet, um zu zeigen, wie aufmerksam du bist. Wenn ihr Mantel herunterhängt und auf dem Boden schleift, heb ihn vorsichtig von der schmutzigen Erde auf. (...) Schau dich nach hinten um, ob jemand, der hinter ihr sitzt, ihr nicht mit seinen harten Knieen in den weichen Rücken stößt. Mit kleinen Aufmerksamkeiten gewinnst du jemandes Liebe. Schüttle mit hilfsbereiter Hand ihre Kissen auf (...), wedle ihr kühle Luft zu mit einem leichten Fächer und stelle einen Schemel unter ihren zarten Fuß.[91]

Aber leider können die Gallier nicht zum Liebesglück des jüngsten Sprosses der Familie Überflus beitragen. Nirgends ist ein potentieller Liebhaber zu erspähen und so bleibt Tibia brav neben ihrem Vater sitzen (siehe Abb. 145), während Asterix dafür plädiert, daß er und sein Freund den Löwen vorgeworfen werden müssen.

Danach verschwinden die Gallier endgültig aus dem Gesichtskreis der Familie Überflus und aus Rom. Nachdem sie zeitweilig sogar in die römische Unterwelt abgestiegen waren, gelingt es ihnen über äußerst raffinierte Um- und Schleichwege, doch noch des kaiserlichen Lorbeerkranzes habhaft zu werden. Mit dem Lieblingskopfschmuck des Mächtigsten aller Römer kehren sie nach Aremorica zurück, um ihrem geliebten Stammeshäuptling die Chance zu geben, sich an seinem arroganten Schwager zu rächen. Denn schließlich ist ein Ragout, das mit den Blättern aus dem Lorbeerkranz Cäsars zubereitet wurde, nicht mit Geld zu bezahlen – und wem das immer noch nicht reicht, der bekommt eins auf die Mütze!

IV. Auf zu Olympischem Gold

Ein Ersuchen von römischer Seite

Es ist friedlich in dem kleinen gallischen Dorf. Das Wetter ist prächtig, die Römer geben keinen Mucks von sich und jeder macht das, wozu er gerade Lust hat. Aber plötzlich wird diese Idylle brutal gestört. Ein aufgeregter Römer kommt auf seinem Pferd in das Dorf gestürmt (siehe Abb. 146) und verlangt auf der Stelle, Majestix zu sprechen. Aber der Stammesfürst nimmt gerade sein jährliches Bad ... Da er jedoch unbedingt wissen will, was der Römer auf dem Herzen hat, läßt er sich mit seiner Badewanne und was dazu gehört auf sein Schild heben, um den Zenturio anzuhören. Wie sich herausstellt, hat der römische Hauptmann eigentlich nur eine sehr schlichte Bitte. Er will nichts anderes, als daß Majestix und seine Mannen den Sportler Claudius Musculus unbehelligt im Wald trainieren lassen. Claudius soll die Garnison Aquarium bei den Olympischen Spielen vertreten und für den Hauptmann ist das eine ungeheuer prestigeträchtige Sache.

Majestix verspricht dem Zenturio, sich die Sache durch den Kopf gehen zu lassen und ihm seine Entscheidung zu gegebener Zeit mitzuteilen. Als der gallische Häuptling einige Zeit später im Lager Aquarium eintrifft, flattern dem Zenturio die Nerven. Er hält es für das Vernünftigste, den Stammesfürsten gewogen zu stimmen, indem er ihn auf eine passende Art und Weise empfängt. Und so rennt der Römer wie von der Tarantel gestochen zu seinem Zelt, reißt sich die Kleider vom Leib, setzt den Helm

146

auf und springt in seine Badewanne, die im Freien steht. Er glaubt irrtümlich, daß er damit das gallische Protokoll einhält und preist sich glücklich, daß er im Besitz einer eigenen Badewanne ist! Das war im übrigen nichts Ungewöhnliches, viele römische Armeeführer verfügten über eigene Badeutensilien, die sie mitnahmen, wenn sie einen Feldzug unternahmen:

eine Badeeinrichtung, die man eigens für ihn [Tiberius] allein mitführte.[1]

147

Auch wenn seine Badewanne für den römischen Zenturio vielleicht ein vertrauter Gebrauchsgegenstand war, wohl fühlt er sich nicht in seiner Haut, als er Majestix aus seinem Zuber heraus empfangen muß. «Zu Unrecht,» würde der griechische Schriftsteller Onasandros (1. Jahrhundert n. Chr.) dem entgegengehalten haben. Dieser Schriftsteller steht nämlich auf dem Standpunkt, daß ein guter General verfügbar zu sein hat – und zwar immer und überall:

Der Feldherr muß jeden, der etwas melden will, empfangen, (...) in der Nacht oder am Tage, während des Marsches oder im Lager, wann immer er sich ausruht, wenn er im Bad sitzt oder während des Essens.[2]

Mit dieser griechischen Auffassung kann der Zenturio in unserem Comic nun ganz und gar nichts anfangen. Wäre es nicht für einen guten Zweck gewesen, hätte er sich als Römer nie und nimmer so verhalten. Für ihn ist es ein lächerliches Schauspiel, jemanden splitternackt in einer Badewanne zu empfangen.

Etwas später purzelt der Zenturio übrigens fast aus seinem Zuber,[3] und zwar, als er hört, was der gallische Stammesfürst ihm zu berichten hat. Der teilt ihm nämlich in einem völlig harmlosen Ton den Beschluß mit, daß seine Leute auch zu den Olympischen Spielen fahren werden (siehe Abb. 147). Im römischen Lager schlägt diese Nachricht wie eine Bombe ein; schließlich ist dem Zenturio sofort klar, daß er seine Werbekampagne vergessen kann, wenn die unbesiegbaren Gallier auf den Spielen erscheinen. Und Musculus, der schon eine Kostprobe der Stärke von Asterix und Obelix genossen hat, verfällt auf der Stelle in eine tiefe Depression. Aber all das läßt Majestix völlig kalt. Er weiß nicht, welchen Stellenwert die Olympischen Spiele bei den Römern haben, und wüßte er es, wäre es ihm ziemlich egal ...

Nur für Griechen und Römer

Aber der Zenturio hat noch einen letzten Trumpf in der Hand. Triumphierend teilt er dem gallischen Stammesfürsten mit, daß zu den Spielen nur Griechen und Römer zugelassen sind. Majestix ist irritiert; davon hatte ihm Miraculix nichts erzählt. Der Druide hatte ihm nur gesagt, daß die Spiele alle vier Jahre zu Ehren des Zeus in Olympia stattfinden, um die Bande zwischen den zahllosen unabhängigen griechischen Staaten und Kleinstaaten zu festigen (siehe Abb. 148). Eine korrekte Erklärung, aber leider etwas zu oberflächlich, denn Miraculix vergaß zum Beispiel zu erwähnen, daß in Griechenland anläßlich dieses Sportereignisses eine neue Zeitrechnung eingeführt wurde. Ursprünglich hatte jeder Staat seinen eigenen Kalender, aber im 4. Jahrhundert kamen die Griechen zu der Einsicht, daß eine gemeinsame Zeitrechnung durchaus auch ihre praktischen Seiten hatte.

Zur Abgleichung eines allgemein gültigen Kalenders benutzten die Griechen die Olympischen Spiele, die gezählt und aufgezeichnet wurden. Dabei legte man das Jahr 776 v. Chr. zugrunde, in dem das Sportereignis zum ersten Mal abgehalten wurde und nannte diese die Spiele der ersten Olympiade. Nach vier Jahren (772 v. Chr.) fanden die nächsten Spiele und damit die der zweiten Olympiade statt. Insbesondere Historiker und Schriftsteller bedienten sich gern dieser Zeitrechnung, die für alle Hellenen deutlich und nachvollziehbar war. So wurde das Jahr 476 v. Chr. zum Beispiel so definiert:

Als Phaidon Archon war in Athen, wurde die 76. Olympiade gefeiert, diejenige, bei der Skamandrios aus Mytilene das Stadion-Rennen gewann.[4]

Die vordringlichste Frage ist natürlich, an welcher Olympiade Asterix teilnehmen wollte. Die Antwort fällt nicht schwer. Kundige Zahlenkünstler haben praktische Listen erstellt, in denen sie die olympische und die moderne Zeitrechnung nebeneinander stellten.[5] Wir brauchen also nur nachzusehen, welche Jahre nach der Eroberung

148

Galliens durch Cäsar – also um 50 v. Chr. – als Olympiaden vermerkt wurden. Offensichtlich handelt es sich um die Jahre 48 und 44 v. Chr., und die Entscheidung zwischen diesen beiden ist schnell getroffen. Schließlich spielen die Geschichten um Asterix vor dem Tod Cäsars (am 15. März 44), während die Spiele immer im Juli oder August veranstaltet wurden. Asterix muß also an den Spielen des Jahres 48 v. Chr., – das sind die der 183. Olympiade – teilgenommen haben, denn im Juli/August 44 lebte Cäsar nicht mehr.

Die Olympischen Spiele waren tatsächlich, wie Miraculix sagt, dazu gedacht, die Griechen einander näher zu bringen. Gleichzeitig wurden sie jedoch auch als Bindeglied zwischen Menschen und Göttern gesehen. Für die Hellenen war das Opfer die eine Art, ihre Götter zu ehren und der Sport die andere.

Dort erfolgen für Tlepolemos, das Oberhaupt der Tirynthier – wie für einen Gott – ein Rauchopfer von Schafen, die in einem Festzug laufen, und ein Wettstreit um Preise.[6]

Spiele wurden an unterschiedlichen Orten in Griechenland abgehalten, aber die in Olympia waren die wichtigsten,[7] weil sie Zeus, dem höchsten Gott der Griechen, geweiht waren.

Psaumis hat (...) an den Festen der Götter die sechs Zwillingsaltäre mit größten Rinderopfern und mit fünftägigem Wettstreit um Preise mit Pferden, Maultieren und dem Einzelrennen zu ehren versucht.[8]

Ein Athlet, der in einer olympischen Disziplin siegte, wurde nicht nur wegen seiner glänzenden sportlichen Leistung gepriesen, sondern auch, weil er alles gegeben hatte, um Zeus zu ehren.

Nicht zuletzt diese religiöse Einbettung machte die Spiele zu einer spezifisch griechischen Angelegenheit, ganz im Gegensatz zu dem internationalen Charakter, den die Olympischen Spiele der Neuzeit haben. Wenn in der Antike Athleten aus dem Ausland an den Wettkämpfen teilnahmen, dann stammten sie immer aus außerhalb des griechischen Mutterlands gelegenen griechischen Städten, beispielsweise aus dem sizilianischen Syrakus oder dem ägyptischen Alexandria. Als Griechenland Teil des römischen Reiches geworden war, änderte sich daran wenig. Die Griechen setzten ihre olympische Tradition fort, während die Römer dieses Ereignis mehr oder weniger ignorierten. Kaiser Nero (siehe Abb. 149) gehörte zu den wenigen Römern, die Interesse an dieser Veranstaltung zeigten. Da er ein großer Musikliebhaber war, zwang er die Organisatoren dazu, exklusiv für ihn eine neue olympische Disziplin einzuführen:

149

Er führte – entgegen der Gewohnheit – einen musikalischen Wettstreit in Olympia ein.[9]

Man mußte aber kein Kaiser sein, um teilnehmen zu können, auch «ganz normale» römische Würdenträger wurden zu den Spielen zugelassen:

Ein römischer Senator hatte einen olympischen Sieg errungen. Und nun wollte er als Erinnerung an seinen Sieg eine bronzene Statue mit einer Inschrift hinterlassen (...).[10]

Der römische Zenturio liegt also völlig richtig, wenn er sagt, daß nur Griechen und Römer an den Spielen teilnehmen dürfen und die Gallier folglich zu Hause bleiben müssen.

Und was ist mit uns?

Zum Glück fällt Asterix eine List ein. Der kleine Held erklärt dem Zenturio, daß die Gallier durchaus teilnahmeberechtigt sind, weil sie im Grunde doch auch Römer sind. Schließlich gehört ihr Dorf zum römischen Reich und ist von römischen Truppen eingeschlossen. Die Gallier sind zwar nach wie vor frei, aber das ist nicht der springende Punkt. Die Römer hatten ein Händchen dafür, zahlreiche nicht besetzte Gebiete – man denke nur an Britannien – als ihr Eigentum zu betrachten. Und auch die Tatsache, daß Asterix und die anderen Bewohner von Aremorica ihre eigene Kleidertracht tragen und ihre eigene Sprache sprechen, macht sie nicht weniger römisch. Unter der römischen Verwaltung wahrten viele Einwohner des römischen Reiches ihre kulturelle Identität, aber – auch wenn sie kein Latein sprachen und nicht in einer Toga herumliefen – so waren sie trotzdem ausnahmslos Römer.

Dem Zenturio schmeckt diese Begründung von Asterix überhaupt nicht, denn daß die unüberwindlichen Gallier nun doch zu den Spielen fahren, bedeutet, daß sie – dank ihres Zaubertranks – wahrscheinlich auch gewinnen werden. Und um seiner Ohnmacht angesichts dieser Situation Ausdruck zu verleihen, zitiert er ein paar Zeilen aus dem zweiten Psalm:

So seid nun verständig, ihr Könige, und laßt euch warnen, ihr Richter auf Erden![11]

150
151

152

Da er weiß, daß er sich in das Unvermeidliche fügen muß, beugt sich der Römer den Zwängen der Realität. Wie die Könige, die sich, wie der Psalmenschreiber meint, der göttlichen Macht unterordnen mußten, sieht der römische Offizier ein, daß er die Überlegenheit der gallischen Athleten akzeptieren muß. Sein Sportler Musculus versteht nichts von dem, was sein Zenturio sagt (siehe Abb. 150), aber wie seinem Förderer zu Mute ist, erkennt er augenblicklich, als sein Coach zum Besen greift (siehe Abb. 151).

Bei der anderen Partei ist die Stimmung bestens. Jetzt, da sich herausgestellt hat, daß die Gallier eigentlich Römer sind, können die Vorbereitungen auf das olympische Spektakel beginnen. Asterix und Obelix werden auserkoren, die Ehre Galliens in Olympia zu verteidigen. Und weil die anderen auch einen Tapetenwechsel verdient haben, lädt Majestix alle Männer zu einer Reise nach Hellas ein (siehe Abb. 152). Allerdings unterläuft dem Stammesfürsten eine kleine Nachlässigkeit, als er die Organisation selbst in die Hand nimmt und die gallisch-römische Mannschaft einem absolut unseriösen Reiseveranstalter anvertraut. Nicht nur, daß von dem versprochenen Luxus an Bord keine Rede sein kann, die Passagiere müssen sogar selbst zu den Rudern greifen. In Anbetracht ihrer übermenschlichen Kräfte ist das für Asterix und die Seinen allerdings kein Problem. Sie geben sich einen Ruck, und ehe sie sich's versehen, haben sie Athen erreicht.

Athen

Im Hafen von Piräus fährt das Schiff an einem prächtigen Leuchtturm vorbei, der in dem Comic sehr realistisch wiedergegeben wird (siehe Abb. 153). Von den vielen Leuchttürmen, die in der Antike die Küsten säumten, gingen im Laufe der Jahrhunderte freilich die meisten verloren. Auch dem weltberühmten Pharos von Alexandria blieb dieses Schicksal nicht erspart; seine Überreste ruhen nun auf dem Grund des Mittelmeers. Aber offensichtlich stand dieses vielfach besungene Bauwerk trotz seines Ruhms schon in der Antike auf etwas wackligen Füßen:

153

Ich bin der Turm, der irrenden Seeleuten hilft und der den beruhigenden Feuerschein des Poseidon brennen läßt. Ammonius, der der Vater unseres Kaisers ist, hat mich mit Hilfe seiner Anstrengungen rechtzeitig wieder aufgestellt, als ich durch die lautstark donnernden Stürme umzufallen drohte.[12]

Es ist natürlich schade, daß dieses alexandrinische Weltwunder vom Zahn der Zeit angenagt und schließlich gefällt wurde, aber wer wissen möchte, wie ein antiker Leuchtturm ausgesehen hat, kann sich ein noch einigermaßen intaktes Exemplar (siehe Abb. 154) anschauen, das im englischen Dover steht.

Unsere Gallier würdigen den Leuchtturm von Piräus jedoch keines Blickes. Viel zu groß ist ihre Erleichterung, daß sie nach ihrer langen Seereise endlich von Bord können. Es paßt zu ihrem neuen Status als Römer, daß Asterix und seine Freunde in Athen und nicht in der Nähe von Olympia zum ersten Mal griechischen Boden betreten. Echte Römer waren nämlich der Meinung, daß man nicht in Hellas gewesen war, wenn man nicht seine berühmte Hauptstadt gesehen hatte. Auch Cicero gehörte zu den Bewunderern Athens:

Athen hat mir viel Spaß gemacht, jedenfalls was die Stadt angeht, ihre Sehenswürdigkeiten.[13]

Für ihn war Athen auch eine Stadt, die jungen Studenten viel zu bieten hatte:

Mein lieber Sohn Marcus. Du hast nun ein ganzes Jahr bei Kratippos studiert, und das auch noch in Athen, und daher solltest Du nun ausführlich Bescheid wissen über die praktischen Vorschriften und Prinzipien der Philosophie; zumindest so viel, wie man von der großen Autorität nicht nur Deines Lehrers, sondern auch der Stadt erwarten kann.[14]

154

Die sehen komisch aus, die Griechen

Asterix und die anderen haben zwar noch keine Ahnung, wie ihnen Athen gefallen wird, aber auf der Fahrt zur griechischen Hauptstadt fällt Obelix auf, daß Griechen ganz anders aussehen als Kelten oder Römer. Vor allem das Profil der griechischen Gesichter erscheint ihm ungewöhnlich. Bei dem Mann, der ihnen in Piräus auf der Straße entgegenkommt, bilden Nase und Stirn eine gerade Linie (siehe Abb. 155). Während Asterix und Obelix sehr stolz auf ihre markanten Nasen sind, scheinen alle Griechen, denen sie begegnen, es vollkommen normal zu finden, mit einem so geraden Profil herumzulaufen. Ob dies der historischen Wirklichkeit entspricht, vermag niemand zu sagen, zumindest sind die Männer und Frauen auf griechischen Vasen häufig mit solchen Gesichtern abgebildet (siehe Abb. 156). Vielleicht war das «griechische Profil» ein Schönheitsideal – dem Geschmack von Asterix und Obelix entspricht es nicht unbedingt.[15]

Der Mann mit der geraden Nase und dem Bart, dem unsere Freunde auf der Straße begegnen, sieht nicht gerade fröhlich aus. Vielleicht haben wir es hier mit einem Philosophen zu tun – denn auch die griechischen Denker trugen ausnahmslos Bärte,[16] liefen in den gleichen weiten Umhängen umher und waren natürlich immer in Gedanken versunken. Manche machten durchaus etwas her, wie der Lehrer des bereits erwähnten jungen Marcus, aber Cicero spricht auch von Vertretern dieser Zunft, die das intellektuelle Klima der griechischen Hauptstadt durch ihr dummes Gerede gründlich verpesteten:

Mit der Philosophie geht es auf und ab, auf jeden Fall wenn sie von Aristos vertreten wird, bei dem ich untergebracht bin.[17]

Vielleicht gehen dem mißgelaunten Fußgänger gerade seine inkompetenten Kollegen durch den Kopf, und er hegt die gleichen Gefühle wie der römische Schriftsteller:

Ich kann Dir gar nicht sagen, wie ich vor Sehnsucht nach Rom brenne; die Stumpfsinnigkeit des hiesigen Lebens ist kaum erträglich.[18]

155
156

157

Sightseeing am Nachmittag

Die Gallier teilen diese Meinung Ciceros ganz und gar nicht und nehmen das Angebot des Fremdenführers Demonstratos zu einer Stadtbesichtigung gerne an. Zunächst geht es natürlich auf die Akropolis, denn nicht nur für römische Touristen,[19] auch für die Griechen selbst gehörte der Tempel der Athene zu den Hauptattraktionen der Stadt (siehe Abb. 157).

Denn dort [in Athen] steht (...) ein wertvoller, der Göttin Athene geweihter Tempel, der von Weitem ins Auge springt, wie einer, der seiner Göttin würdig ist. Der Tempel wird Parthenon genannt, liegt oberhalb des Theaters und erntet bei allen, die ihn anschauen, große Bewunderung.[20]

Und die Touristenströme, die tagtäglich zu diesem Bauwerk aus dem fünften Jahrhundert pilgern, zeigen, wie beliebt die Akropolis war (siehe Abb. 158). Dennoch sind nicht alle Besucher gleichermaßen beeindruckt. Einem der Herren am rechten Rand der Zeichnung sagt die Architektur des Heiligtums offensichtlich nicht viel. Er reagiert etwas müde, und seine Bemerkung paßt eher in den Tenor des folgenden, ein wenig frustriert klingenden Livius-Zitats:

Die Sehenswürdigkeiten, die in Berichten derart gerühmt werden, erscheinen einem beim Hörensagen größer, als wenn man sie mit eigenen Augen sieht.[21]

Miraculix, Asterix und der Häuptling sind von der griechischen Kunst jedenfalls hingerissen und schauen sich voller Bewunderung das große Standbild der Athene Parthenos – der jungfräulichen Athene – (siehe Abb. 159) an. Diese hölzerne Statue,[22] die mit einer Goldschicht überzogen und mit Elfenbeinintarsien geschmückt ist, kommt gegen den strahlend blauen griechischen Himmel wirklich optimal zur Geltung, und

158

die Gallier können sich nicht satt sehen (siehe Abb. 160). Offensichtlich hat auch Uderzo sein Herz an diese Statue verloren und fand es schändlich, sie an ihrem angestammten Platz in dem düstereren Parthenon stehen zu lassen. Stattdessen plazierte er die kolossale Frauenfigur zu Ehren der gallischen Besucher ins volle Sonnenlicht vor dem Tempel. Dieser Eingriff hatte allerdings zur Folge, daß ein anderes Standbild der Athene, die sogenannte Athena Promachos – die Vorkämpferin Athene – weichen mußte. Diese Bronzestatue war zwar weitaus weniger imposant, aber wer die griechischen Bildhauer kennt, weiß, daß auch sie ein Abbild makelloser Schönheit gewesen sein muß.

Methusalix, der Dorfälteste, schaut trotz der prächtigen Kunstwerke lieber nach den Schönheiten aus Fleisch und Blut – und auch damit kann die Akropolis dienen. Eine bildschöne junge Dame betritt die Bühne, und während sie nichtsahnend weitergeht, wird sie von dem rüstigen Greis von Kopf bis Fuß wohlwollend gemustert. Die schlanke Griechin sieht tatsächlich hinreißend aus in ihrem weich fallenden Gewand, das aus einem langen Rock und einem Oberteil mit Bändern rund um den Busen besteht.

159
160

Schwer zu sagen, ob Methusalix' Traumfrau nach der letzten Mode gekleidet ist. Ein Relief, das ein ähnlich gekleidetes Mädchen darstellt, stammt aus einer wesentlich früheren Epoche. Außerdem ist das hier abgebildete Gewand einteilig und besticht durch seinen komplizierten Faltenwurf (siehe Abb. 161), während die Dame von Uderzo eine zweiteilige Kombination trägt. Damit ist jedoch nicht gesagt, daß der Zeichner seiner Hellenin ein falsches Outfit verpaßt hätte. Beispiele für weibliche Kleidung aus der Zeit von Asterix sind sehr selten – und wer weiß, vielleicht hatte sich das zweiteilige Damenkostüm damals ja schon lange durchgesetzt.

Auch der Schmied trägt die übliche mehrteilige Kleidung. In seiner robusten Hose und der dunklen Schürze wirkt er zwar nicht wie ein Fotomodell, aber er verhält sich so. Voller Selbstbewußtsein posiert er mit seinem enormen Hammer in der Hand vor

161
162

einem griechischen Maler, der ihn auf einer Vase abbilden soll. Um der Darstellung einen mythologischen Touch zu geben, läßt sich der Künstler durch eine antike Trinkschale mit dem Bildnis des Tragödienhelden Ödipus und der Sphinx, einem mythischen Fabeltier, inspirieren (siehe Abb. 162)[23]. Der Schmied ist so sehr damit beschäftigt, sich optimal in Szene zu setzen, daß er überhaupt keinen Blick für die ungewöhnliche Technik des Künstlers hat, der einen Pinsel und Farben verwendet, um die Keramikamphore zu bemalen. Normalerweise wurden Vasen, Schalen und ähnliches nur mit verschiedenen Arten Ton und einem besonderen Brennverfahren farbig gestaltet. Von daher ist das Souvenir, das der Schmied mit nach Hause nehmen wird, relativ selten und wird vielleicht noch einmal einen gewissen Wert haben.

Das Nachtleben in …

Aber an Profite und ans Geschäftemachen denken die Gallier jetzt nicht. Sie haben gerade einen anstrengenden Kulturtrip hinter sich und würden sich gern ein wenig entspannen. Deshalb bringt Demonstratos seine Gäste zu dem Restaurant seines Vetters Bratensos, der ihnen ein so vortreffliches Essen serviert, daß selbst Obelix ausnahmsweise auf Wildschwein verzichtet. (siehe Abb. 163). Er hat aber auch besonders viel Glück, denn als Spezialität des Hauses stehen Souvlaki – gebratene Fleischspieße[24] – auf der Speisekarte, die natürlich haargenau nach dem Geschmack des notorischen Fleischessers[25] aus Gallien sind. Bratensos läßt für seine Gäste ein üppiges griechisches Festmahl auffahren, zu dem neben zahllosen unterschiedlichen Gerichten auch Brot, Obst[26] und Oliven[27] gehören. Obwohl unsere Freunde an solche Beilagen kaum gewöhnt sind, tut das der fröhlichen Stimmung keinen Abbruch. Unter einer begrünten Pergola, wie sie für Griechenland typisch ist (siehe Abb. 108), fühlen sie sich so wohl, daß ihnen selbst der Retsina, der berühmte geharzte griechische Wein, keine Probleme macht.[28]

Ebenso wie die Griechen sind Asterix, Obelix und Methusalix der Meinung, daß der eigentliche Spaß erst nach dem Essen anfängt. Und weil das Restaurant nicht die passenden Räumlichkeiten bietet, steuert man eine schicke Adresse mit einem lateinischen Namen an. Hier findet ein großes Fest statt, das ganz im Zeichen der «Symposionkultur» steht, die in Griechenland zu Zeiten Asterix noch immer in Mode war. Bei einer solchen Festivität ging es vor allem ums Trinken, das Essen spielte nur eine Nebenrolle. Die Gäste tranken zwar den Wein mit Wasser gemischt, aber sie tranken so viel, daß sie dennoch gehörig betrunken wurden. So wurde die Stimmung im Laufe eines solchen Symposiums (wörtlich: Gelage), das im übrigen in Privathäusern veranstaltet wurde, natürlich immer ausgelassener, und es kam durchaus vor, daß die Gäste so sehr auf den Geschmack gekommen waren, daß sie von einem Fest zum anderen zogen:

Plötzlich wurde laut an die Haustüre geklopft. Es klang wie die Stimmen einer Gruppe Trunkener, und man hörte die Töne einer Flötenspielerin. Geh' einer nachsehen wer es ist,

163

sagte Agathon, und wenn es einer unserer Freunde ist, dann bitte ihn herein. Wenn nicht, dann sage, daß das Fest schon zu Ende ist und daß wir gerade zu Bett gehen.

Kurz darauf hörte man die Stimme von Alkibiades im Garten, der sternhagelvoll war und herumschrie (...). «Guten Abend Männer! Ist dieser betrunkene Mann selbst sturzbetrunken noch in dieser Gesellschaft willkommen? Oder sollen wir wieder weggehen, nachdem wir Agathon bekränzt haben? Denn deshalb sind wir hier.» (...) Daraufhin schrieen alle durcheinander, daß er hereinkommen müsse (...), und Agathon hat ihn auch eingeladen.[29]

Obwohl diese Veranstaltungen im Prinzip Männersache waren, fehlte das weibliche Element auf solchen Symposien nicht. Um seinen Gästen ein optimales Programm zu bieten, engagierte ein guter Gastgeber Flötenspielerinnen und Tänzerinnen. Während die Gäste zu Tische lagen und dem Wein und dem Essen zusprachen, ließen sie sich von den Künsten dieser schönen, oft auch nur ziemlich spärlich bekleideten Damen unterhalten. Wen wundert es, daß sich so mancher Gast auf dem Höhepunkt des Festes zu erotischen Liebesspielen mit den Künstlerinnen verleiten ließ. Anstoß daran nahm niemand – die griechische Gesellschaft war sexuell freizügiger, als wir es sind. Außerdem galten Symposien als Treffen im intimen Kreis, für die besondere Regeln galten. Der jeweilige Verhaltenskodex wurde von dem Regisseur des Abends, dem *symposiarch*, bestimmt. Er achtete darauf, daß alle Gäste in etwa denselben Grad der Trunkenheit erreichten und die Stimmung nicht umschlug. Er legte auch die Themen fest, über die man sich unterhielt, wobei er sich natürlich von der Zusammensetzung der Gesellschaft leiten ließ. Regelmäßig gab es auch Abende, an denen der körperliche Eros tabu war und die überwiegend hochgebildeten Gäste die ganze Nacht hindurch komplizierte Streitgespräche führten – also dem geistigen Eros huldigten –, bis sie vom Schlaf übermannt wurden.[30]

Auf dem Fest, wo Asterix und seine Freunde landen, geht es etwas anders zu. Von akademischen Diskussionen kann keine Rede sein und der Wein ist – man sehe sich nur einmal Methusalix an – (siehe Abb. 164) mit Sicherheit nicht verdünnt. Zudem ist die Gesellschaft gemischt und für die musikalische Untermalung sorgen dieses Mal keine Künstlerinnen, sondern ein ausschließlich mit Männern besetztes Trio. Jeder singt mit und tanzt ausgelassen zu der Musik. Da dies auf den echten Symposien selten geschah, ist es besonders erfreulich, daß die drei gallischen Touristen ausgerechnet in dieser *taverna* gelandet sind. So bekommen sie einen Eindruck von einem echten griechischen Fest, auf dem sich alles um Musik, Wein und Tanz dreht, ohne daß sie in die komplizierten Gebräuche eines Symposions verstrickt werden. In der Taverne geht es wesentlich ungezwungener zu, so daß sich die Gallier ganz selbstverständlich unter die Griechen mischen können (siehe Abb. 165).

164

Vor allem Methusalix findet das Fest einfach super. Er tanzt wie ein Besessener und schüttet ein Glas nach dem anderen in sich hinein. Der fidele alte Gallier findet einfach kein Ende und hat schon lange vergessen, daß er am nächsten Morgen früh aus den Federn muß, um sich mit seinen Stammesbrüdern auf den Weg nach Olympia zu machen. Deshalb spricht Asterix ein Machtwort und schlüpft damit für einen Augenblick völlig unbewußt in die Rolle des Symposiarchen – des Vorsitzenden eines Symposions – (siehe Abb. 164). In einem günstigen Moment schnappt er sich den sternhagelvollen Methusalix, um ihn zurück ins Hotel zu bringen. So verhindert er, daß sein bejahrter Stammesbruder noch mehr Alkohol trinkt – mit allen dazugehörigen Folgen. Und das ist eine sehr vernünftige Entscheidung von Asterix, denn

es ist wirklich ein bedeutender Beitrag an unsere Gesundheit und unser Glück, einen Körper zu haben, der gut im Gleichgewicht ist, und nicht mit Wein zugegossen, sondern hell und absolut klar für jegliche Aktivität.[31]

Dank dieses tatkräftigen Auftretens kann sich Methusalix doch noch ein paar Stündchen aufs Ohr legen und ist kurze Zeit später fit für die Reise nach Olympia.

165

166

Olympia

Geduldig stehen Asterix, Obelix und ihre Fans samt allen Wildschweinen am nächsten Tag vor dem Tor von Olympia (siehe Abb. 166). Bevor sie jedoch das Gelände betreten dürfen, müssen sie auf die Teilnehmerliste gesetzt werden – und das geschieht unter den Augen von René Goscinny und Albert Uderzo, die auf dem Wandrelief zu erkennen sind. Offensichtlich hielten es die beiden für eine gute Idee, sich einmal einen Auftritt in ihrem eigenen Comic zu gönnen. Um dem griechischen Stil treu zu bleiben, entschieden sich die beiden Herren für eine heroische Szene, in der sie als wahrhaftige Heraklesse mühelos einen Stier bezwingen (siehe Abb. 167). Die griechischen Unterschriften machen deutlich, wie diese Szene «gelesen» werden muß. Goscinny, der links steht, wird als *despotes*, Zwingherr, charakterisiert, während Uderzo den Titel *tyrannos*, Alleinherrscher, erhält. Tiefgestapelt haben die beiden bescheidenen Comicautoren, die sich ansonsten in ihrem Werk nie in den Vordergrund drängen, in dieser Szene also nicht. Aber es ist natürlich wahr: Sie haben die alleinige Verfügungsgewalt über alles, was in dem Comic geschieht.

167

Die eigentlichen Stars, Asterix, Obelix und Miraculix, haben inzwischen die Formalitäten erledigt und dürfen das Olympiagelände betreten. Ihre Stammesbrüder müssen vor den Toren bleiben, denn solange die Wettkämpfe noch nicht begonnen haben, werden nur die Athleten mit ihren Trainern und Betreuern zugelassen.

168

Darum verabschieden sich die Drei. Sie kommen zunächst zur Altis, einer wunderschönen Anlage mit unter anderem einem Stadion, einer Rennstrecke, zahllosen Tempeln und offiziellen Gebäuden (siehe Abb. 168). Um die verschiedenen Bauwerke sind gepflegte Rasenplätze angelegt, auf denen zahllose Statuen stehen. Wie der griechische Schriftsteller Pausanias (2. Jahrhundert n. Chr.) es beschreibt, war Olympia im wahrsten Sinne des Wortes mit Standbildern übersät, die zur Erinnerung an olympische Siege[32] und zum Gedenken an Kriege[33] errichtet wurden; darüber hinaus wurden einige sogar aus Bußgeldern finanziert:

An dieser Mauer stehen bronzene Zeusbilder. Sie wurden aufgestellt mit dem Geld, das denjenigen Athleten zur Strafe auferlegt worden war, die absichtlich die Regeln der Spiele über-

169

treten hatten. (…) Die ersten sechs wurden in der 98. Olympiade aufgestellt. Der Thessaler Eupolos bestach nämlich diejenigen, die als Faustkämpfer zu den Spielen gekommen waren, mit Geld.[34]

Da nach jeden Spielen neue Skulpturen hinzukamen, ist es nicht verwunderlich, daß es im Laufe der Jahre auf dem olympischen Rasen übervoll wurde (siehe Abb. 169).

Uderzo hat sich bei seiner Darstellung wahrscheinlich bewußt zurückgehalten, um die Zeichnung nicht zu unübersichtlich zu machen.

Der Gott des Sports

Doch das berühmteste und schönste Standbild Olympias befand sich nicht im Freien, sondern im Inneren des Zeustempels. Die gigantische, etwa zwölf Meter hohe Statue des Athener Bildhauers Phidias (5. Jahrhundert v. Chr.), die den griechischen Göttervater auf seinem Thron darstellte, gab dem Besucher das Gefühl, der Gottheit direkt gegenüber zu stehen. Zum einen lag das an den gewaltigen Ausmaßen dieses Standbildes, zum anderen an der künstlerischen Wiedergabe des höchsten aller griechischen Götter. Indem er die Holzstatue mit einer Schicht aus reinem Gold und prachtvollem Elfenbein überzog, verlieh Phidias seinem Werk einen überirdischen Glanz. Um der Figur auch einen besonderen Gesichtsausdruck zu geben, zog der Bildhauer Homer zu Rate, der den Zeus als einen mächtigen Herrscher beschreibt, der schon durch ein Stirnrunzeln den Olymp zum Erzittern bringen konnte:

So sprach der Sohn des Kronos und er nickte zustimmend mit seinen dunklen Augenbrauen und die göttlichen Locken wallten nieder vom Haupt des Herrschers und die Höhen des Olymp erbebten.[35]

Glaubt man dem griechischen Schriftsteller Strabon, so fand Phidias in diesen Zeilen genügend Anregungen, um seinem Zeus Züge zu verleihen, die jedem Griechen Ehrfurcht einflößten.[36]

170

Und dennoch war dieses gewaltige Standbild nicht ganz perfekt. Sein Schöpfer hatte sich zwar nach Kräften bemüht, ein vollkommenes Kunstwerk zu schaffen, aber wer die Gesamtheit von Tempel und Standbild betrachtete, sah sofort, daß die Proportionen nicht stimmten:

Obwohl der Tempel sehr groß war, scheint der Künstler die richtige Symmetrie aus den Augen verloren zu haben, denn er hat Zeus sitzend dargestellt, der aber mit dem Kopf fast das Dach berührte, so daß es aussah, als ob Zeus, wenn er aufsteht und sich aufrecht hinstellt, das Dach des Tempels aufstoßen würde. (siehe Abb. 170)[37]

Mit seiner typisch griechischen Schönheitsliebe ärgert sich Strabon über diesen Schnitzer von Phidias, der manchem von uns vielleicht gar nicht aufgefallen wäre. Auch Asterix und Obelix haben keinen Blick für die mißlungenen Proportionen des großen Heiligtums. Ihnen geht es um den Sport und so schauen sie sich lieber an, was ihre Gegner so treiben.

Ein Meer von Gebäuden

Es ist nicht gerade leicht für Asterix und Obelix, auf dem riesigen Olympiagelände die anderen Athleten zu finden. Überall stellen sich ihnen Gebäude in den Weg, die so plaziert sind, daß der unerfahrene Olympiabesucher auf der Stelle die Orientierung verliert. So irren die beiden Gallier eine ganze Weile umher und fragen sich, welchen Sinn und Zweck all diese Gebäude eigentlich haben. Außer den beiden als solche eindeutig erkennbaren Tempeln[38] gibt es viele Bauwerke, deren Funktion sie sich nicht erklären können. Und vorläufig werden sie dieses Rätsel auch nicht lösen, denn gerade, als sie ihre Suche aufgeben wollen, kommen sie an einem Gebäude vorbei, aus dem ein höllischer Lärm nach außen dringt. Das Schreien und Stampfen klingt so ohrenbetäubend, daß Asterix und Obelix beschließen, sich das Ganze einmal aus der Nähe anzusehen.

Mehr oder weniger zufällig hat das gallische Duo die *palaistra* oder auch Ringerschule erreicht, einen der beiden großen Trainingskomplexe auf dem Gelände. Die römischen Sportler absolvieren hier gerade ihr Übungsprogramm (siehe Abb. 171) – daher auch die Hektik. Sie üben in dem überdachten Teil des Komplexes, der nach Aussage der Fachleute aus zwei Teilen besteht. Der römische Architekt Vitruv, der um die Zeitenwende lebte, war von den griechischen Sportschulen so beeindruckt, daß sie ihm eine

171

172

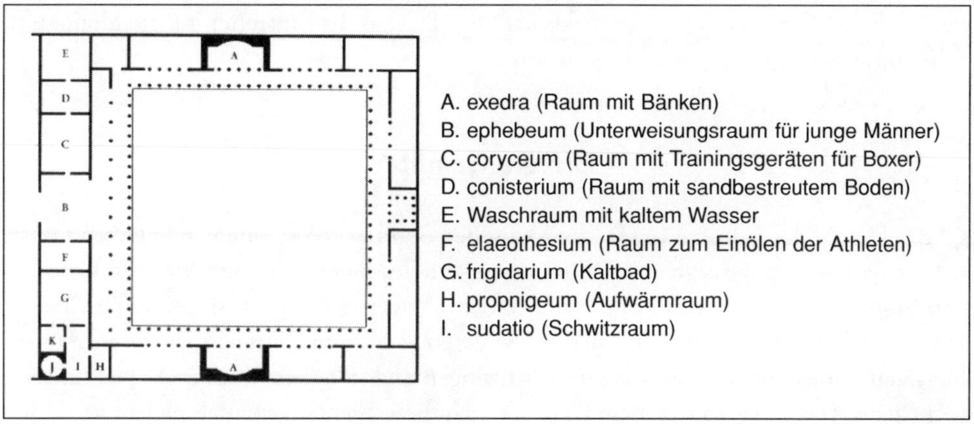

detaillierte Beschreibung wert waren.[39] Von ihm erfahren wir, daß in derartigen Sportpalästen sowohl innen wie auch im Freien trainiert werden konnte. Im Inneren befanden sich neben einer Turnhalle, in der speziell für Boxer echte Punchingbälle hingen, der gesamte Versorgungstrakt mit Umkleideräumen, Bädern, Versorgungskammern und vielem mehr (siehe Abb. 172). Die größten Palästren besaßen sogar überdachte Rennbahnen.[40]

Auch denjenigen der Ringer, die lieber im Freien trainierten, bot die Palästra entsprechende Möglichkeiten, da sie zudem einen quadratischen offenen Innenhof besaß. Außerdem war eine Palästra normalerweise auch mit einer offenen Rennbahn ausgestattet, auf der die Sprinter übten und auf der Wettkämpfe abgehalten wurden. In Olympia sieht das alles jedoch ein wenig anders aus. Dort grenzt keine normale Sprintbahn an die Palästra, sondern ein echtes Gymnasion (siehe Abb. 173). Dieses von Säulengängen umschlossene riesige Trainingsgelände ist vor allem für Sportarten gedacht, die viel Raum benötigen:

Im Gymnasion von Olympia üben gewöhnlich die Wettkämpfer im Fünfkampf[41] und die Läufer.[42]

Speerwerfer, Weitspringer, Diskuswerfer und so weiter können also im Freien trainieren, ohne anderen in die Quere zu kommen und ohne selbst behindert zu werden. Aber Asterix' Gegner nutzen diese Möglichkeit nicht. Aus welchem Grund auch immer trainieren sie lieber drinnen, vielleicht, weil es ihnen draußen zu warm ist. Die Gallier haben jedoch von der überfüllten Turnhalle schnell genug und flüch-

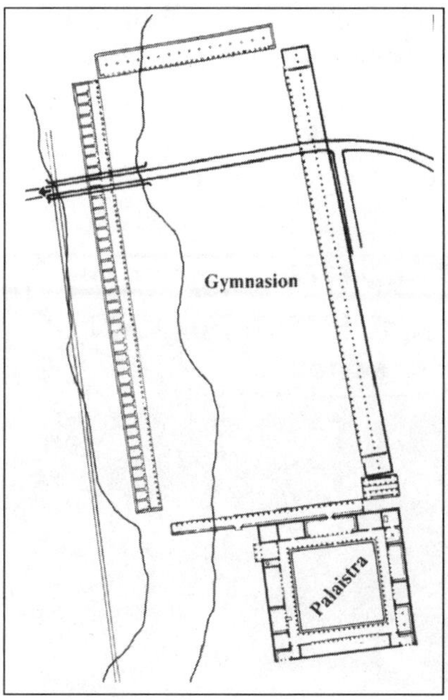

173

ten ins Freie. Sie sind sich keine Sekunde bewußt, daß ihr Eintreffen für ziemliche Unruhe unter den Olympiateilnehmern sorgt.

Erregte Gemüter

So bekommt das Selbstvertrauen der römischen Sportler sofort einen erheblichen Dämpfer, als sie die unbesiegbaren Gallier bemerken. Trainieren hat nun, wie sie finden, keinen Sinn mehr, denn gegen Asterix mit seinem Zaubertrank haben sie eh keine Chance. Und so ziehen sich die demoralisierten Athleten mit ihren Betreuern in ihren Aufenthaltsraum zurück, um dort den Besen zu schwingen und sich dem Wein und Spiel hinzugeben (siehe Abb. 174). In welchem Gebäude sich diese Szenen genau abspielen, ist schwer zu sagen, denn die Zeichnung bietet keine Anknüpfungspunkte. Von Pausanias wissen wir jedoch, daß die Römer mindesten zwei Orte zur Verfügung hatten, um sich der Prasserei hinzugeben. Der erste war im Prinzip den Athleten vorbehalten:

Angrenzend an die Wand der östlichen Säulenhalle des Gymnasion liegen die Wohnungen der Athleten, die nach Südwesten und dem Sonnenuntergang ausgerichtet sind.[43]

Für die offiziellen Gäste gab es ein Hotel, das schon im 4. Jahrhundert v. Chr. gebaut worden war und auch noch zu Asterix' Zeiten bestand:

Das Leonidaion wurde von Leonidas, einem Einwohner dieser Gegend, [für die olympischen Götter] gestiftet, aber zu meiner Zeit wohnten hier die römischen Statthalter von Griechenland.[44]

Beide Texte beantworten zwar unsere Frage nicht, aber sie machen deutlich, daß die Sportler und die offizielle Delegation wahrscheinlich nicht in demselben Gebäude untergebracht waren. Offensichtlich besuchte man sich gegenseitig, um gemeinsam über die Stränge zu schlagen.

Mit ihrer Wichtigtuerei und Disziplinlosigkeit geben die Römer ein ausgesprochen schlechtes Bild ab. Während die griechischen Athleten im Schweiße ihres Angesichts

174

175

trainieren, tun die Römer so, als wären die Spiele schon vorüber und als könnte man schon zum gemütlichen Teil der Veranstaltung übergehen:

Die Einwohner von Elis haben einen Speisesaal, und auch dieser ist in dem Haus der obersten Beamten von Olympia gegenüber dem Raum, in dem der Herd stand. Und in diesem Saal bewirten sie die Sieger der Olympischen Spiele.[45]

Dieses exzessive Verhalten mitansehen zu müssen, ist für die griechischen Sportler, die ein äußerst karge Diät einhalten müssen und erst nach dem Ende der Spiele an lukullische Genüsse denken dürfen, eine wahre Folter. Normalerweise macht ihnen das wenig aus, aber jetzt, da ständig die herrlichsten römischen Essensdüfte in ihre Räume dringen, wollen sich auch die Hellenen nicht mehr mit ihrem olympischen Menü begnügen. Sie revoltieren und drohen mit Streik, falls man ihnen nicht auf der Stelle ähnliche Köstlichkeiten und Wein serviert. (siehe Abb. 175)

Da der Fortgang der Spiele ernsthaft gefährdet ist, wird eiligst eine Konferenz des Olympischen Magistrats einberufen. Dieses höchste Gremium der Spiele tagt im *Bouleuterion*, dem Rathaus, das nur der Beratung schwerwiegender Fragen vorbehalten ist; hier wird auch zu Füßen des imposanten Standbildes des Zeus Horkios der olympische Eid gesprochen:

Aber von allen Zeusstatuen jagt der eine im Bouleuterion den Menschen, die die Regeln übertreten, besonders Schrecken ein. Sein Beiname ist ‹Horkios› [‹der über den Schwur wacht›] und er hält in jeder Hand einen Blitz. Es gibt den Brauch, daß die Athleten, ihre Väter und Brüder sowie ihre Ausbilder bei dieser Statue über den Eingeweiden eines Ebers einen Eid schwören, daß sie auf keinen Fall gegen die Regeln der Spiele verstoßen werden. Die Athleten schwören überdies, daß sie sich während der letzten zehn Monate auf jeden Fall an die Übungsvorschriften gehalten haben.[46]

Unter dem strengen Auge der Gottheit – die von Uderzo im übrigen nicht ganz richtig dargestellt ist, da sie nur in einer Hand ein Bündel Blitze hält (siehe Abb. 176) – beschließt der Magistrat, das Verhalten der Römer nicht zu dulden und unter Hinweis auf das Verbot, keine leistungssteigernden Mittel einzunehmen, für die Dauer der Spiele ein allgemeines Trinkverbot zu erlassen. Dieser Erlaß wird auch den Römern mitgeteilt. Als einziger begreift der Trainer von Claudius Musculus, was diese strenge Regel impliziert:

176

Zusammen mit dem Abgesandten des Olympischen Magistrats sucht er Asterix und Obelix auf, um ihnen zu sagen, daß sie – nach dem Motto, gleiches Recht für alle – auf ihren Zaubertrank verzichten müssen. Damit schrumpfen Asterix' Siegeschancen natürlich beträchtlich. Während die römische Mannschaft sichtlich auflebt und sich unverzüglich wieder an ihr Training begibt, sind die Gallier ziemlich niedergeschlagen. Für sie hat dieser Magistratsbeschluß weitreichende Folgen. Wenn Asterix noch versuchen will, eine olympische Disziplin zu gewinnen, muß er genau wie seine Konkurrenten beinhart trainieren.

An die Arbeit

Voller Optimismus nimmt Asterix das Training für die Sprintwettkämpfe auf und rast wie ein Besessener zwischen den olympischen Gebäuden hindurch, während Miraculix die Zeit stoppt (siehe Abb. 177). Der Druide bemüht sich redlich, aber da ihm die Welt des Sports doch ziemlich fremd ist, weiß er nicht, wie er Asterix richtig trainieren soll. Um das herauszufinden, müßte er eigentlich einen Blick in die Palästra werfen, wo sich inzwischen die griechische Mannschaft unter der Obhut kompetenter Trainer auf die Wettkämpfe vorbereitet (siehe Abb. 178). Die griechischen Übungsleiter in ihren langen Ge-

177

wändern mit einem Stock in der Hand beschränken sich nicht darauf, die Zeiten zu messen. Sie lassen ihre Schüler während des Trainings keine Sekunde aus den Augen und geben ihnen Instruktionen zur Taktik, Körperhaltung und vielem mehr. Woher dieser Sachverstand der griechischen Trainer rührt, läßt sich leicht erklären:

Bedenke, daß Thukydides zwei Söhne erzogen hat, Melesias und Stephanos, (...) und sie waren die besten Ringkämpfer der Athener. Jedenfalls übergab Thukydides den einen an Xanthias, den anderen an Eudoros, um sie zu unterrichten. Die beiden galten zu ihrer Zeit als die besten Ringer. Oder weißt du das nicht mehr?[47]

Viele der griechischen Sportlehrer hatten eine erfolgreiche Sportkarriere hinter sich und nutzten ihre Erfahrung, um junge Athleten zu großen Leistungen zu führen. Auch viele der Olympiasieger wurden von Trainern betreut, die selbst auf diversen griechischen Spielen glänzende Siege errungen hatten. Ein gutes Beispiel ist Alkimedon, der Held der Juniorenboxmeisterschaften im Jahre 460 v. Chr. Sein Trainer war der berühmte Melesias aus Athen:

Als ich für Melesias in meinem Lied den Ruhm besungen habe, der ihm von jungen Athleten zukam, laß die Mißgunst mich nicht mit hartem Stein treffen.

Denn ebenso werde ich verkünden, daß Melesias dieselbe Freude in Nemea[48] *erhielt und daß er später selbst den Kampf aufnahm mit den Männern im pankration.*[49]

Aber Melesias vermag mehr als andere zu zeigen, welchen Weg ein Mann zurücklegen muß, der die Absicht hat, den meisten Ruhm der heiligen Spiele[50] *zu erlangen.*

Und nun erhält er als Geschenk, daß Alkimedon ihm zum dreißigsten Mal den Sieg geholt hat.[51]

Während Melesias bereits als Trainer arbeitete blieb er gleichwohl auch noch als Sportler aktiv. Durch seine Wettkampfpraxis war er immer auf der Höhe der neuesten Entwicklungen in seiner Disziplin.

Ob die Trainer von Asterix' Gegnern auch solche Topleute sind, können wir natürlich nicht beurteilen, aber daß sie ihre Sache ernst nehmen, steht außer Frage. So beobachtet der Ringertrainer links seine Schüler sehr genau, während der Trainer in der Mitte des Bildes konzentriert die Fortschritte einer Gruppe von Hochspringern verfolgt

178

(siehe Abb. 178). Daß Hochspringen seinerzeit keine olympische Disziplin war und daß die Gewichte, die der Athlet in den Händen hält, eigentlich in den Weitsprung gehören (siehe Abb. 179),[52] soll uns hier nicht stören. Immerhin vermittelt diese Szene einen guten Eindruck von der Zusammenarbeit zwischen Athleten und Trainern. Das schönste Detail ist rechts auf der Zeichnung zu sehen. Dort weist ein Trainer auf eine Amphore mit dem berühmten *Diskuswerfer von Myron* (siehe Abb. 180), um seinen Schüler entsprechend zu motivieren. Ob die Griechen diese Abbildung tatsächlich als praktisches Vorbild verstanden, ist zu bezweifeln, aber daß ihre Trainer spezielles Unterrichtsmaterial verwendeten, steht außer Frage.

179
180

181

Der große Tag

Endlich ist es so weit! Nachdem sich Asterix und die anderen Olympiateilnehmer gründlich vorbereitet haben, können die Spiele beginnen. Am Eingang von Olympia herrscht eine drangvolle Enge. Die Zuschauer strömen in Scharen herbei, um die Wettkämpfe zu verfolgen, und warten ruhig darauf, eingelassen zu werden. Die hervorragende Stimmung wird nur von einer einzelnen Griechin gestört, die wutentbrannt an den Wartenden vorbeistürmt. Lautstark protestiert sie gegen die «Frauenfeindlichkeit» des olympischen Sportfestes (siehe Abb. 181) – und das nicht ohne Grund:

Wenn man auf dem Weg von Skillos nach Olympia kommt und bevor man den Fluß Alpheios überschreitet, erreicht man einen hohen Berg mit abschüssigen Felsen, der Typaion genannt wird. Es ist ein Gesetz bei den Eleern, daß verheiratete Frauen, die beim Besuch der Spiele ertappt worden sind, oder auch nur auf der anderen Seite des Alpheios an Tagen, an denen es für sie verboten ist, den Fluß zu überschreiten, von diesem Berg hinabgestoßen werden.[53]

Da die erboste Hellenin weiß, was sie zu erwarten hat, wenn sie sich doch unter die Zuschauer mischt, bleibt ihr kaum etwas anderes übrig, als unter Drohworten abzuziehen. In ihrem Zorn vergißt die griechische Frau allerdings, daß es auch andere Zeiten gegeben hat. Als sie noch jung und unverheiratet war, stand es ihr frei, so viele Olympische Spielen zu besuchen, wie sie wollte.

Junge Mädchen hält man nicht davon ab zuzuschauen.[54]

Da ihr das jetzt, als erwachsene und verheiratete Frau, allerdings nicht mehr erlaubt ist, wird sie nicht verfolgen können, wie Asterix sich schlägt.

Dennoch konnten auch verheiratete Frauen sich – wenn auch nur indirekt – aktiv an dem olympischen Geschehen beteiligen. Die wütende Dame in unserem Comic hätte sich zum Beispiel um einen Sitz im Rat der Heraien-Spiele bemühen können, die alle vier Jahre zu Ehren der Göttin Hera (siehe Abb. 182) veranstaltet wurden. Für die Heraien organisierten sechzehn verheiratete Frauen Sprintwettbewerbe, die in dem großen olympischen Stadion ausgetragen wurden. Die Teilnehmerinnen

182

waren junge Mädchen unterschiedlichen Alters:

Sie sind nicht alle in demselben Alter, sondern zuerst laufen die jüngsten und nach ihnen diejenigen, die etwas älter sind und zum Schluß die ältesten Mädchen.[55]

Die sechzehn Auserwählten hatten mit der Organisation der Spiele alle Hände voll zu tun. Die Tradition gebot, daß sie zuerst ein Gewand für die Göttin webten und anschließend ein zweites für die Wettkämpfe selbst. Von daher ist es nur zu verständlich, daß diese Damen Unterstützung nötig hatten:

Und die Frauen, die den Wettkampf veranstalten haben – entsprechend ihrer Anzahl – sechzehn Dienerinnen, die genau wie sie, verheiratete Frauen sind.[56]

Also noch eine Chance für die erboste, verheiratete Hellenin! Als Dienerin hätte sie im Rahmen der Heraien noch immer eine Glanzrolle spielen können. Aber unsere Dame hat kein Interesse an getrennten Wettbewerben für Frauen. Sie will an den echten Olympischen Spielen teilnehmen und am liebsten auch noch als Siegerin vom Platz gehen. In dieser Hinsicht ähnelt sie sehr einer energischen Spartanerin, die von demselben Wunsch beseelt war und sich diesen auf ihre Weise erfüllte:

König Archidamos von Sparta hatte auch eine Tochter, die Kyniska hieß. Sie richtete ihren ganzen Ehrgeiz auf den olympischen Wettkampf und züchtete als erste Frau Pferde und errang einen olympischen Sieg.[57]

Aber der Pferdesport war eine kostspielige Angelegenheit.[58] Die Tiere mußten versorgt werden, und auch der Wagenlenker oder Jockey waren nicht umsonst. So war eine Teilnahme an den Olympischen Spielen den griechischen Aristokratinnen vorbehalten, die sich dieses teure Vergnügen leisten konnten. Und wie man aus ihrem Äußeren schließen kann, gehört unsere besagte Griechin nicht zu diesen Kreisen, so daß alle pferdesportlichen Wettkämpfe wohl ohne sie stattfinden werden.

Los, Asterix!

Pferderennen bekommen die Gallier nicht zu sehen, aber das macht ihnen nichts aus. Um nichts auf der Welt möchten sie jedoch die Sprintwettbewerbe verpassen, bei denen auch Asterix am Start ist, und so haben sie sich schon frühzeitig einen Tribünenplatz gesichert. Als ihr kleiner Stammesbruder das Stadion betritt, geraten die gallischen Krieger aus dem Häuschen. Und als ihr Held kurze Zeit später hinter der Startlinie Aufstellung nimmt, platzen Majestix und seine Mannen fast vor Spannung. Sie hoffen so inbrünstig auf

183 

einen Sieg ihres Landsmanns, daß ihnen die merkwürdige Starthaltung der Läufer vollkommen entgeht (siehe Abb. 183).

Ein moderner Leser wird daran wenig Auffälliges entdecken, denn Asterix und seine Rivalen gehen in der typischen Sprinterhocke, wie wir sie aus unserer Zeit kennen, an den Start. In der Antike sah der Beginn eines Laufwettbewerbs jedoch völlig anders aus. Die Athleten setzten zwar wie Asterix ihre Füße in die Furchen der Startlinie, aber jeder Läufer stand hoch aufgerichtet hinter einer separaten Startvorrichtung, die aus zwei vertikalen Pfählen bestand, die mit einer Querlatte verbunden waren (siehe Abb. 184). Die einzelnen Startplätze waren durch ein ausgeklügeltes System von Stricken miteinander verbunden, so daß alle Querlatten bei Ertönen des Startsignals gleichzeitig nach unten klappten und die Läufer pfeilschnell davonschossen.

Auch Asterix rennt wie um sein Leben, als das Startzeichen gegeben wird, und seine gallischen Fans machen sich sofort bemerkbar. Leider ist ihr Held dem mörderischen Tempo seiner griechischen Gegner nicht gewachsen und kommt, nach allen Römern, als letzter ins Ziel. Dennoch hat Asterix in den Augen seiner Freunde Großes geleistet. Alle sind stolz auf ihn, seine Niederlage schreiben sie den Umständen zu und lassen sich trotz dieses Rückschlags ihre Bombenstimmung nicht vermiesen. Und Asterix, der sich zunächst einmal eine Ruhepause gönnen kann, gesellt sich zu den anderen, um sich die gewalttätigsten, aber auch spektakulärsten Wettkämpfe anzuschauen.

184

Zunächst verfolgen die Gallier einen Faustkampf zwischen einem Griechen und einem Römer (siehe Abb. 185). Mit ihren immensen Körpern machen die beiden Giganten einen enormen Eindruck auf die Zuschauer. Die allgemeine Bewunderung erreicht ihren Höhepunkt, als der Römer einen knallharten Treffer seines Gegners verdaut, ohne zu Boden zu gehen. Um so hart zuschlagen zu können, ohne sich an den Händen zu verletzen, tragen beide Athleten spezielle Boxhandschuhe, die bereits in der Antike entwickelt waren:

185

Zu dieser Zeit trugen Faustkämpfer noch keine scharfen Riemen um die Handgelenke, aber sie kämpften noch mit den weichen Handschuhen, die sie an ihren Handinnenflächen festbanden, so daß ihre Finger unbedeckt blieben. Diese weichen Handschuhe bestanden aus schmalen Streifen von ungegerbtem Rinderleder, die nach einer alten Art und Weise geflochten wurden.[59]

Im Grunde genommen waren die klassischen Boxhandschuhe eher eine Art Verband, der die Finger größtenteils freiließ (siehe Abb. 186). Dadurch war es möglich, daß sich die Boxer auch mit den Fingernägeln verletzen konnten.[60] Insgeheim hofften wohl manche Zuschauer auch auf einen solchen Zwischenfall, da sie bei den Kontaktsportarten nur zu gern Blut fließen sahen.

Ein besonderer Leckerbissen für die gallischen Olympiatouristen mit ihrem Faible für eine anständige Prügelei ist der *Pankration*. Da bei diesem besonders harten Kampfsport praktisch keine Regeln gelten, greift auch niemand ein, als Walros, der «Koloß von Rhodos»[61] seinen Gegner im wahrsten Sinne des Wortes in Grund und Boden rammt (siehe Abb. 187). So mögen es Majestix und die anderen – was hier in der Arena ge-

186

187

schieht, hat große Ähnlichkeit mit den Prügeleien, die sie sich zu Hause in Gallien mit den Römern liefern. Das darf jedoch nicht darüber hinwegtäuschen, daß der *Pankration* (Abb. 188) eine extrem gefährliche Sportart war, bei der es hin und wieder sogar Tote gab:

Denn als er gegen den einzigen Gegner, der noch übrig geblieben war, um den Olivenzweig kämpfen wollte, riß dieser Mann – wer auch immer er gewesen sein mag – Arrhachion an sich, hielt ihn mit den Beinen umklammert und würgte ihn mit den Händen am Hals. Daraufhin brach Arrhachion ihm eine Zehe, gab aber, von seinem Gegner erwürgt, den Geist auf, während dem Würgenden vor Schmerz gleichzeitig die Kraft versagte. Die Einwohner von Elis bekränzten schließlich den Leichnam und riefen Arrhachion als Sieger aus.[62]

Glücklicherweise endet der Kampf in unserem Comic nicht so fatal; hier wird der Verlierer «nur» bewußtlos vom Feld getragen. Der Olivenzweig geht an den «Koloß von Rhodos», der bereits die Goldmedaille im Faustkampf eingeheimst hat. Die Gallier gönnen es ihm von ganzem Herzen, schließlich hat er ihnen einen äußerst amüsanten Nachmittag beschert.

188

Das Finale

Gerade da Asterix meint, daß er nicht mehr in Aktion treten muß, hat die Leitung der Spiele das Programm offensichtlich geändert. Um den Römern eine letzte Chance zu geben, zumindest einen Ehrenpalmzweig zu erringen, organisieren die Griechen ein zusätzliches Wettrennen nur für Römer. So etwas geschah durchaus häufiger, wenn man etwa an das bereits erwähnte Beispiel von Kaiser Nero denkt, der in einem Musikwettbewerb siegte.[63] Überhaupt taten sich die Organisatoren der Spiele über die Jahre nicht schwer, neue Disziplinen zu erfinden:

In späterer Zeit fügten sie das Rennen mit dem Fohlenzweigespann und das Fohlenreiten hinzu,[64]

beziehungsweise andere abzuschaffen:

In Olympia sind auch manche Wettkämpfe wieder aufgehoben worden, da die Einwohner von Elis ihre Meinung änderten und beschlossen, sie nicht mehr durchzuführen.[65]

So geschieht es auch dieses Mal. Ein Mitglied des Olympischen Komitees ruft alle Römer zusammen, um ihnen den Beschluß offiziell mitzuteilen. Und gemeinsam mit den anderen Athleten geht Asterix noch einmal an den Start.

189

Zum großen Kummer seiner Stammesbrüder ist der kleine Gallier aber auch dieses Mal seinen römischen Rivalen hoffnungslos unterlegen. So hat es ganz den Anschein, als müßten die Gallier ohne Preis nach Hause fahren. Dann jedoch geschieht etwas völlig Unerwartetes! Die ganze römische Mannschaft wird disqualifiziert, weil sie gegen das Reglement verstoßen und sich mit Zaubertrank gedopt hat. Zum Glück wissen die griechischen Offiziellen nicht, daß es die Gallier selbst waren, die ihre Gegner in Versuchung geführt haben, indem sie einen Topf mit ihrem Zaubertrank absichtlich in dem römischen Umkleideraum stehen ließen. Dank dieser List ist Asterix der einzige Sportler, der sich an die Bestimmungen gehalten hat, und so wird er automatisch zum Sieger erklärt (siehe Abb. 189).

Die Gallier spielen verrückt. Entgegen allen Erwartungen ist es Asterix doch noch gelungen, die Nase vorn zu haben und die Römer bis auf die Knochen zu blamieren. Majestix und seine Mannen sind superstolz auf ihren kleinen Olympioniken. Und dabei stört es auch niemanden, daß seine sportlichen Leistungen eher mäßig waren. Für die Gallier ist der Sieg das Allerwichtigste. In diesem Punkt unterscheiden sie sich von den Griechen, die gerade die individuelle sportliche Leistung am höchsten schätzen. Wenn ein Sportler gewann, weil sein Gegner disqualifiziert wurde, akzeptierten sie das zwar ohne weiteres:

So schlossen die Einwohner von Elis Apollonios und jeden anderen Faustkämpfer, der zu spät kam, von der Teilnahme an den Spielen aus und gaben den Siegerkranz kampflos an Herakleides.[66]

Doch ein Sieg, der nicht in einem fairen Wettstreit errungen wurde, galt bei den Hellenen als weniger ehrenvoll:

Auch die Menschen, für die in Olympia Statuen aufgestellt worden sind, werde ich nicht alle aufzählen, weiß ich doch, wie viele dank der Unberechenbarkeit des Loses und nicht aufgrund ihrer Kräfte den Sieg errungen haben.[67]

Die Siegerehrung, bei der dem gallischen Helden sein Preis überreicht wird, mutet recht modern an. In der Antike nahm der Sieger seine Auszeichnung nicht auf einem Ehrenpodest entgegen, ebensowenig verlieh das Olympische Komitee zweite und dritte Preise. Der Sieger bekam einen Kranz aus Olivenzweigen, während sein Körper mit Bändern geschmückt wurde (siehe Abb. 190). Das rote Kissen mit einem Olivenzweig, wie ihn Asterix in der Hand hält, wäre in der Antike ein Novum gewesen (siehe Abb. 189).

190

Für eine der Hauptpersonen dieser Comicgeschichte hatte der erste Preis geradezu lebenswichtige Bedeutung. Wir spielen hier natürlich auf Claudius Musculus an, dem Asterix und Obelix das Leben so schwer gemacht haben und mit dem das ganze Unternehmen eigentlich anfing. Inzwischen sieht auch Asterix ein, daß für Musculus sehr viel von den Spielen abhängt. Deshalb beschließt der gallische Sportheld, sein olympisches Abenteuer mit einer noblen Geste abzuschließen. Nach der Preisverleihung begibt er sich zu Musculus, um ihm klammheimlich den Palmzweig zu geben. Sicherlich will Asterix damit in erster Linie sein eigenes Gewissen beruhigen, aber vielleicht erspart er den Bürgern Roms auf diese Weise auch eine Menge Elend (siehe Abb. 191). Frustrierte Sportler konnten nämlich zu merkwürdigen Dingen fähig sein:

191

Kleomedes aus Astypalaia soll den Epidaurier Ikkos im Faustkampf getötet haben. Als ihn die Hellanodiken deswegen verurteilten und er damit seinen Sieg abgesprochen bekam, wurde er aufgrund dieser Kränkung wahnsinnig. Er kehrte nach Astypalaia zurück, betrat die Schule mit etwa sechzig Knaben darin und stürzte die Säule um, die das Dach trug. Als das Dach auf die Knaben gefallen war, wollten ihn die Bürger steinigen. Da floh er in das Heiligtum der Athena.[68]

Und so kommt es, daß Asterix als einziger der Dorfbewohner mit leeren Händen nach Gallien zurückkehrt. Alle anderen haben Souvenirs erworben, die sie an diese aufregende Reise erinnern sollen. So schleppt sich Methusalix – wie könnte es anders sein – an einer wunderschönen Frauenskulptur ab, viele andere haben Amphoren ergattert und Majestix hat ein Modell des Parthenon erstanden. Diese Miniaturtempel muß es in Griechenland überall zu kaufen gegeben haben, man denke nur an die Textstelle, die wir in der Bibel zu einem Schmied in Ephesos finden:

Demetrius, ein Schmied, der kleine silberne Artemistempel machte.[69]

192

Sein gallischer Kollege, Automatix, schießt mit seinem Andenken, einer riesigen Amphore mit seinem eigenen Konterfei, wahrscheinlich den Vogel ab. Aber die Gallier sind vor allem froh, wieder zu Hause zu sein und bei einem anständigen gallischen Essen erzählen sie einander noch lange von ihren Erlebnissen während der phantastischen Griechenlandreise.

Anmerkungen

I. Gallier ja – aber irgendwie anders

1 Strabon IV 1.2.
2 Caesar, BG V 12.
3 Mit dem Begriff ‹Britannia› meint Cäsar ausschließlich dieses Gebiet.
4 Im Französischen stehen die meisten Adjektive hinter dem dazugehörigen Substantiv. Teefax setzt alle Adjektive vor das betreffende Substantiv, während er nur in Ausnahmefällen die normale Reihenfolge Adjektiv/Substantiv einhält (siehe Abb. 3, vgl. Englisch: *magique potion* und Französisch: *potion magique*).
5 Tacitus, Agricola XI 3.
6 *Asterix bei den Briten*, S. 30.
7 Athenaios II 44b.
8 Athenaios II 44b, c und d.
9 Athenaios II 46d.
10 Athenaios II 45d.
11 Der griechische Traumdeuter Artemidoros hält es zwar für eine unnatürliche Gewohnheit, warmes Wasser zu trinken, aber er muß zugeben, daß es Menschen gibt, die dies praktizieren (Artemidoros, Oneirokritika I 66).
12 Diodor V 28.4.; Athenaios IV 151e, 152a–d.
13 Apicius VIII 331.
14 Plinius, NH XX 147–149.
15 In der Antike stellte man solche Dressings aus einem Essig-Honig-Gemisch her. Siehe dazu Athenaios II 61d.
16 Athenaios III 91a.
17 Strabon XVII 2.5.
18 Barry Raftery, *Pagan Celtic Ireland*, London 1994, Abb. 40.
19 Strabon IV 5.2.
20 Ein Plusfour war eine vom Ursprung her englische Hose, die zwischen 1930 und 1955 unter anderem auch in den Niederlanden Mode war. Ihren Namen (wörtlich: ‹plus vier›) verdankt sie der Tatsache, daß sie vier Inches länger war als eine normale Kniehose. Die Plusfour wurde auch als Knickerbocker bezeichnet.
21 Caesar, BG V 14.
22 Strabon IV 5.2.
23 Tacitus, Agricola XI 2.
24 Caesar, BG V 14.
25 Diodor V 32.3.
26 Tacitus, Agricola XI 2–3.
27 Strabon IV 5.2.
28 Ein Moorgebiet fünfzehn Kilometer südlich von Manchester.
29 R. C. Turner, ‹Discovery and Excavations of the Lindow Bodies› in I. M. Stead u. a. (Hrsg.), *Lindow Man, the body in the bog* (London 1986), S. 10–13.
30 J. A. J. Gowlett u. a., ‹Accelerator radiocarbon dating of ancient human remains from Lindow Moss› in I. M. Stead u. a. 1986: S. 22–24 und R. L. Otlet u. a. ‹Report on Radiocarbon Dating of the Lindow man by AERE, Harwell› in I. M. Stead u. a. 1986: S. 27–30.
31 R. C. Conolly, ‹The anatomical description of Lindow man› in I. M. Stead u. a., S. 54–62.
32 Diodor V 28.3; Caesar, BG V 14.
33 Plinius, NH XVI 251.
34 Anne Ross, ‹Lindow man and the Celtic Tradition›, in I.M. Stead u. a. 1986: S. 162–169 und R. C. Turner, ‹Boggarts, bogles and Sir Gawain and the Green Knight: Lindow man and the oral tradition› in I. M. Stead u. a. 1986: 170–176.
35 Ammianus Marcellinus XVI 12.8.
36 CIL XIII 8898.
37 CIL XIII 9045.
38 CIL XIII 8906.
39 *Itinerarium Antonini Augusti et Hierosolymitanum*, hrsg. v. G. Parthey und M. Pinder (Berlin 1848) 359,1–363,2.
40 Strabon IV 5.2.
41 Siehe *Asterix bei den Briten*, 11. Die Gallier-

und Teefax treffen unterwegs auf ein römisches Schiff, das auf dem Weg von Dover nach Gallien ist. Das bedeutet, daß sie dieselbe Seeroute nehmen wie die Römer. In Wirklichkeit versuchte auch Cäsar, in Dover an Land zu gehen (Caesar, BG IV 23). Da ihn dort jedoch die Briten auf den steilen Felsen erwarteten, hielt er es für angebrachter, auf einen flacheren Küstenstreifen auszuweichen, wahrscheinlich nördlich von Dover in der Nähe der Orte Walmer und Deal.

42 *Itinerarium Antonini Augusti et Hierosolymitanum* 473. 1–5.

43 The English Heritage, Archaeology Revue 1995–1996: www.eng-h.gov.uk/ArchRev/Rev 95.6/southwrk.htm.

44 Strabon IV 4.3.

45 Schlacke: glas- oder steinartige Rückstände von verhütteten Erzen oder geschmolzenem Metall.

46 The English Heritage, Archaeology Revue 1995–1996: www.eng-h.gov.uk/ArchRev/Rev 95.6/southwrk.htm.

47 *Tacitus, Annalen XIV* 33.

48 *Asterix bei den Briten*, 24.

49 Aristophanes, Ritter 1348–1349.

50 A. Ruiz, Fernández und F. Molina Fajardo, ‹El conjunto de terracotas de una tumba romana en Almuñécar (Granada)›, in *Madrider Mitteilungen 23* (1982), S. 318–346 Tafel 51d.

51 Juvenal, Satiren IX 49–50.

52 G. M. A. Richter, Handbuch der griechischen Kunst, Berlin 1965^4, 160f., Abb. 186: die Artemis von Gabii.

53 Ebenda: 376, Detail der François-Vase.

54 Cicero, Ep. ad Atticum I 8.

55 Zu Bärten und Schnurrbärten siehe Diodor V 28.3.

56 Zu den unterschiedlichen Auffassungen über dieses Gebäude siehe J. Wacher, *The towns of Roman Britain* (London 1974) und J. Wacher, *Roman Britain* (London 1978).

57 Siehe J. Wacher, *Roman Britain* (London 1978), Abb. 36.

58 R. G. Collingwood und R. P. Wright, *The Roman Inscriptions of Britain I* (Oxford 1965) Nr. 91.

59 Tacitus, Agricola XIV 1.

60 Ammianus Marcellinus XV 12.1 zur Unerschrockenheit der keltischen Frau, Plutarch, *Moralia* VI über politische Beschlüsse von Frauen.

61 Auch der britische Volksstamm der Briganten wurde von einer Frau angeführt. Seine Königin Cartimandua war eine sehr selbstbewußte Dame, die sowohl in der Politik wie auch im Privatleben einen ganz eigenständigen Kurs verfolgte. Was man sich darunter vorzustellen hat, ist bei Tacitus, Annalen XII 36, XII 40 und Tacitus, Historien III 45 nachzulesen.

62 Cassius Dio LXII 2.

63 Tacitus, Annalen XIV 35.

64 Colchester.

65 Canterbury.

66 Siehe Cassius Dio LX 23.1.

67 Caesar, BG V 12.

68 Athenaios I 15a.

69 Pollux, Onomastikon IX 104.

70 Lionel Casson, *Reisen in der Alten Welt*, München 1976, S. 207.

71 Eine genaue Beschreibung dieses Kriegsgeräts, seine unterschiedlichen Bezeichnungen usw. sind bei Ammianus Marcellinus XXIII, 4.4–7 nachzulesen. Weitere Informationen in J. Peddie, *The Roman war machine* (Phoenix Mill u. a. 1994), S. 95–100.

72 Josephus, Jüdischer Krieg III 245.

73 Cäsar brach zum ersten Mal am 25. August des Jahres 55 v. Chr. nach Britannien auf; am 6. Juli 54 v. Chr. unternahm er einen zweiten Versuch.

74 Caesar, BG V 8.

75 Caesar, BG IV 27.

76 Caesar, BG V 15.

77 Caesar, BG IV 35.

78 Caesar, BG V 16.

79 Caesar, BG V 15.

80 Caesar, BG IV 32.

81 Caesar, BG IV 34.

82 Caesar, BG II 28.

83 Erst in den letzten drei Schlachten im Jahr 54 v. Chr. gelang es Cäsar, dem Feind erhebliche Verluste beizubringen. Er selbst benutzt das Wort ‹viele› (Opfer), macht aber keine genauen Angaben. Siehe Caesar, BG V 17, 21, 22; Strabon IV 5.3.

84 Caesar, BG IV 29; V 10.

85 Cicero, Ep. ad Atticum IV 17.

86 Cassius Dio LX 20.

87 Cassius Dio LX 20.

88 Historia Augusta, Vita Hadriani XI 2.6.

II. Feurig und nicht zu zähmen

1 Livius XLIV 28.10–12.
2 Caesar, BG III 9.7.
3 Caesar, BG III 12.5.
4 Pausanias VII 6–7.
5 Pausanias I 4.1–4 und X 19.5–10; 19.12; 20.3–23.14. Die Griechen haben die Erinnerung an ihre Schlacht gegen die Gallier lange Zeit aufrechterhalten; vgl. C. Habicht, *Athen – Die Geschichte der Stadt in hellenistischer Zeit* (München 1995), S. 135–137.
6 Strabon I 1.16.
7 Caesar, BG III 13.1–6.
8 Caesar, BG III 14.6.
9 Cosmographia Iulii Caesaris in A. Riese (Hrsg.), *Geographi Latini minores* (Heilbronn 1878), S. 21–23. Diesem Text zufolge erteilte Cäsar den Auftrag im Jahr 44 v. Chr. und die Arbeit war 24 v. Chr. (im zehnten Konsulat von Augustus) abgeschlossen. Allerdings ist demselben Text zu entnehmen, daß die Landvermesser nicht 20, sondern 29 Jahre mit dieser Aufgabe beschäftigt waren – möglicherweise hatten sie also bereits früher begonnen. Zu den Ergebnissen der Vermessungen siehe Plinius, NH IV 105.
10 Plinius, NH IV 107.
11 Caesar, BG III 8.1.
12 Caesar, BG I 10.1.
13 Caesar, BG I 3.1.
14 Caesar, BG I 6.1.
15 Caesar, BG I 29.1–2.
16 Ausonius XVIII, Epistulae VI 19–26.
17 Caesar, BG I 51.
18 Caesar, BC I 51.
19 Strabon III 4.11; zu den Schinken siehe auch Athenaios XIV 657–658.
20 Siehe die französische Ausgabe *Astérix en Hispanie* 28, 4,2.
21 Zu den Pyrenäen als Grenze siehe Strabon III 1, 3.
22 Strabon III 1.5.
23 Caesar, BG I 26.1–3.
24 Appian, Iberike 88.
25 H. Russell Robinson, *The armour of imperial Rome* (New York 1975), S. 153–161.
26 Plutarch, Leben des Sertorius 14.1–2.
27 Plutarch, Leben des Sertorius 14.2; Athenaios XII 523b; Livius XXII 46.5.
28 *Die Iberer* (München 1998), Nr. 146 (S. 297) und Nr. 162 (S. 301).
29 Diodor V 30.2.
30 Cervantes Saavedra, Miguel de; Der sinnliche Junker Don Quijote (Düsseldorf 2000), Teil 1, Kapitel 1.
31 Ebenda, Teil 1, Kapitel 8.
32 Lionel Casson, *Reisen in der Alten Welt*, München 1976, Abb. 58, 60, S. 211.
33 *Die Iberer* (München 1998), S. 241, vgl. B. Taracena u. a., *Ars Hispaniae – historia universal del arte hispánico* (Madrid 1947) II, 30 Abb. 13.
34 H. Dessau, *Inscriptiones Latinae selectae* II, 1 (Berlin 1902), 6037.
35 Diodor V 34.1.
36 Diodor V 34.2.
37 Polybios XXXV 4.6
38 Polybios XXXV 4.3.
39 Polybios XXX 4.6.
40 Appian, Iberike 84.
41 Appian, Iberike 85.
42 Appian, Iberike 90.
43 Appian, Iberike 92 und 97.
44 Appian, Iberike 96 und 97.
45 Vgl. A. Schulten, ‹Die Keltiberer und ihre Kriege mit Rom›, in: *Numantia, die Ergebnisse der Ausgrabungen 1905–1912*, Bd. I (München 1914), Karte V (Das siebte Lager ist auf Abb. 71 nicht verzeichnet).
46 Vgl. A. Schulten, ‹Die Stadt Numantia› in: *Numantia, die Ergebnisse der Ausgrabungen 1905–1912*, Bd. II (München 1931), 206–207 und Tafel 15.
47 A. Schulten, ebenda II, 206–207 Tafel 17, 19, 28.
48 «Alle Männer tragen schwarz (…). Aber die Frauen gehen in Mänteln und Kleidern aus buntem Stoff» (Strabon III 3.7). Zur Vorliebe der Spanier für schwarzen Stoff vgl. Strabon III 2.6; 5.1; 5.11; Diodor V 33.3.
49 Justin XLIV 2.8.
50 Strabon III 4.10.
51 Nach Plinius, NH III 24, lag hier zu Zeiten Asterix' der Ort Salduvia.
52 Die Entfernung zwischen Sarragossa (Caesaraugusta) und Merida (Augusta Emerita) über Toledo (Toletum) beträgt 348 Meilen; die

Reise dauerte fünfzehn Tage (*Itinerarium Antonini Augusti et Hierosolymitanum* hrsg. v. G. Parthey und M. Pinder (Berlin 1848), 438,2–439,4). Die Entfernung Merida (Augusta Emerita) über Celti nach Sevilla (Hispalis) beläuft sich auf 162 Meilen; die Reise dauerte sechs Tage: 414,1–415,2.

53 C. Gallazzi und B. Kramer, ‹Artemidor im Zeichensaal. Eine Papyrusrolle mit Text, Landkarte und Skizzenbüchern aus späthellenistischer Zeit›, in *Archiv für Papyrusforschung* 44 (1998), S. 199–201. Leider enthält die Karte keine Ortsnamen.

54 Vgl. auch das bereits erwähnte *Itinerarium Antonini Augusti et Hierosolymitanum.*

55 Aulus Gellius, Die attischen Nächte XIX 9.7.

56 Cicero, Pro Murena 13; vgl. Cicero, De officiis III 93.

57 Strabon III 4.16.

58 Strabon III 3.7.

59 Sueton, Caesar XXXVII 2.

60 Antike Beispiele für nicht rasierte Spanier findet man in: *Die Iberer* (München 1998), S. 104, 197, 358.

61 Appian, Iberike 54.

62 Appian, Iberike 43; vgl. Livius XXX 4.1–2.

63 Livius XL 47.3–4.

64 Livius XL 47.5–6.

65 Livius XL 47.7.

66 Vergleiche auch die Episode bei Livius XXVIII 34.3–11.

67 Lionel Casson, *Reisen in der Alten Welt,* München 1976, S. 203.

68 Ausonius XVIII, Epistulae VI 10–15, vgl. Livius XLI 27.5.

69 J. Caro Baroja, *España primitiva y Romana* (Barcelona 1957), S. 194 Abb. 143.

70 Appian, Iberike 51.

71 Appian, Iberike 52.

72 Appian, Iberike 52.

73 Appian, Iberike 52.

74 Appian, Iberike 52.

75 Appian, Iberike 89.

76 J. Sánchez Real, ‹La exploración de la muralla de Tarragona en 1951› in *Madrider Mitteilungen* 26 (1985), S. 91–121, bes. 119–120 und Abb. 12a.

77 Vitruv, De architectura II 3.1.

78 Vitruv, De architectura II 3.2.

79 Es geht hier natürlich um eine mögliche Interpretation dieses Druidenzuges, die andere Erklärungen keineswegs ausschließt.

80 Siehe oben Anmerkung 52.

81 Nach dem *Itinerarium* ist dies die richtige Reihenfolge und nicht Cauca Segovia (*Itinerarium Antonini Augusti* 435, 4 und 5).

82 Die Reise von Sarragossa (Caesaraugusta) über Coca (Cauca) nach Merida (Emerita) dauerte 29 Tage (*Itinerarium Antonini Augusti* 433, 1–5), und von Merida über Cordoba (Corduba) nach Sevilla (Hispalis) brauchte man 8 Tage (*Itinerarium Antonini Augusti* 413,1–5 und 415,3–416,3).

83 Caesar, Bellum Hispaniense 35.

84 Bei dem späteren Angriff Cäsars auf Sevilla wurde ein Teil dieser Lusitanier getötet, während ein anderer Teil flüchten konnte: Bellum Hispaniense 36.

85 Livius XXXV 1.5–12; XXXVII 46.7–8; Appian, Iberike 56–60; Sueton, Caesar 54; Appian, Iberike 102; Caesar, Bellum Hispaniense 35–36 und 40.

86 Strabon III 3.6.

87 Appian, Iberike 59.

88 Plutarch, Pompeius 24.7–8.

89 Appian, Iberike 56.

90 Zipfelmützen wurden im alten Spanien häufig von Frauen getragen; *Die Iberer* (München 1998) Nr. 307 (S. 347) und Nr. 319 (S. 350).

91 Tacitus, Germania 21, 2–3.

92 Tacitus, Germania 22, 1.

93 Offensichtlich gefiel es den Sueben in Spanien gut, denn zwischen 406 und 409 n. Chr. zogen sie massenhaft in den Westen der iberischen Halbinsel und gründeten ein suebisches Reich (Orosius VII 40, 1–4; 10; 41, 1–2;8).

94 Tacitus, Germania 38, 1–3; vgl. R. Much, *Die Germania des Tacitus* (Heidelberg 1967), 428–431.

95 Appian, Keltike 7.

96 Polybios XXXIV 9.14–15; Strabon III 3.7; Orosius V 7.13–15, wo die Zubereitungsweise von Bier beschrieben wird.

97 Tacitus, Germania 23, 1.

98 Tacitus, Germania 22, 1.

99 Caesar, Bellum Hispaniense 35.

100 Caesar, Bellum Hispaniense 35.

101 Cicero, Ep. ad Familieres. VII 30.1.

102 Caesar, Bellum Hispaniense 39.

103 Caesar, Bellum Hispaniense 42.

104 Strabon III 2.1.
105 Es ist nicht bekannt, ob Hispalis in der Zeit des Asterix ein Amphitheater besaß. Allerdings stand im 2. Jahrhundert n. Chr. in der Nähe von Hispalis ein solches Bauwerk, in dem schätzungsweise 40 000 Menschen Platz fanden. R. Collins, *Spain – an archaeological guide* (Oxford 1998). S. 150–151.
106 Heute Guadalquivir.
107 Strabon III 2.15.
108 Strabon III 4.20.
109 Isidor von Sevilla, Etymologiae XII 1.29.
110 Artemidor, Oneirokritika I 8.
111 Artemidor. Oneirokritika I 8.
112 Daß Theagenes ein Thessalier ist, geht aus Heliodor, Aithiopika II 34, 2–3 und III 3,4 hervor.
113 Heliodor, Aithiopika X 28.4–30.5.
114 Plutarch, Moralia 114e und 330b.
115 Sueton, Claudius XXI 3.
116 Strabon III 2.15.
117 F. Müller, *Geographi Graeci minores* II (Paris 1861), S. 266 (Eusthatios, Komm. 283).
118 A. T. Fear, *Rome and Baetica – urbanization in Southern Spain c. 50 BC–AD 150* (Oxford 1996), S. 7.
119 Zu den Zöpfen siehe etwa: *Die Iberer* (München 1998), S. 344, Abb. 295, zu den Armbändern siehe Abb. 40.
120 Caesar, Bellum Hispaniense 8.

III. In der Höhle des Löwen

1 Zu den Händlern, die den Ozean mehrmals pro Saison befuhren, siehe Horaz, Oden I 31, 13–14.
2 Strabon III 2.5.
3 Martial IX 101.2.
4 Statius, Silvae II 2.12.
5 Strabon V 3.6; R. Chevallier, *Roman Roads* (Berkeley 1976), 84.
6 Martial X 18.4–6.
7 Horaz, Satiren I 5.5–6.
8 Juvenal, Satiren I 59–62.
9 Strabon V 3.6.
10 Juvenal, Satiren I 63–64: Sollte man da nicht mitten auf der Kreuzung ein dickes Schreibheft vollschreiben?
11 Martial XII 8; vergleiche auch Martial I 3 dominae fastidia Romae … (… der Überdruß an der Herrin Rom) X 103.9 moenia dum colimus dominae pulcherrima Romae (… solange wir die wunderschönen Mauern der Herrin Rom pflegen).
12 Zu einer grünen Toga siehe Martial X 29.4; zu Togen möglicher anderer Farben siehe Martial XIV 135. Für die Farben rot, himmelblau, türkis, gelb, rosa, weiß und schwarz in der Kleidung für Mädchen siehe Ovid, Ars Amatoria III 170–191.
13 Horaz, Satiren I 3.31; Epistulae I 1.93–97; Ovid, Ars Amatoria I 515–520.
14 Horaz, Epistulae I 6.50–51.
15 N. H. Ramage und A. Ramage, *Roman art* (London 1995), Abb. S. 28
16 N. H. Ramage und A. Ramage, *Roman art* (London 1995), 77.
17 Cicero, Ep. ad Quintum fratrem III 1.5.
18 Horaz, Satiren II 2.42 und 89; II 4.41; Martial XII 17 und 48.1–2.
19 Horaz, Satiren II 8.1–6; vergleiche Plinius, NH VIII 210.
20 Horaz, Satiren II 8.18–21.
21 Ein Beispiel für ein britisches Mädchen, das sich dem römischen Leben ebenfalls nahtlos anpaßt, findet sich bei Martial XI 53.
22 Martial XII 29.
23 Horaz, Satiren I 1.9–10.
24 Da bei allen Berechnungen der Sonnenaufgang auf sechs Uhr angesetzt wurde (am Tage der Tag- und Nachtgleiche), geht die erste Stunde ungefähr von 6.00 bis 7.00, die zweite von 7.00 bis 8.00, die dritte von 8.00 bis 9.00, die vierte von 9.00 bis 10.00, die fünfte von 10.00 bis 11.00, die sechste von 11.00 bis 12.00, die siebte von 12.00 bis 13.00, die achte von 13.00 bis 14.00 und die neunte von 14.00 bis 15.00 Uhr. Anders als wir es kennen, waren die Stunden in Rom nicht alle gleich lang, da die Römer den Tag und die Nacht ungeachtet der Jahreszeit in zwölf gleiche Teile einteilten und diese Zeiteinheiten immer als Stunden bezeichneten.
25 Martial IV 8.1.
26 Martial IV 8.2–4.
27 Horaz, Epistulae I 7.46–47.
28 Martial IV 8.5.

29 Martial XI 52.1–4.
30 Martial IV 8.6.
31 Petronius, Satyrikon 73.
32 Lukian, De mercede conductis 30; 24; 31.
33 Am Ende der Antike zählte man in Rom achthundert Badehäuser; vgl. A. Claridge u. a., *Rome. An archaeological guide* (Oxford 1998), S. 54.
34 Seneca, Ep. ad Lucilium 86, 6–7. Wer die Santa Maria degli Angeli gegenüber dem Bahnhof in Rom betritt, kann noch einen Hauch dieser antiken Pracht erahnen; vgl. A. Claridge u. a., *Rome. An archaeological guide* (Oxford 1998), 353.
35 Seneca, Ep. ad Lucilium 86, 10.
36 Sidonius Apollinaris, Epistulae II 9.9.
37 Vergleiche die Parabel von der Landmaus in der Stadt: Horaz, Satiren II 6.90–117.
38 Martial XII 70.3.
39 Gegen Ende der Antike gab es in Rom mehr als vierzigtausend Wohnhäuser, die als insulae bezeichnet wurden: R. Lanciani, *The ruins and excavations of ancient Rome* (New York 1967), S. 89–91. Zur Einwohnerzahl Roms um 50 v. Chr. siehe P. Garnsey und R. Saller, Das römische Kaiserreich: Wirtschaft, Gesellschaft, Kultur (Reinbek 1989), S. 121, Strabon V 3.7 gibt an, daß diese Gebäude zu seiner Zeit offiziell nicht höher als 70 römische Fuß, also etwa 23 Meter sein durften. Zu den Überresten römischer insulae siehe: A. Claridge u. a., *Rome. An archaeological guide* (Oxford 1998), S. 56.
40 Petronius, Satyricon 95–96.
41 Über die Verwendung von Teppichen siehe Martial XI 56.5.
42 Die Beschreibung eines besonders reich ausgestatteten Interieurs findet sich bei Martial XII 66.
43 Martial III 30; 38; VII 20.20–21; XI 82.1–4. Über einen Einwohner, der seine Miete nicht aufbringen kann und ein Leben «unter den Brücken» fristen muß, siehe Martial XII 32.
44 Martial X 103.
45 Martial VI 60; VIII 61; IX 97.
46 Martial I 117.
47 Martial VIII 67.5–8.
48 Martial I 86.1–2.
49 Nach Tacitus, Germania 22, war es bei den Germanen Sitte, bis zum Sonnenaufgang zu schlafen und sich erst an die Arbeit zu begeben, nachdem sie sich gewaschen und gefrühstückt hatten. Da die Kelten nach Cassius Dio LIII 12.6 den Germanen sehr ähnlich waren, sah ihr Tagesablauf möglicherweise genauso aus.
50 Martial VII 64.
51 Alvacomgetepus hat ein sehr gutes Gespür dafür, daß Cäsar eine Vorliebe für ungewöhnliche Sklaven hat (Sueton, Caesar 47).
52 Sueton, Caesar 56.5.
53 Persius I 13–18.
54 Juvenal, Satiren I 12–13.
55 Horaz, Satiren I 3.86–89.
56 Horaz, Satiren I 4.74–76.
57 Livius XXVIII 21.2.
58 Livius XXVIII 21.2–3.
59 Horaz, Satiren II 7.95–100.
60 In Sueton, Nero 4 wird deutlich, daß im Circus auch Gladiatorenspiele stattfanden.
61 Martial VIII 26.3–4.
62 Der *Circus maximus* bot Platz für 250 000 Zuschauer; A. Claridge u. a., *Rome. An archaeological guide* (Oxford 1998), S. 264.
63 Cassius Dio 51.16.3–4.
64 Cäsar hatte sich schon früh beim Volk beliebt gemacht, indem er Kämpfe wilder Tiere und Gladiatorenspiele veranstalten ließ. Sueton, Caesar 10.
65 Ammianus Marcellinus XIV 6.19–20.
66 Livius XXV 40.1–2.
67 Cicero, In Verrem II 4.132.
68 Horaz, Satiren II 3.64–65.
69 Horaz, Epistulae I 6.17–18.
70 Martial IV 39.1–4.
71 Nach Pausanias V 10.8 wurde diese Skulptur von Paionios geschaffen.
72 Martial I 58.
73 Sueton, Nero 28.
74 Martial IX 18.
75 Livius XXXIX 6.7–9.
76 Ammianus Marcellinus XIV 6.17.
77 N. H. Ramage und A. Ramage, *Roman art* (London 1995), S. 76–79.
78 Cicero, Ep. ad Quintum fratrem III 1.19.
79 Martial II 14.1–2.
80 Horaz, Carmina III 24.51–58.
81 Martial XI 104.
82 R. Lanciani, *The ruins and excavations of*

ancient Rome (New York 1967), S. 89–91, kommt auf genau 1682.

83 Cäsar wohnte zunächst in einem einfachen Haus in der Subura, bevor er nach seiner Ernennung zum Pontifex Maximus im Jahre 63 v. Chr. in den entsprechenden Amtssitz umzog (Sueton, Caesar 46). In späterer Zeit bewohnte er wieder ein Privathaus, wo dieses *domus Caesaris* lag, wird jedoch an keiner Stelle erwähnt (Cicero, Ep. ad Atticum I 12, II 7). Zu dem *acroterium* auf seinem Haus siehe Sueton, Caesar 81, 3. Plutarch, Caesar 63,6.

84 Plutarch, Caesar 63.5.

85 K. Hopkins, *Conquerors and slaves* (Cambridge 1980), 1.

86 Sueton, Nero 31. 1–2.

87 Martial VI 38.1–6.

88 Martial VI 19.

89 Cicero, Ep. ad Quintum fratrem II 3.2.

90 Ovid, Ars Amatoria I 79–80.

91 Ovid, Ars Amatoria I 136–162.

IV. Auf zu Olympischem Gold

1 Velleius Paterculus II 114.2.

2 Onasandros XI 6.

3 Der makedonische König Philipp V. (2. Jahrhundert v. Chr.) sprang einmal wortwörtlich vor lauter Angst aus dem Bad, siehe Livius XLIV VI 1.

4 Diodor XI 48.1. Siehe auch Xenophon, Hellenika I. ii. 1; Jahre, in denen keine Olympischen Spiele abgehalten wurden, wie zum Beispiel das Jahr 586 v. Chr., werden wie folgt angegeben: das dritte Jahr der 48. Olympiade (Pausanias X 7,4).

5 Siehe E. J. Bickerman, *Chronology of the ancient world* (London 1968), S. 146.153.

6 Pindar, Olympische Oden VII Str. 5.

7 M. I. Finley und H. W. Pleket, Die Olympischen Spiele der Antike (Tübingen 1976), S. 36.

8 Pindar, Olympische Oden V Ant. 1.

9 Sueton, Nero XXIII.1.

10 Pausanias V 20.8.

11 Psalm 2, Vers 10; der vollständige lateinische Text lautet: *et nunc reges intellegite erudimini, qui iudicatis terram* – ‹nun denn, Ihr Könige, kommt zur Einsicht; laßt Euch warnen, Ihr Gebieter der Erde›; (Neue Jerusalemer Bibel. Einheitsübersetzung mit Kommentar, 11. Aufl. 2000).

12 Anthologia Palatina IX 674.

13 Cicero, Ep. ad Atticum I 5.10.

14 Cicero, De officiis I 1.1.

15 Unserer Meinung nach muß es sich bei dem ‹griechischen Profil› doch um eine konventionelle Darstellung gehandelt haben. Dafür spricht, daß die Form des Profils im Laufe der Zeit eine Veränderung erfahren hat. Auf den schwarzfigurigen Vasen (6. Jahrhundert v. Chr.) und den ersten rotfigurigen (Ende des 6. Jahrhundert) haben die dargestellten Personen noch eine stark betonte Nase. Siehe J. Boardman, *Schwarzfigurige Vasen aus Athen* (Mainz 1994^4), Abb. 20, 23, 41, 65.1, 2 usw. und J. Boardman, *Rotfigurige Vasen aus Athen. Die archaische Zeit* (Mainz 1994^4), Abb. 2, 4, 5, 55 usw., während die Profile in der klassischen rotfigurigen Periode (ab dem 5. Jahrhundert) eine stärkere Ähnlichkeit mit den Darstellungen in dem Asterixcomic haben. Siehe J. Boardman, *Rotfigurige Vasen aus Athen. Die klassische Zeit* (Mainz 1991) Abb. 300, 309, 323 usw.

16 Juvenal, Satiren XIV 12.

17 Cicero, Ep. ad Atticum I 5.10.

18 Cicero, Ep. ad Atticum I 5.11.

19 Siehe Livius XLV 27.11.

20 Dikaiarchos Frg. 1.

21 Livius XLV 27.5.

22 Da die Athene Parthenos aus vergänglichem Material hergestellt war, ist die Statue verloren gegangen. Sicher ist, daß sie in der Zeit von Asterix noch bestand, denn Pausanias, der im 2. Jahrhundert n. Chr. die antike Welt bereiste, sah das Standbild noch in seiner vollen Pracht (Pausanias I 24.5–7).

23 Das Rätsel, das Ödipus lösen mußte, um die Stadt Theben betreten zu dürfen, lautete wie folgt: Was ist am Morgen vierfüßig, am Mittag zweifüßig und am Abend dreifüßig? Die Antwort lautete, der Mensch, der als Kind auf Händen und Füßen kriecht, am Mittag seines Lebens nur auf seinen beiden

Füßen geht und an seinem Lebensabend oft einen Stab als dritten Fuß zu Hilfe nimmt. Ödipus wußte die richtige Antwort und die Sphinx stürzte sich aus Scham und Verzweiflung in einen Abgrund.

24 Seit der Zeit Homers (8. Jahrh. v. Chr.) war es bei den Griechen Sitte, Fleisch zu essen, das an einem Spieß über einem offenen Feuer geröstet wurde.

25 Diodor V 28.4; Athenaios IV 151e, 152a–d.

26 Die Wassermelone, die Asterix ißt, war in der Tat schon in der Antike bekannt. Siehe Artemidoros I 67.

27 Oliven standen nicht auf dem täglichen Speiseplan der Kelten, aber die Griechen kannten eine Vielfalt unterschiedlichster Olivensorten, die meistens als Appetitanreger dienten. Siehe Athenaios IV 133a.

28 Siehe Martial III 77.8.

29 Platon, Symposion 212d–213a.

30 Platon, Symposion 223d.

31 Plutarch, Moralia VI 686b.

32 Pausanias V 20.8.

33 Pausanias V 23.1.

34 Pausanias V 21.2–3. Zu anderen Fällen von Betrug während der Spiele siehe Pausanias V 21.4–18.

35 Homer, Ilias I 528.

36 Strabon VIII 3.30.

37 Strabon VIII 3.30.

38 Der größte Tempel auf dem Gelände der Olympischen Spiele war Zeus geweiht. In einem gebührendem Abstand zu diesem Heiligtum hatte man seiner Gattin Hera einen Tempel errichtet.

39 Vitruv, De architectura V 11.

40 Vitruv, De architectura V 11.2.

41 Zum Fünfkampf gehörten der Speerwurf, das Diskuswerfen, der Weitsprung, der 200 Meterlauf und das Ringen.

42 Pausanias VI 21.2

43 Pausanias VI 21.2.

44 Pausanias V 15.2.

45 Pausanias V 15.2.

46 Pausanias V 24.9.

47 Platon, Menon 94c.

48 Neben den Olympischen Spielen kannte man in Griechenland auch die Pythischen, Isthmischen und Nemeischen Spiele. Gemeinsam bildeten diese Wettkämpfe die sogenannte ‹Runde›. Dies bedeutete, daß im Grunde jedes Jahr irgendwo in Hellas große Spiele abgehalten wurden.

49 Ein äußerst brutaler griechischer Kampfsport.

50 Hier sind die Olympischen Spiele gemeint.

51 Pindar, Olympische Oden VIII 53–66.

52 In der Antike sah die Weitsprungtechnik ganz anders aus als heute. Der Athlet nahm keinen Anlauf, sondern sprang aus dem Stand mit speziellen Gewichten in der Hand. Indem er mit den Armen zunächst nach vorne Schwung holte, wobei er sich leicht vornüber beugte und dann, mit einem Armschwung nach unten, absprang, vergrößerte er die Länge seines Sprungs.

53 Pausanias V 6, 7. Daß der Brei nicht so heiß gegessen wird, wie man ihn kocht, machen die folgenden Sätze dieses Textes deutlich: ‹Freilich sagt man, daß noch niemand dabei ertappt worden ist, außer Kallipateira. Sie verkleidete sich nach dem Tod ihres Mannes als Ausbilder und brachte ihren Sohn nach Olympia, damit dieser dort an den Wettkämpfen teilnehmen konnte. Aber als [ihr Sohn] Peisidoros gewonnen hatte, sprang Kallopateira über die Schranken, hinter denen sich die Ausbilder aufhalten mußten, und entblößte sich. Und so wurde sie als Frau erkannt. Aber man ließ sie ungestraft gehen aus Ehrfurcht vor ihrem Vater, ihren Brüdern und ihrem Sohn, denn sie alle hatten einen olympischen Sieg errungen. Daraufhin jedoch erließ man eine Vorschrift, wonach die Ausbilder sich entkleiden mußten, bevor sie den Kampfplatz betraten.›

54 Pausanias VI 20.9

55 Pausanias V 16.2.

56 Pausanias V 16.3–4.

57 Pausanias III 8.1.

58 Im Pferdesport wurde nur der Besitzer des Tieres als Sieger gefeiert. Ob es sich dabei um einen Mann oder eine Frau handelte, spielte keine Rolle.

59 Pausanias VIII 40.3.

60 Das extremste Beispiel einer solchen Verletzung beim Boxen ist bei Pausanias VIII 40.4–5 nachzulesen.

61 Goscinny und Uderzo machen hier eine witzige Anspielung auf den «Koloß von Rhodos». Dieses 32 Meter hohe Standbild im Hafen von Rhodos, das den Sonnengott Helios darstelle, wurde im dritten Jahr-

hundert vor Christus von Chares von Lindos geschaffen und galt als eines der Sieben Weltwunder. Durch ein Erdbeben wurde das Standbild für immer zerstört.

62 Pausanias VIII 40.2

63 Sueton, Nero 23.

64 Pausanias V 8.11.

65 Pausanias V 9.1.

66 Pausanias V 21.14.

67 Pausanias VI 1.2.

68 Pausanias VI 9.6–7.

69 Apostelgeschichte 19, Vers 24.

Namen antiker Autoren

Verzeichnis der antiken Quellen

Die folgenden Anmerkungen enthalten neben modernen Titeln vor allem die Fundstellen der antiken Zitate. Diese sogenannte Quellenangabe – zum Beispiel Caesar BG V 12 – besteht aus einer recht geheimnisvollen Kombination von Buchstaben und Ziffern, die in verkürzter Form folgendes angibt: den Namen des Schriftstellers, die betreffende Schrift und die genaue Fundstelle. In dem Beispiel ist Caesar die Kurzform von Gaius Julius Caesar, BG V 12 gibt an, daß damit das Werk De Bello Gallico gemeint ist, die römische Ziffer V, daß das betreffende Zitat im fünften «Buch» (Abschnitt) zu finden ist, und mit 12 ist der Absatz bezeichnet. Die Schriften über den Afrikanischen und den Spanischen Krieg stammen nicht von Caesar selbst, werden aber für gewöhnlich unter seinem Namen zitiert.

Die nun folgende Liste erklärt alle in den Anmerkungen verwendeten Abkürzungen und gibt zugleich an, wo man eine moderne Übersetzung des Textes findet.

Ammianus Marcellinus, Das römische Weltreich, dt. v. O. Veh und G. Wirth, Bibliothek der Alten Welt, Zürich und München 1974.

Anthologia Graeca, griech./dt. hrsg. v. H. Beckby, 4 Bände, Sammlung Tusculum, München 1965².

Apicius, Das römische Kochbuch des Apicius, lat./dt. v. R. Maier Stuttgart 1997.

Appian, Keltike: Appian von Alexandria, Römische Geschichte, Bd. I, griech./dt. v. O. Veh und K. Brodersen, Bibliothek der griechischen Literatur, Stuttgart 1987.

Appian, Iberike: Appian von Alexandria, Römische Geschichte, Bd. I, griech./dt. v. O. Veh und K. Brodersen, Bibliothek der griechischen Literatur, Stuttgart 1987.

Aristophanes, Ritter: Sämtliche Komödien, dt. v. L. Seeger, neu hrsg. v. O. Weinreich, Bibliothek der Alten Welt, Zürich 1968.

Artemidoros, Oneirokritika, Traumbuch, dt. v. F. S. Krauss und M. Kaiser, Basel und Stuttgart 1996.

Athenaios, Das Gelehrtenmahl, dt. v. U. und K. Treu, Leipzig 1985 (Auswahl).

Aulus Gellius, Die attischen Nächte, dt. v. F. Weiss Leipzig 1875–76, unveränd. Nachdr. Darmstadt 1992.

Ausonius, Epistulae – The epistles, lat./engl. v. H.G. E. White, The Loeb Classical Library, London 1961.

Caesar, Bellum Hispaniense – Spanischer Krieg: Der Bürgerkrieg. Mit den Berichten über den Alexandrinischen, Afrikanischen und Spanischen Krieg, dt. v. H. Simon, Berlin und Darmstadt 1965.

Caesar, BC: Caesar, De bello civile –Über den Bürgerkrieg, lat.-dt. v. O. Schönberger, Sammlung Tusculum, München und Zürich 1999³.

Caesar, BG: Caesar, De bello Gallico – Gallischer Krieg, lat.-dt. v. O. Schönberger, Sammlung Tusculum, München und Zürich 1990².

Cassius Dio: Cassius Dio, Römische Geschichte, dt. v. O. Veh, Bibliothek der Alten Welt, 5 Bde., Zürich und München 1985–87.

Cicero, De officiis – Vom rechten Handeln, lat./dt. hrsg. und übers. v. K. Büchner, Sammlung Tusculum, Zürich 1994.

Cicero, Ep. ad Atticum – Atticus-Briefe, lat./dt. hrsg. und übers. v. H. Kasten, Sammlung Tusculum, München und Zürich 1990⁴.

Cicero, Ep. ad Familiares – An seine Freunde, lat./dt. hrsg. und übers. v. H. Kasten, Sammlung Tusculum, München und Zürich 1989⁴.

Cicero, Ep. ad Quintum fratrem – An Bruder Quintus, lat./dt. hrsg und übers. v. H. Kasten, Sammlung Tusculum, München 1965.

Cicero, In Verrem – Die Reden gegen Verres, lat./dt. hrsg., übers. und erl. v. M. Fuhrmann, Sammlung Tusculum, Zürich 1995.

Cicero, Pro Murena – Rede für L. Murena, lat.-dt. hrsg., übers. und erl. v. M. Fuhrmann, Sammlung Tusculum, Zürich 1993.v.J. Adamietz, Darmstadt 1996².

Diodor, Griechische Weltgeschichte, dt. v. O. Veh u. a., Bibliothek der griechischen Literatur, Stuttgart, seit 1992.

Heliodor, Aithiopika, dt. v. R. Reymer, Hamburg 1962.

Historia Augusta, Römische Herrschergestalten (Vita Hadriani), 2 Bände, hrsg. v. E. Hohl, E. Merten, A. Rösch, Bibliothek der Alten Welt, Zürich und München 1976–85.

Homer, Ilias, griech.-dt. v. H. Rupé u. a., Sammlung Tusculum, Zürich und München 1994^{10}.

Horaz, Carmina: Quintus Horatius Flaccus, Ars poetica, lat.-dt. hrsg. v. H. Färber, Sammlung Tusculum, München 1993.

Horaz, Epistulae: Quintus Horatius Flaccus, Briefe, lat.-dt. v. B. Kytzler, Stuttgart 1986.

Horaz, Satiren: Quintus Horatius Flaccus, Satiren, lat.-dt. v. K. Büchner, Stuttgart 1972.

Itinerarium Antonini Augusti und Hierosolymitanum, hrsg. v. G. Parthey und M. Pinder, Berlin 1848.

Isidor von Sevilla, Etymologiae, Geschichtsschreiber der deutschen Vorzeit, Band 10, hrsg. v. D. Coste, Leipzig 1909.

Josephus, Jüdischer Krieg: Flavius Josephus, De bello Judaica, Der Jüdische Krieg, dt. v. K. Clementz und H. Kreissig, Leipzig 1974.

Justin: Pompeius Trogus, Weltgeschichte von den Anfängen bis Augustus. Im Auszug des Justin, dt. v. O. Seel, Bibliothek der Alten Welt, Zürich und München 1972.

Juvenal, Satiren: Decimus Iunius Juvenalis, Satiren, dt. v. U. Knoche, München 1951.

Livius: Titus Livius, Römische Geschichte, lat.-dt. v. H. J. Hillen u. a., 11 Bde., Sammlung Tusculum, Zürich und München, 1974–2000.

Lukian, De mercede conductis – Hauptwerke, griech./dt. hrsg. und übers. v. K. Mras, Sammlung Tusculum, München 1980^{2}.

Martial, Epigrammata –Epigramme, lat./dt. übers. v. P. Barié und W. Schindler, Sammlung Tusculum, Darmstadt 1999.

Onasander, griech./engl. v. Members of the Illinois Greec Club, The Loeb Classical Library, London 1962.

Orosius, Die antike Weltgeschichte in christlicher Sicht, übers. und erl. v. A. Lippold, Bibliothek der Alten Welt, 2 Bände, Zürich und München 1985–1986.

Ovid, Ars Amatoria – Liebeskunst, lat./dt. hrsg. und übers. v. N. Holzberg, Sammlung Tusculum, München und Zürich 1991.

Pausanias, Beschreibung Griechenlands, dt. v. E. Meyer und F. Ecksten, 3 Bände, München 1986–89 (Nachdr. mit Nachträgen von K. Brodersen 2001).

Persius, Die Satiren des Persius, lat.-dt. v. O. Seel, München 1974^{2}.

Petronius, Satyrica – Schelmenszenen, lat./dt. v. K. Müller und W. Ehlers, Sammlung Tusculum, Zürich 1995.

Pindar, Olympische Oden, griech.-dt. hrsg., übers. und mit einer Einführung versehen v. D. Bremer, Sammlung Tusculum, München 1992.

Platon, Menon, Werke in 8 Bänden, griech./dt. hrsg. v. G. Eigler, dt. v. F. Schleiermacher, bearb. v. H. Hofmann, Darmstadt 1988^{2}.

Platon, Symposion, griech./dt. hrsg. und übers. v. F. Boll, neubearb. v. W. Buchwald, Sammlung Tusculum, München und Zürich 1989^{8}.

Plinius, NH: Plinius, Naturalis Historia (Naturkunde), lat.-dt. v. R. König u. a., 37 Bde., Sammlung Tusculum, Zürich und München 1973–1997.

Plutarch, Caesar, Pompeius bzw. Leben des Sertorius: Plutarch, Große Griechen und Römer, dt. v. W. Wuhrmann u. K. Ziegler, 6 Bde., Bibliothek der Alten Welt, Zürich und München 1954.65.

Plutarch, Moralia (Von der Ruhe des Gemüts u. a.), dt. v. B. Snell, Bibliothek der Alten Welt, Zürich 1948 (Auswahl).

Pollux, Onomastikon (Wörterbuch), E. Bethe, Lexicographi Graeci 9, 3 Bände, Leipzig 1900–1937 (Nachdr. Stuttgart 1967).

Polybios, Geschichte, dt. v. H. Drexler, 2 Bde., Bibliothek der Alten Welt, Zürich und München 1978^{2}.

Seneca, Ep. ad Lucilium – An Lucilius, lat./dt. übers., eingeleitet und mit Anmerkungen versehen v. M. Rosenbach, Darmstadt 1989^{2}.

Sidonius Apollinaris. Epistulae – Poems and letters, lat./engl. v. W. B. Anderson, 2 Bände, The Loeb Classical Library, London 1963.
Statius, Silvae – Wälder, dt. v. H. Weissmüller, Neustadt/Aisch 1990.
Strabon, Erdbeschreibung, dt. v. Ch. G. Groskurd, 4 Bände., Berlin und Stettin 1831–34, Nachdruck Hildesheim 1978.
Sueton, Caesar, Claudius bzw. Nero: Sueton, Kaiserviten, lat.-dt. v. H. Martinet, Sammlung Tusculum, Düsseldorf 1997.
Tacitus, Agricola und Germania, lat.-dt. v. A. Städele, Sammlung Tusculum, München und Zürich 1991.
Tacitus, Annalen, lat.-dt. v. E. Heller, Sammlung Tusculum, Düsseldort 1997.
Tacitus, Historien, lat.-dt. v. J. Borst u. a., Sammlung Tusculum, München und Zürich 1984^5.
Velleius Paterculus, Historia Romana – Römische Geschichte, lat.-dt. v. M. Giebel, Stuttgart 1992^2.
Vitruv, De architectura – Von der Baukunst, dt. v. C. Fensterbusch, Darmstadt 1991^5.
Xenophon, Hellenica – Griechische Geschichte, dt. v. G. Strasburger, München 1988^2.

Sammelwerke

Corpus Inscriptionum Latinarum (CIL).
H. Dessau, Inscriptiones Latinae selectae, Berlin 1902.
Neue Jerusalemer Bibel. Einheitsübersetzung mit Kommentar, 11. Aufl. 2000.
F. Müller, Geographi Graeci minores I, II, Paris 1861 (Nachdruck Hildesheim 1965).
A. Riese (Hrsg.), Geographi Latini minores, Heilbronn 1878 (Nachdruck Hildesheim 1964).

Bibliographie

Die mit einem Stern (*) gekennzeichneten, ins Deutsche übertragenen Titel wurden nur für die vorliegende Ausgabe herangezogen; die Autoren der niederländischen Originalausgabe haben in diesen Fällen mit den *englisch*sprachigen oder niederländischen Versionen gearbeitet.

M. Andronikos u.a., The olympic games in ancient Greece, Athen 1982.
M. Bieber, Griechische Kleidung, Berlin 1928.
W.R. Biers, The Archaeology of Greece, London 1996^2.
J. Boardman, Schwarzfigurige Vasen aus Athen, Mainz 1994^4.*
J. Boardman, Rotfigurige Vasen aus Athen. Die archaische Zeit, Mainz 1994^4.*
J. Boardman, Rotfigurige Vasen aus Athen. Die klassische Zeit, Mainz 1991.*
J. Caro Baroja, España primitiva y Romana, Barcelona 1957.
L. Casson, Reisen in der Alten Welt, München 1976.*
M. de Cervantes Saavedra, Der sinnliche Junker Don Quijote, Düsseldorf 2000.*
R. Chevallier, Roman Roads, Berkeley 1976.
A. Claridge u.a., Rome – an Oxford archaeological guide, Oxford 1998.
R. Collins, Spain – an Oxford archaeological guide, Oxford 1998.
Die Iberer, Katalog der Ausstellung München 1998.
F. Durando, Griechenland: Wiege der westlichen Kultur, Erlangen 1997.*
M.I. Finley, H.W. Pleket, Die Olympischen Spiele der Antike, Tübingen 1976.*
C. Gallazzi, B. Kramer, «Artemidor im Zeichensaal. Eine Papyrusrolle mit Text, Landkarte und Skizzenbüchern aus späthellenistischer Zeit», in: Archiv für Papyrusforschung 44, 1998.
P. Garnsey, R. Saller, Das römische Kaiserreich: Wirtschaft, Gesellschaft, Kultur, Reinbek 1989.*
C. Habicht, Athen – Die Geschichte der Stadt in hellenistischer Zeit, München 1995.
K. Hopkins, Conquerors and slaves, Cambridge 1980.
S. James, Das Zeitalter der Kelten, Düsseldorf 1996.*
R. Lanciani, The ruins and excavations of ancient Rome, New York 1967.
M. Leapman, Großbritannien, München 1997.*
R. Much, Die Germania des Tacitus, Heidelberg 1967.
J. Peddie, The Roman war machine, Phoenix Mill u.a. 1994.
T. Peters, Vitruvius Handboek bouwkunde, Amsterdam 1997.
T.W. Potter, Roman Britain, London 1997.
B. Raftery, Pagan Celtic Ireland, London 1997.
N.H. Ramage, A. Ramage, Roman art, London 1995 (deutsche Ausgabe: Römische Kunst, Köln 1999).
G.M.A. Richter, Handbuch der griechischen Kunst, Berlin 1965^4.*
A. Ruiz Fernández und F. Molina Fajardo, «El conjunto de terracotas de una tumba romana en Almuñécar (Granada)», in: Madrider Mitteilungen 23, 1982, 318–346.
H. Russel Robinson, The armour of imperial Rome, New York 1975.
J. Sánchez Real, «La exploración de la muralla de Tarragona en 1951», in: Madrider Mitteilungen 26, 1985, 91–121.
A. Schulten, Numantia, die Ergebnisse der Ausgrabungen 1905–1912, I München 1914.
A. Schulten, Numantia, die Ergebnisse der Ausgrabungen 1905–1912, II München 1931.
B. Taracena u.a., Ars Hispaniae – historia universale des arte hispánico II, Madrid 1947.
R. Tölle, «Eine spätantike Reiseuhr», in: Jahrbuch des Deutschen Archäologischen Instituts – Archäologischer Anzeiger 84, 1969, 309–317.

J. Wacher, The towns of Roman Britain, London 1974.
J. Wacher, Roman Britain, London 1978.
G. Westermann, Westermanns Großer Atlas zur Weltgeschichte, Braunschweig 1956.
A. Yalouris, Olympia, Athen 1995.

Abbildungsnachweis

1. © 2001 LES ÉDITIONS ALBERT RENÉ/GOSCINNY-UDERZO, © 2001 EHAPA VERLAG GMBH, Asterix bei den Briten, S. 8 • 2. © 2001 LES ÉDITIONS ALBERT RENÉ/GOSCINNY-UDERZO, © 2001 EHAPA VERLAG GMBH, Asterix bei den Briten, S. 9 • 3. © 2001 LES ÉDITIONS ALBERT RENÉ/GOSCINNY-UDERZO, © 2001 EHAPA VERLAG GMBH, Asterix bei den Briten, S. 9 • 4. © 2001 LES ÉDITIONS ALBERT RENÉ/GOSCINNY-UDERZO, © 2001 EHAPA VERLAG GMBH, Asterix bei den Briten, S. 9 • 5. © 2001 LES ÉDITIONS ALBERT RENÉ/GOSCINNY-UDERZO, © 2001 EHAPA VERLAG GMBH, Asterix bei den Briten, S. 15 • 6. © 2001 LES ÉDITIONS ALBERT RENÉ/GOSCINNY-UDERZO, © 2001 EHAPA VERLAG GMBH, Asterix bei den Briten, S. 32 • 7. © 2001 LES ÉDITIONS ALBERT RENÉ/GOSCINNY-UDERZO, © 2001 EHAPA VERLAG GMBH, Asterix bei den Briten, S. 32 • 8. © 2001 LES ÉDITIONS ALBERT RENÉ/GOSCINNY-UDERZO, © 2001 EHAPA VERLAG GMBH, Asterix bei den Briten, S. 15 • 9. Nach B. Raftery, Pagan Celtic Ireland (London 1994), S. 131, Abbildung 40 • 10. © 2001 LES ÉDITIONS ALBERT RENÉ/GOSCINNY-UDERZO, © 2001 EHAPA VERLAG GMBH, Asterix bei den Briten, S. 17 • 11. Nach T. W. Potter, Roman Britain (London 1997); Seite 25, Abbildung 13 • 12. © 2001 LES ÉDITIONS ALBERT RENÉ/GOSCINNY-UDERZO, © 2001 EHAPA VERLAG GMBH, Asterix bei den Briten, S. 7 • 13. © 2001 LES ÉDITIONS ALBERT RENÉ/GOSCINNY-UDERZO, © 2001 EHAPA VERLAG GMBH, Asterix bei den Briten, S. 7 • 14. Nach S. James, Ontdek de wereld van de Kelten (Bloemendaal 1994), Seite 97 unten • 15. Nach S. James, Ontdek de wereld van de Kelten (Bloemendaal 1994), Seite 97 oben • 16. © 2001 LES ÉDITIONS ALBERT RENÉ/GOSCINNY-UDERZO, © 2001 EHAPA VERLAG GMBH, Asterix bei den Briten, S. 18 • 17. © 2001 LES ÉDITIONS ALBERT RENÉ/GOSCINNY-UDERZO, © 2001 EHAPA VERLAG GMBH, Asterix bei den Briten, S. 20 • 18. Nach G. Westermann, Westermanns Großer Atlas zur Weltgeschichte (Braunschweig 1956), S. 36 • 19. Nach J. Wacher, The Towns of Roman Britain (London 1974), Seite 23, Abb. 1 • 20. © 2001 LES ÉDITIONS ALBERT RENÉ/GOSCINNY-UDERZO, © 2001 EHAPA VERLAG GMBH, Asterix bei den Briten, S. 17 • 21. © 2001 LES ÉDITIONS ALBERT RENÉ/GOSCINNY-UDERZO, © 2001 EHAPA VERLAG GMBH, Asterix bei den Briten, S. 22 • 22. Nach J. Wacher, The Towns of Roman Britain (London 1974), Foto 2 • 23. © 2001 LES ÉDITIONS ALBERT RENÉ/GOSCINNY-UDERZO, © 2001 EHAPA VERLAG GMBH, Asterix bei den Briten, S. 24 • 24. Nach A. Ruiz Fernández und F. Molina Fajardo, ‹El conjunto de terracotas de una tumba romana en Almuñécar (Granada)›, in Madrider Mitteilungen 23 (1982), 318–346, Tafel 51 d • 25. © 2001 LES ÉDITIONS ALBERT RENÉ/GOSCINNY-UDERZO, © 2001 EHAPA VERLAG GMBH, Asterix bei den Briten, S. 25 • 26. Nach G.M. A. Richter, A handbook of Greek Art (London 1959), S. 129, Abb. 186 • 27. Nach T. W. Potter, Roman Britain (London 1997), S. 62, Abb. 46 • 28. © 2001 LES ÉDITIONS ALBERT RENÉ/GOSCINNY-UDERZO, © 2001 EHAPA VERLAG GMBH, Asterix bei den Briten, S. 19 • 29. Nach T. W. Potter, Roman Britain (London 1997), Seite 80, Abb. 75 • 30. © 2001 LES ÉDITIONS ALBERT RENÉ/GOSCINNY-UDERZO, © 2001 EHAPA VERLAG GMBH, Asterix bei den Briten, S. 25 • 31. Nach J. Wacher, Roman Britain (London 1978), Abb. 34 • 32. Nach M. Leapman, Groot-Britannië (Capitool Reisgidsen), (Houten 1996), S. 44–45 • 33. Nach J. Wacher, Roman Britain (London 1978), Abb. 36 • 34. Nach J. Wacher, Roman Britain (London 1978), Abb. 35 • 35. © 2001 LES ÉDITIONS ALBERT RENÉ/GOSCINNY-UDERZO, © 2001 EHAPA VERLAG GMBH, Asterix bei den Briten, S. 33 • 36. Nach S. James, Ontdek de wereld van de Kelten (Bloemendaal 1994), S. 67 • 37. © 2001 LES ÉDITIONS ALBERT RENÉ/GOSCINNY-UDERZO, © 2001 EHAPA VERLAG GMBH, Asterix bei den Briten, S. 36 • 38. © 2001 LES ÉDITIONS ALBERT RENÉ/GOSCINNY-UDERZO, © 2001 EHAPA VERLAG GMBH, Asterix bei den Briten, S. 37 • 39. © 2001 LES ÉDITIONS ALBERT RENÉ/GOSCINNY-UDERZO, © 2001 EHAPA VERLAG GMBH, Asterix bei den Briten, S. 38 • 40. © 2001 LES ÉDITIONS ALBERT RENÉ/GOSCINNY-UDERZO, © 2001 EHAPA VERLAG GMBH, Asterix bei den Briten, S. 42 • 41. Nach R. Tölle, «Eine spätantike Reiseuhr», in JDI AA 84 (1969), Seite 313, Abb. 6 • 42. Nach J. Peddie, The

Roman war machine (Phoenix Mill e.a. 1994), S. 96 • **43.** Nach T.W. Potter, Roman Britain (London 1997), S. 66, Abb. 53 • **44.** © 2001 LES ÉDITIONS ALBERT RENÉ/GOSCINNY-UDERZO, © 2001 EHAPA VERLAG GMBH, Asterix bei den Briten, S. 46 • **45.** © 2001 LES ÉDITIONS ALBERT RENÉ/GOSCINNY-UDERZO, © 2001 EHAPA VERLAG GMBH, Asterix bei den Briten, S. 46 • **46.** © 2001 LES ÉDITIONS ALBERT RENÉ/GOSCINNY-UDERZO, © 2001 EHAPA VERLAG GMBH, Asterix bei den Briten, S. 5 • **47.** © 2001 LES ÉDITIONS ALBERT RENÉ/GOSCINNY-UDERZO, © 2001 EHAPA VERLAG GMBH, Asterix bei den Briten, S. 6 • **48.** © 2001 LES ÉDITIONS ALBERT RENÉ/GOSCINNY-UDERZO, © 2001 EHAPA VERLAG GMBH, Asterix bei den Briten, S. 47 • **49.** Nach T.W. Potter, Roman Britain (London 1997), S. 10, Abb. 3 • **50.** © 2001 LES ÉDITIONS ALBERT RENÉ/GOSCINNY-UDERZO, © 2001 EHAPA VERLAG GMBH, Asterix bei den Briten, S. 6 • **51.** © 2001 LES ÉDITIONS ALBERT RENÉ/GOSCINNY-UDERZO, © 2001 EHAPA VERLAG GMBH, Asterix in Spanien, S. 12 • **52.** © 2001 LES ÉDITIONS ALBERT RENÉ/GOSCINNY-UDERZO, © 2001 EHAPA VERLAG GMBH, Asterix in Spanien, S. 27 • **53.** © 2001 LES ÉDITIONS ALBERT RENÉ/GOSCINNY-UDERZO, © 2001 EHAPA VERLAG GMBH, Asterix in Spanien, S. 24 • **54.** © 2001 LES ÉDITIONS ALBERT RENÉ/GOSCINNY-UDERZO, © 2001 EHAPA VERLAG GMBH, Asterix in Spanien, S. 35 • **55.** © 2001 LES ÉDITIONS ALBERT RENÉ/GOSCINNY-UDERZO, © 2001 EHAPA VERLAG GMBH, Asterix in Spanien, S. 27 • **56.** © 2001 LES ÉDITIONS ALBERT RENÉ/GOSCINNY-UDERZO, © 2001 EHAPA VERLAG GMBH, Asterix in Spanien, S. 28 • **57.** © 2001 LES ÉDITIONS ALBERT RENÉ/GOSCINNY-UDERZO, © 2001 EHAPA VERLAG GMBH, Asterix in Spanien, S. 28 • **58.** © 2001 LES ÉDITIONS ALBERT RENÉ/GOSCINNY-UDERZO, © 2001 EHAPA VERLAG GMBH, Asterix in Spanien, S. 31 • **59.** © 2001 LES ÉDITIONS ALBERT RENÉ/GOSCINNY-UDERZO, © 2001 EHAPA VERLAG GMBH, Asterix in Spanien, S. 32 • **60.** © 2001 LES ÉDITIONS ALBERT RENÉ/GOSCINNY-UDERZO, © 2001 EHAPA VERLAG GMBH, Asterix in Spanien, S. 32 • **61.** © 2001 LES ÉDITIONS ALBERT RENÉ/GOSCINNY-UDERZO, © 2001 EHAPA VERLAG GMBH, Asterix in Spanien, S. 32 • **62.** Nach H. Russell Robinson, The armour of imperial Rome (New York 1975), S. 153, Abb. 434 • **63.** Nach Die Iberer (München 1998), S. 297, Nr. 146 • **64.** Nach Die Iberer (München 1998), S. 299, Nr. 155 • **65.** Nach S. James, Ontdek de wereld van de Kelten (Haarlem 1994), S. 34 • **66.** © 2001 LES ÉDITIONS ALBERT RENÉ/GOSCINNY-UDERZO, © 2001 EHAPA VERLAG GMBH, Asterix in Spanien, S. 32 • **67.** Nach Die Iberer (München 1998), S. 301, Nr. 162 • **68.** © 2001 LES ÉDITIONS ALBERT RENÉ/GOSCINNY-UDERZO, © 2001 EHAPA VERLAG GMBH, Asterix in Spanien, S. 32 • **69.** Nach Die Iberer (München 1998), S. 241 • **70.** © 2001 LES ÉDITIONS ALBERT RENÉ/GOSCINNY-UDERZO, © 2001 EHAPA VERLAG GMBH, Asterix in Spanien, S. 32 • **71.** Nach A. Schulten, ‹Die Keltiberer und ihre Kriege mit Rom›, in Numantia, die Ergebnisse der Ausgrabungen 1905–1912 (München 1914) I, Karte V • **72.** Nach A. Schulten, ‹Die Stadt Numantia› in Numantia, die Ergebnisse der Ausgrabungen 1905–1912 (München 1931), II Tafel 15 • **73.** Nach A. Schulten, ‹Die Stadt Numantia› in Numantia, die Ergebnisse der Ausgrabungen 1905–1912 (München 1931), II Tafel 28,5 • **74.** Nach A. Schulten, ‹Die Stadt Numantia› in Numantia, die Ergebnisse der Ausgrabungen 1905–1912 (München, 1931), II Tafel 17 B • **75.** René van Royen, Sunnyva van der Vegt, Amsterdam • **76.** Nach G. Gallazzi und B. Kramer, ‹Artemidor im Zeichensaal. Eine Papyrusrolle mit Text, Landeskarte und Skizzenbücher aus späthellenistischer Zeit›, in Archiv für Papyrusforschung 44 (1998), Seite 201 • **77.** © 2001 LES ÉDITIONS ALBERT RENÉ/GOSCINNY-UDERZO, © 2001 EHAPA VERLAG GMBH, Asterix in Spanien, S. 35 • **78.** © 2001 LES ÉDITIONS ALBERT RENÉ/GOSCINNY-UDERZO, © 2001 EHAPA VERLAG GMBH, Asterix in Spanien, S. 36 • **79.** Nach Die Iberer (München 1998), S. 195 • **80.** Nach Die Iberer (München 1998), S. 197 • **81.** © 2001 LES ÉDITIONS ALBERT RENÉ/GOSCINNY-UDERZO, © 2001 EHAPA VERLAG GMBH, Asterix in Spanien, S. 37 • **82.** © 2001 LES ÉDITIONS ALBERT RENÉ/GOSCINNY-UDERZO, © 2001 EHAPA VERLAG GMBH, Asterix in Spanien, S. 82 • **83.** © 2001 LES ÉDITIONS ALBERT RENÉ/GOSCINNY-UDERZO, © 2001 EHAPA VERLAG GMBH, Asterix in Spanien, S. 38 • **84.** Nach Die Iberer (München 1998), S. 327, Nr. 231 • **85.** © 2001 LES ÉDITIONS ALBERT RENÉ/GOSCINNY-UDERZO, © 2001 EHAPA VERLAG GMBH, Asterix in Spanien, S. 39 • **86.** Nach B. Cunliffe, Rome en haar rijk (Amsterdam 1979), S. 228–229 • **87.** ders. S. 216 • **88.** © 2001 LES ÉDITIONS ALBERT RENÉ/GOSCINNY-UDERZO, © 2001 EHAPA VERLAG GMBH, Asterix in Spanien, S. 39 • **89.** Nach J. Sánchez Real, ‹La exploración de la muralla de Tarragona en 1951›, in Madrider

Mitteilungen 26 (1985), 12a • **90.** Nach J. Sánchez Real, ‹La exploración de la muralla de Tarragona en 1951›, in Madrider Mitteilungen 26 (1985), 13b • **91.** © 2001 LES ÉDITIONS ALBERT RENÉ/GOSCINNY-UDERZO, © 2001 EHAPA VERLAG GMBH, Asterix in Spanien, S. 40 • **92.** © 2001 LES ÉDITIONS ALBERT RENÉ/GOSCINNY-UDERZO, © 2001 EHAPA VERLAG GMBH, Asterix in Spanien, S. 40 • **93.** © 2001 LES ÉDITIONS ALBERT RENÉ/GOSCINNY-UDERZO, © 2001 EHAPA VERLAG GMBH, Asterix in Spanien, S. 40 • **94.** © 2001 LES ÉDITIONS ALBERT RENÉ/GOSCINNY-UDERZO, © 2001 EHAPA VERLAG GMBH, Asterix in Spanien, S. 41 • **95.** © 2001 LES ÉDITIONS ALBERT RENÉ/GOSCINNY-UDERZO, © 2001 EHAPA VERLAG GMBH, Asterix in Spanien, S. 44 • **96.** © 2001 LES ÉDITIONS ALBERT RENÉ/GOSCINNY-UDERZO, © 2001 EHAPA VERLAG GMBH, Asterix in Spanien, S. 44 • **97.** © 2001 LES ÉDITIONS ALBERT RENÉ/GOSCINNY-UDERZO, © 2001 EHAPA VERLAG GMBH, Asterix in Spanien, S. 48 • **98.** Nach Die Iberer (München 1998), S. 343, Nr. 289 • **99.** Nach Die Iberer (München 1998), S. 253, Nr. 16 • **100.** René van Royen und Sunnyva van der Vegt, Asterix en de wijde wereld (Amsterdam 2000), S. 88 oben • **101.** © 2001 LES ÉDITIONS ALBERT RENÉ/GOSCINNY-UDERZO, © 2001 EHAPA VERLAG GMBH, Asterix in Spanien, S. 48 • **102.** © 2001 LES ÉDITIONS ALBERT RENÉ/GOSCINNY-UDERZO, © 2001 EHAPA VERLAG GMBH, Die Lorbeeren des Caesar, S. 5 • **103.** © 2001 LES ÉDITIONS ALBERT RENÉ/GOSCINNY-UDERZO, © 2001 EHAPA VERLAG GMBH, Die Lorbeeren des Caesar, S. 10 • **104.** © 2001 LES ÉDITIONS ALBERT RENÉ/GOSCINNY-UDERZO, © 2001 EHAPA VERLAG GMBH, Asterix als Gladiator, S. 18 • **105.** © 2001 LES ÉDITIONS ALBERT RENÉ/GOSCINNY-UDERZO, © 2001 EHAPA VERLAG GMBH, Asterix als Gladiator, S. 18 • **106.** Nach N. H. Ramage und A. Ramage, Roman art (London 1995), S. 153, Abb. 5.28 • **107.** © 2001 LES ÉDITIONS ALBERT RENÉ/GOSCINNY-UDERZO, © 2001 EHAPA VERLAG GMBH, Asterix als Gladiator, S. 19 • **108.** Nach N. H. Ramage/A. Ramage, Roman art (London 1995), S. 77, Abb. 2.41 • **109.** © 2001 LES ÉDITIONS ALBERT RENÉ/GOSCINNY-UDERZO, © 2001 EHAPA VERLAG GMBH, Asterix als Gladiator, S. 19 • **110.** © 2001 LES ÉDITIONS ALBERT RENÉ/GOSCINNY-UDERZO, © 2001 EHAPA VERLAG GMBH, Asterix als Gladiator, S. 19 • **111.** Nach S. James, Ancient Rome (London 1995), S. 61 • **112.** © 2001 LES ÉDITIONS ALBERT RENÉ/GOSCINNY-UDERZO, © 2001 EHAPA VERLAG GMBH, Asterix als Gladiator, S. 20 • **113.** Nach N. H. Ramage und A. Ramage, Roman art (London 1995), S. 269, Abb. 11.1 • **114.** Nach A. Boëthius und J. B. Ward-Perkins, Etruscan and Roman architecture (Harmondsworth 1970), Abb. 69 • **115.** Nach N. H. Ramage und A. Ramage, Roman art (London 1995), S. 78, Abb. 2.42 • **116.** © 2001 LES ÉDITIONS ALBERT RENÉ/GOSCINNY-UDERZO, © 2001 EHAPA VERLAG GMBH, Asterix als Gladiator, S. 22 • **117.** © 2001 LES ÉDITIONS ALBERT RENÉ/GOSCINNY-UDERZO, © 2001 EHAPA VERLAG GMBH, Asterix als Gladiator, S. 23 • **118.** © 2001 LES ÉDITIONS ALBERT RENÉ/GOSCINNY-UDERZO, © 2001 EHAPA VERLAG GMBH, Asterix als Gladiator, S. 17 • **119.** © 2001 LES ÉDITIONS ALBERT RENÉ/GOSCINNY-UDERZO, © 2001 EHAPA VERLAG GMBH, Asterix als Gladiator, S. 37 • **120.** © 2001 LES ÉDITIONS ALBERT RENÉ/GOSCINNY-UDERZO, © 2001 EHAPA VERLAG GMBH, Asterix als Gladiator, S. 38 • **121.** © 2001 LES ÉDITIONS ALBERT RENÉ/GOSCINNY-UDERZO, © 2001 EHAPA VERLAG GMBH, Asterix als Gladiator, S. 43 • **122.** © 2001 LES ÉDITIONS ALBERT RENÉ/GOSCINNY-UDERZO, © 2001 EHAPA VERLAG GMBH, Asterix als Gladiator, S. 45 • **123.** © 2001 LES ÉDITIONS ALBERT RENÉ/GOSCINNY-UDERZO, © 2001 EHAPA VERLAG GMBH, Die Lorbeeren des Caesar, S. 14 • **124.** © 2001 LES ÉDITIONS ALBERT RENÉ/GOSCINNY-UDERZO, © 2001 EHAPA VERLAG GMBH, Die Lorbeeren des Caesar, S. 14 • **125.** Nach G.M. A. Richter, A handbook of Greek art (London 1963), Abb. 153 • **126.** © 2001 LES ÉDITIONS ALBERT RENÉ/GOSCINNY-UDERZO, © 2001 EHAPA VERLAG GMBH, Die Lorbeeren des Caesar, S. 14 • **127.** Nach G.M. A. Richter, A handbook of Greek art (London 1963), Abb. 114 • **128.** © 2001 LES ÉDITIONS ALBERT RENÉ/GOSCINNY-UDERZO, © 2001 EHAPA VERLAG GMBH, Die Lorbeeren des Caesar, S. 16 • **129.** Nach G.M. A. Richter, A handbook of Greek art (London 1963), Abb. 235 • **130.** © 2001 LES ÉDITIONS ALBERT RENÉ/GOSCINNY-UDERZO, © 2001 EHAPA VERLAG GMBH, Die Lorbeeren des Caesar, S. 16 • **131.** Nach G.M. A. Richter, A handbook of Greek art (London 1963), Abb. 191 • **132.** © 2001 LES ÉDITIONS ALBERT RENÉ/GOSCINNY-UDERZO, © 2001 EHAPA VERLAG GMBH, Die Lorbeeren des Caesar, S. 16 • **133.** © 2001 LES ÉDITIONS ALBERT RENÉ/GOSCINNY-UDERZO, © 2001 EHAPA VERLAG GMBH, Die Lorbeeren des Caesar, S. 18 • **134.** Nach A. Boëthius und J.B. Ward-Perkins, Etruscan and Roman architecture (Harmondsworth 1970), Seite 88, Abb. 53 • **135.** Nach Ton Peters, Vitruvius Handboek bouwkunde (Amsterdam 1997), S. 176 • **136.** © 2001 LES ÉDITIONS ALBERT RENÉ/GOSCINNY-UDERZO, © 2001 EHAPA VERLAG GMBH, Die Lorbeeren des Caesar, S. 18 • **137.** © 2001 LES ÉDITIONS ALBERT RENÉ/GOSCINNY-UDERZO, © 2001 EHAPA VERLAG GMBH, Die Lorbeeren des Caesar, S. 18 • **138.** © 2001 LES ÉDITIONS ALBERT RENÉ/GOSCINNY-UDERZO, © 2001 EHAPA VERLAG GMBH, Die Lorbeeren des Caesar, S. 20 • **139.** Nach S. James, Ancient Rome (London 1990), S. 45 • **140.** Nach N. H. Ramage und A. Ramage, Roman art (London 1995), S. 73, Abb. 2.37 • **141.** © 2001 LES ÉDITIONS ALBERT RENÉ/GOSCINNY-UDERZO, © 2001 EHAPA VERLAG GMBH, Die Lorbeeren des Caesar, S. 23 • **142.** © 2001 LES ÉDITIONS ALBERT RENÉ/GOSCINNY-UDERZO, © 2001 EHAPA VERLAG GMBH, Die Lorbeeren des Caesar, S. 12 • **143.** © 2001 LES ÉDITIONS ALBERT RENÉ/GOSCINNY-UDERZO, © 2001 EHAPA VERLAG GMBH, Die Lorbeeren des Caesar, S. 34 • **144.** © 2001 LES ÉDITIONS ALBERT RENÉ/GOSCINNY-UDERZO, © 2001 EHAPA VERLAG GMBH, Die Lorbeeren des Caesar, S. 35 • **145.** © 2001 LES ÉDITIONS ALBERT RENÉ/GOSCINNY-UDERZO, © 2001 EHAPA VERLAG GMBH, Die Lorbeeren des Caesar, S. 36 • **146.** © 2001 LES ÉDITIONS ALBERT RENÉ/GOSCINNY-UDERZO, © 2001 EHAPA VERLAG GMBH, Asterix bei den Olympischen Spielen, S. 10 • **147.** © 2001 LES ÉDITIONS ALBERT RENÉ/GOSCINNY-UDERZO, © 2001 EHAPA VERLAG GMBH, Asterix bei den Olympischen Spielen, S. 12 • **148.** © 2001 LES ÉDITIONS ALBERT RENÉ/GOSCINNY-UDERZO, © 2001 EHAPA VERLAG GMBH, Asterix bei den Olympischen Spielen, S. 11 • **149.** Nach M. I. Finley und H. W. Pleket, Olympische Spelen in de oudheid (Bussum 1976), S. 145, Abb. 53 • **150.** © 2001 LES ÉDITIONS ALBERT RENÉ/GOSCINNY-UDERZO, © 2001 EHAPA VERLAG GMBH, Asterix bei den Olympischen Spielen, S. 15 • **151.** © 2001 LES ÉDITIONS ALBERT RENÉ/GOSCINNY-UDERZO, © 2001 EHAPA VERLAG GMBH, Asterix bei den Olympischen Spielen, S. 15 • **152.** © 2001 LES ÉDITIONS ALBERT RENÉ/GOSCINNY-UDERZO, © 2001 EHAPA VERLAG GMBH, Asterix bei den Olympischen Spielen, S. 18 • **153.** © 2001 LES ÉDITIONS ALBERT RENÉ/GOSCINNY-UDERZO, © 2001 EHAPA VERLAG GMBH, Asterix bei den Olympischen Spielen, S. 21 • **154.** Nach J. Wacher, Roman Britain (London 1978), Foto 58 • **155.** © 2001 LES ÉDITIONS ALBERT RENÉ/GOSCINNY-UDERZO, © 2001 EHAPA VERLAG GMBH, Asterix bei den Olympischen Spielen, S. 22 • **156.** Nach J. Boardman, Athenian redfigure vases, the classical period (London 1997), S. 41, Abb. 553 • **157.** Nach F. Durando, Het oude Griekenland (o. Orts- und Jahresangabe), S. 168–169 • **158.** © 2001 LES ÉDITIONS ALBERT RENÉ/GOSCINNY-UDERZO, © 2001 EHAPA VERLAG GMBH, Asterix bei den Olympischen Spielen, S. 25 • **159.** Nach W. R. Biers, The Archaeology of Greece (London 1980), S. 227, Abb. 8.48 • **160.** © 2001 LES ÉDITIONS ALBERT RENÉ/GOSCINNY-UDERZO, © 2001 EHAPA VERLAG GMBH, Asterix bei den Olympischen Spielen, S. 25 • **161.** Nach M. Bieber, Griechische Kleidung (Berlin 1928), Tafel V 1 • **162.** Nach J. Boardman, Athenian redfigure vases, the archaic perion (London 1997), S. 172, Abb. 301.2 • **163.** © 2001 LES ÉDITIONS ALBERT RENÉ/GOSCINNY-UDERZO, © 2001 EHAPA VERLAG GMBH, Asterix bei den Olympischen Spielen, S. 26 • **164.** © 2001 LES ÉDITIONS ALBERT RENÉ/GOSCINNY-UDERZO, © 2001 EHAPA VERLAG GMBH, Asterix bei den Olympischen Spielen, S. 27 • **165.** © 2001 LES ÉDITIONS ALBERT RENÉ/GOSCINNY-UDERZO, © 2001 EHAPA VERLAG GMBH, Asterix bei den Olympischen Spielen, S. 27 • **166.** © 2001 LES ÉDITIONS ALBERT RENÉ/GOSCINNY-UDERZO, © 2001 EHAPA VERLAG GMBH, Asterix bei den Olympischen Spielen, S. 29 • **167.** © 2001 LES ÉDITIONS ALBERT RENÉ/GOSCINNY-UDERZO, © 2001 EHAPA VERLAG GMBH, Asterix bei den Olympischen Spielen, S. 29 • **168.** © 2001 LES ÉDITIONS ALBERT RENÉ/GOSCINNY-UDERZO, © 2001 EHAPA VERLAG GMBH, Asterix bei den Olympischen Spielen, S. 28 • **169.** Nach A. Yalouris, Olympia (Athen 1996), S. 30–31 • **170.** Nach W. R. Biers, The Archaeology of Greece (London 1980), S. 191, Abb. 8.2 • **171.** © 2001 LES ÉDITIONS ALBERT RENÉ/GOSCINNY-UDERZO, © 2001 EHAPA VERLAG GMBH, Asterix bei den Olympischen Spielen, S. 28 • **172.** Nach T. Peters, Vitruvius Handboek bouwkunde (Amsterdam 1997), S. 161 • **173.** Nach A. Yalouris, Olympia (Athen 1995), S. 28–29 • **174.** © 2001 LES ÉDITIONS ALBERT RENÉ/GOSCINNY-UDERZO, © 2001 EHAPA VERLAG GMBH, Asterix bei den Olympischen Spielen, S. 31 • **175.** © 2001 LES ÉDITIONS ALBERT RENÉ/GOSCINNY-UDERZO, © 2001 EHAPA VERLAG GMBH, Asterix bei den Olympischen Spielen, S. 32 • **176.** © 2001 LES ÉDITIONS ALBERT RENÉ/GOSCINNY-UDERZO, © 2001 EHAPA VERLAG GMBH,

Asterix bei den Olympischen Spielen, S. 32 • **177.** © 2001 LES ÉDITIONS ALBERT RENÉ/GOSCINNY-UDERZO, © 2001 EHAPA VERLAG GMBH, Asterix bei den Olympischen Spielen, S. 37 • **178.** © 2001 LES ÉDITIONS ALBERT RENÉ/GOSCINNY-UDERZO, © 2001 EHAPA VERLAG GMBH, Asterix bei den Olympischen Spielen, S. 31 • **179.** Nach M. Andronikos et. al., I Olympiki agones stin archeia Hellada (Athen 1976), S. 182, Abb. 86 • **180.** Nach M. Andronikos et. al., I Olympiki agones stin archeia Hellada (Athen 1976), S. 195, Abb. 99 • **181.** © 2001 LES ÉDITIONS ALBERT RENÉ/GOSCINNY-UDERZO, © 2001 EHAPA VERLAG GMBH, Asterix bei den Olympischen Spielen, S. 37 • **182.** Nach M. Andronikos et. al., I Olympiki agones stin archeia Hellada (Athen 1976), S. 173, Abb. 78 • **183.** © 2001 LES ÉDITIONS ALBERT RENÉ/GOSCINNY-UDERZO, © 2001 EHAPA VERLAG GMBH, Asterix bei den Olympischen Spielen, S. 39 • **184.** Nach M. I. Finley und H. W. Pleket, Olympische Spelen in de oudheid (Bussum 1976), S. 59 unten • **185.** © 2001 LES ÉDITIONS ALBERT RENÉ/GOSCINNY-UDERZO, © 2001 EHAPA VERLAG GMBH, Asterix bei den Olympischen Spielen, S. 40 • **186.** Nach M. Andronikos et. al., I Olympiki agones stin archeia Hellada (Athen 1976), S. 218, Abb. 121 • **187.** © 2001 LES ÉDITIONS ALBERT RENÉ/GOSCINNY-UDERZO, © 2001 EHAPA VERLAG GMBH, Asterix bei den Olympischen Spielen, S. 40 • **188.** Nach M. Andronikos et. al., I Olympiki agones stin archeia Hellada (Athen 1976), S. 227, Abb. 128 • **189.** © 2001 LES ÉDITIONS ALBERT RENÉ/GOSCINNY-UDERZO, © 2001 EHAPA VERLAG GMBH, Asterix bei den Olympischen Spielen, S. 48 • **190.** Nach M. Andronikos et. al., I Olympiki agones stin archeia Hellada (Athen 1976), S. 139, Abb. 58 • **191.** © 2001 LES ÉDITIONS ALBERT RENÉ/GOSCINNY-UDERZO, © 2001 EHAPA VERLAG GMBH, Asterix bei den Olympischen Spielen, S. 48, © 2001 LES ÉDITIONS ALBERT RENÉ/GOSCINNY-UDERZO, © 2001 EHAPA VERLAG GMBH, Asterix bei den Olympischen Spielen, S. 26

Register

Sachen

Personen/Namen

Orte/Flüsse